真夏の雷管
佐々木譲
Joh Sasaki
角川春樹事務所

真夏の雷管

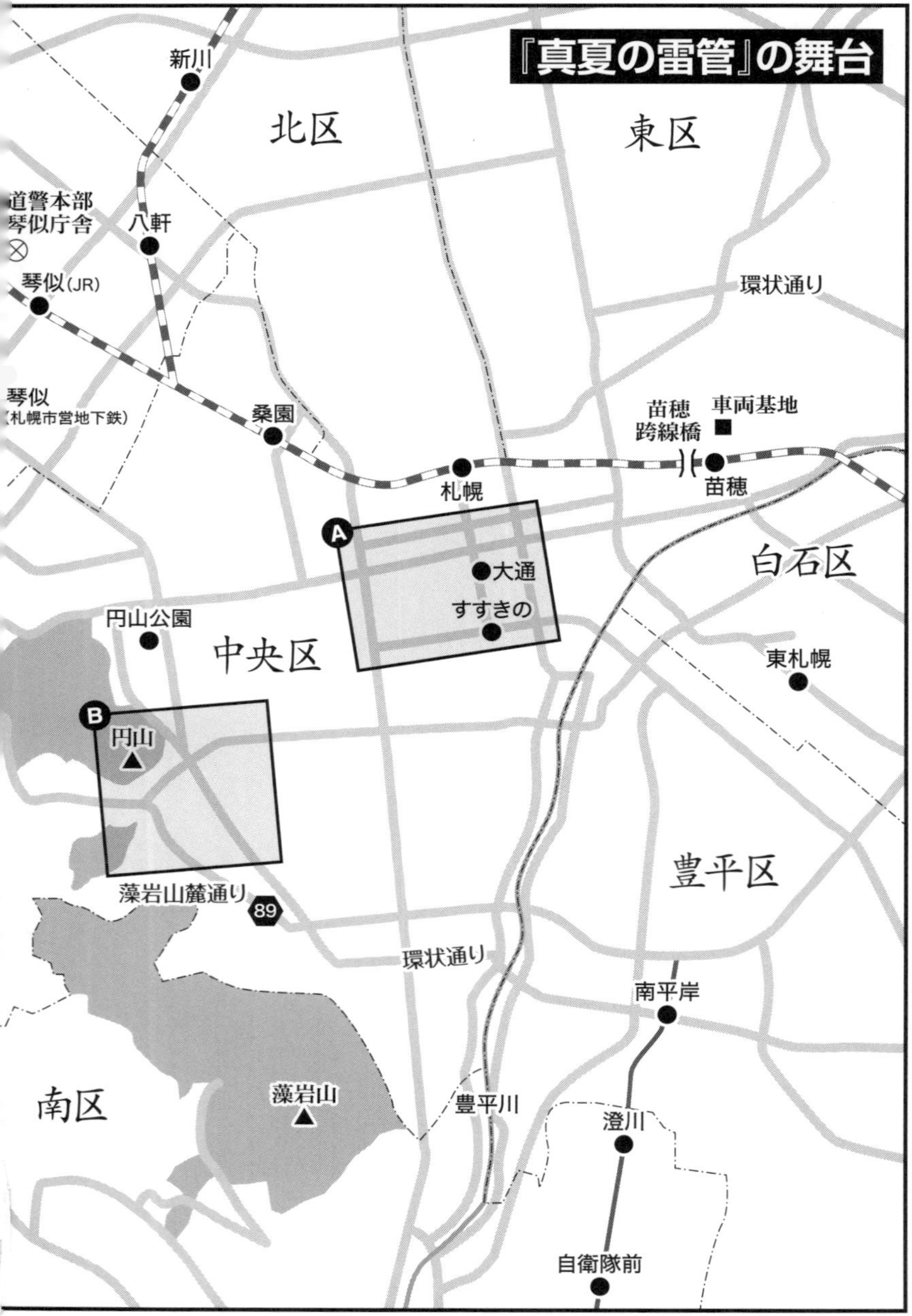
『真夏の雷管』の舞台
新川
北区
東区
道警本部
琴似庁舎
八軒
琴似(JR)
環状通り
琴似
(札幌市営地下鉄)
桑園
苗穂
跨線橋
車両基地
札幌
苗穂
A
大通
白石区
すすきの
円山公園
中央区
東札幌
B
円山
豊平区
藻岩山麓通り
89
環状通り
南平岸
南区
藻岩山
豊平川
澄川
自衛隊前

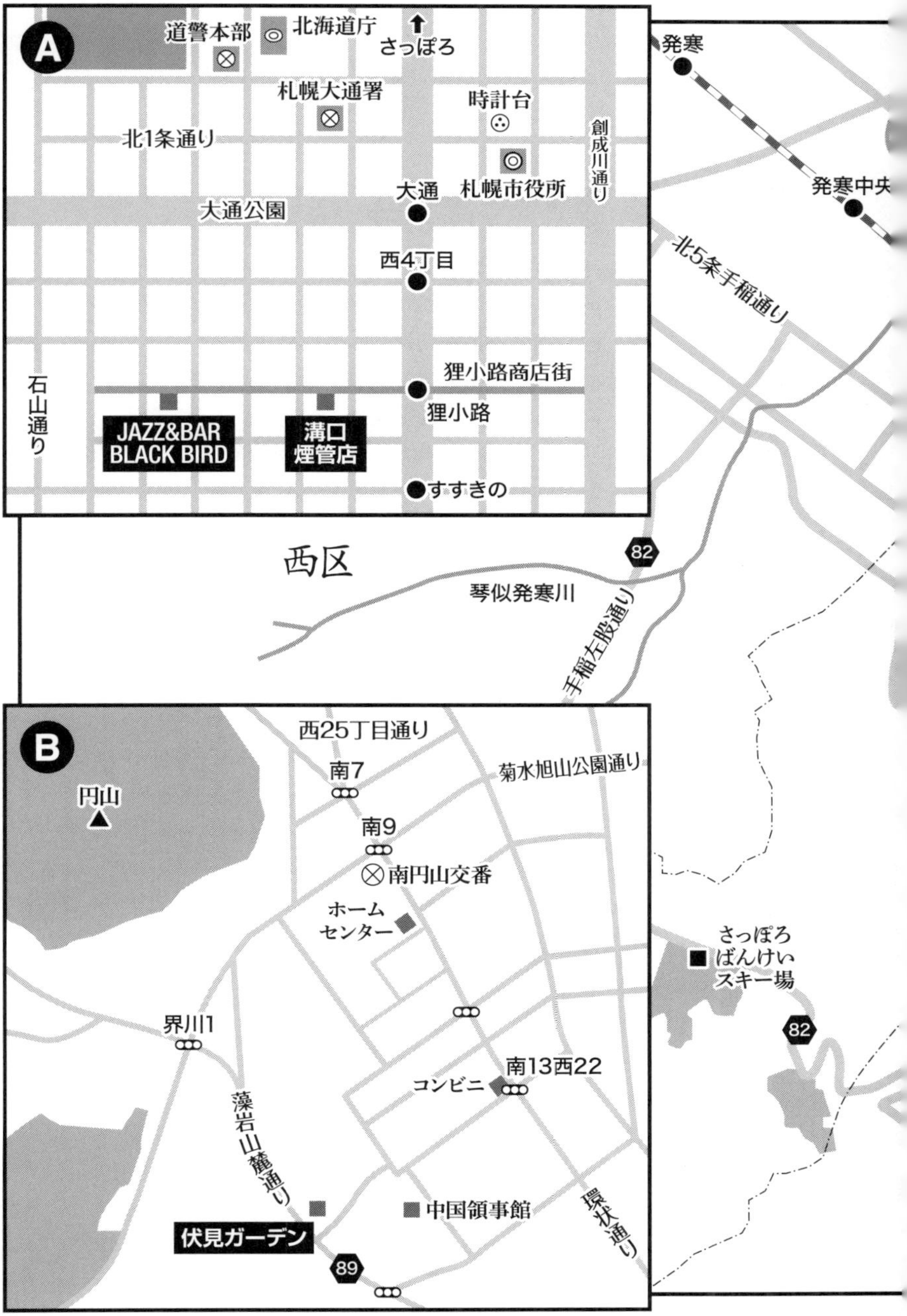
A
道警本部
北海道庁
さっぽろ
札幌大通署
時計台
北1条通り
創成川通り
大通
札幌市役所
大通公園
西4丁目
狸小路商店街
狸小路
石山通り
JAZZ&BAR BLACK BIRD
溝口煙管店
すすきの
発寒
発寒中央
北5条手稲通り
西区
82
琴似発寒川
手稲左股通り
B
西25丁目通り
南7
菊水旭山公園通り
円山
南9
南円山交番
ホームセンター
さっぽろばんけいスキー場
界川1
コンビニ
南13西22
藻岩山麓通り
中国領事館
伏見ガーデン
環状通り
89

●主な登場人物紹介

佐伯宏一　　北海道警察　札幌方面大通署　刑事三課　警部補
小島百合　　　　同　　　札幌方面大通署　生活安全課　巡査部長
津久井 卓　　　同　　　本部機動捜査隊　巡査部長
新宮昌樹　　　　同　　　札幌方面大通署　刑事三課　巡査
長正寺武史　　　同　　　本部機動捜査隊　警部
伊藤成治　　　　同　　　札幌方面大通署　刑事三課係長　佐伯の上司
吉村俊也　　　　同　　　札幌方面大通署　生活安全課　小島の部下

岩崎浩也　　不法侵入事件が起きた園芸店「伏見ガーデン」のオーナー

水野大樹　　溝口煙管店で工具を万引きした少年
水野麻里奈　大樹の母親
川島恭子　　麻里奈が逮捕された時の大樹の児童福祉司
金澤光俊　　麻里奈の保護観察官

中川 純　　飲食店オーナー
梶本裕一　　元 JR 北海道社員
西脇伸也　　IT サービス会社代表
篠原 望　　JR 北海道社員　梶本のかつての後輩

プロローグ

鮮やかなブルーの機関車に牽《ひ》かれた長い列車が、跨線橋《こせんきょう》の下をくぐっていった。

少年は腕時計を見て確かめた。十二時二十六分。一分ほど遅れているようだ。釧路《くしろ》を八時二十三分に出発した特急スーパーおおぞら四号が、終点の札幌《さっぽろ》駅に向かっていったのだ。本来ならこの二十六分には、札幌駅に到着していなければならないはずなのだ。なのにいまこの跨線橋に達した。ということは、なんらかの理由で遅れていることになる。

最後の車両が跨線橋の下に消えると、少年はすぐに跨線橋の上で身体《からだ》の向きを変えた。反対側のてすりへと歩いて、金網に顔を押しつけた。

列車はいま真西、札幌駅へと向かって遠ざかっていくところだった。少年は、その列車が完全に見えなくなるところまでを目で追った。

その青い塗装の、大きなロボットのデザインを思わせるスーパーおおぞらの振り子特急が、少年は大好きだった。JR北海道の走らせる列車の中でいちばん好きと言ってよかった。いつかはあのおおぞらに乗りたいと少年は夢見ていた。釧路に行きたいわけではない。ただあの青い列車に乗りたいのだ。ほんとうならば、と少年はときおり夢想したものだ。スーパーおおぞらが青函《せいかん》トンネルをくぐって東京まで行くなら、自分はその列車に乗りたい。東京に行ってみたい。でもそれはほぼ確実に、実現することがないとも、頭のどこかで承知していた。新幹線が札幌まで延びてくるのだし、スーパーおおぞらが東京に向かうことは、将来にわたってもありえない。またもしかしたら、自分が列車にひとりで乗れるような歳《とし》になるころには、スーパーおおぞらそれ自体が、運行を止《や》めているかもしれない。たとえば中学校を卒業する四年後。でもそれは途方もなく遠い時間だ。スーパーおおぞらがそれまで走っているかどうか、少年には可能性の低いことと思えていた。一年前には北斗星がなくなり、カシオペアもこの三月で定期運行が終わってしまったのだから。

少年がいるのは、ＪＲ北海道札幌駅のひとつ東側、苗穂《なえぼ》駅に近い跨線橋の上だった。ここからは、函館《はこだて》本線や千歳《ちとせ》線の列車の通過のほか、苗穂車両基地と苗穂工場の様子がよく見えるのだった。

跨線橋の北側右手には、ＪＲ北海道の車両基地が広がっている。ＪＲ北海道が保有する機関車、電車のすべての車両と、気動車のほとんどの製造や改造、整備や廃車解体がこの基地の工場でおこなわれる。幾条《いくじょう》もの線路が敷地いっぱいに平行して敷かれ、その線路の多くは、基地の東側に建ち並ぶ大きな屋根を持った工場に引き込まれている。屋外にも、連結された列車が幾本も停《と》まっていた。見ているだけで、わくわくと胸が躍ってくるような大規模な車両基地だった。

函館本線や車両基地をあいだにして、市街地のこのあたりは南北に分断されている。車利用の場合は多少遠回りでもさほどの不便はないが、歩行者たちは南北の行き来に、この横断歩道橋を使う。長さ百メートルほどの跨線橋である。

少年はきょうも、その跨線橋でときおり場所を移しながら、車両基地に停まった列車や、跨線橋の下をくぐっていく列車を眺めた。習慣というわけでもなかったが、少年は学校が退《ひ》けたあとや休みの日に、よくここにきて列車を見た。跨線橋を北に渡り切ると、ＪＲ北海道の博物館にも行くことができた。蒸気機関車のＤ51やＣ62の実物も展示している博物館だ。天気が悪い日は、少年は正式名称を北海道鉄道技術館というその博物館に行って、展示されているジオラマや鉄道車両模型を眺めたり、

ＨＯゲージの模型車両を運転したりした。博物館には無料で入ることができたし、少年の足でも自宅から四十分ほどだから、少年は週に一度はこの跨線橋や博物館にやってきていた。いつしか少年は、この博物館の職員とは、目礼する程度の顔なじみになっていた。

スーパーおおぞらが札幌駅方面に完全に消えたあと、少年は跨線橋の北の方角に目をやった。そのひとは、まだそこにいた。

大人の男のひとだ。ジーパンにＴシャツ姿で、ボディバッグを肩からかけていた。カメラは持っていない。この跨線橋ではときおり、大きな黒いカメラを持った鉄道写真マニアを見るのだけれど、その男のひとは写真マニアではなかった。

十分くらい前か、スーパーおおぞらを待っているとき、そのひとは少年の脇を通っていったのだった。髪がぼさぼさで、どことなく元気がなかった。小さくため息をついていたような気もする。

そのひとは跨線橋の北寄りまで行くと立ち止まり、工場の方角に身体を向けた。そのあとずっと、工場のほうに目をやっていた。でも、興味があるから目を凝らしているようでもなかった。なんとなく上の空という様子が、少し離れた少年の目にも映っていたのだった。

少年は、きょうもまた博物館に行こうかと考えて、跨線橋を北に向けて歩きだした。どっちみちきょうは夏休みの一日目。時間はたっぷりあるし、ほかにすることもないのだった。

跨線橋を歩いてゆくと、その男のひとの後ろに何か白いものが見えた。紙？　その紙は少し前から男のひとの後ろの足元にあったのだろう。

少年は男のひとのすぐそばまできたが、そのひとはずっと工場のほうに目を向けたままだ。少年は紙を拾った。何かの書類だ。通知のようなものかもしれない。ほんの数行、文章が印字されている。少年は文章を読むことなく、その男のひとに言った。

「これ、落としませんでしたか？」

男のひとは我に返ったように少年を見つめてきた。

「ん？」

少年はもう一度言った。

「落ちてましたけど」

男のひとはその紙を受け取って見てから、かすかに微笑した。やはりそのひとのものだったようだ。そのひとは紙をたたむと、ボディバッグの中に収めながら言った。

「鉄道が好きなのかい？」

鉄道、という言い方に、このひとも鉄道が好きなんだなとわかった。ふつう大人は、汽車が好きなのか？と訊《き》く。少なくとも、これまで少年のそばにいた大人たちは。

「うん」少年は答えた。「スーパーおおぞらが大好きなんです」

「いま通っていったな。二八三系はぼくも好きだよ」

詳しいひとだ、とわかった。あの列車のことを、二八三系と言うなんて。

少年は、自分もいくらかは詳しいのだと言いたくなった。

「振り子特急の二番目ですよね。スーパーおおぞらって」

男のひとは、少年が期待したとおり、ほうという顔になった。

「よく知ってるな。ＪＲ北海道では二番目の振り子式だよ」

「おじさんも、鉄道が好きなんですか？」

「おじさんか」男のひとは苦笑した。「そんなに歳じゃないぞ」

「ごめんなさい。大人のひとの歳ってわかんないから」

「ぼくも好きだよ。子供のころからずっと好きだった」

「ぼくはこれから技術館に行くつもりです。知っていますか？」

「知ってるよ。近くにいたこともある」

どういう意味かわからなかった。住んでいたということだろうか。それともこの近所で働いていたという意味か。

その男のひとは言った。

「手宮《てみや》の博物館には行ったことはあるの？」

小樽《おたる》には、本物の動く蒸気機関車のある鉄道博物館がある。古い「しづか号」という蒸気機関車も展示されているとか。ほかにもさまざまなタイプの車両が置かれているらしい。話には聞くけれども、少年は行ったことがなかった。そもそも少年は、ろくに鉄道に乗ったことがないのだ。札幌の地下鉄以外にはろくに。とうぜん小樽まで行ったこともなかった。

「行きたいけど」少年は言った。「まだ行ったことはないんです」

「そんなに鉄道が好きなのに、行ったことがないなんて」

「アイアンホースって、乗れるんですよね」それが動く蒸気機関車の名だ。

「客車のほうにね」

「蒸気機関車って、一度乗ってみたい」

「乗ったことないのか？」

「だって、ぼく、子供だから」

男のひとは視線をいちど工場のほうに泳がせてから、思いついたように言った。

「連れていってあげようか。手宮の鉄道博物館」

少年は驚いた。

「ほんとに？」

「行きたいだろ」

「函館本線に乗るんですか？」

「ぼくの車で行こう。ＪＲで行っても、どっちみち小樽駅からはバスに乗らなきゃならないんだ。何時までに帰ってくればいい？」

「夕方までですけど。時間はかかるんですか？」

「いくまで一時間少しかかる。下道を通るんだ」

「下道って？」

「高速を使わないで。ぼくはあまりおカネがないから」

「いいんですか？　ぼくもおカネはあんまり持っていません」

そう訊きながらも、少年はもう行くつもりになっていた。連れていってもらえるなら、帰りが多少遅くなってもよかった。いまポケットにあるおカネは、五百円ぐらいだ。母親から夕食代としてもらったものだ。それを全部使ってしまってもいい。

「行こう」とその男のひとは言って、跨線橋を南のほうに、いま少年が来たほうに歩きだした。「おカネのことは心配しなくていい」

「はい」

少年も続いた。

手宮の鉄道博物館に行けるなんて。それも夏休み最初の日に。こんな素晴らしい夏は、生まれて初めてのことかもしれない。今年は、最高の夏になるかもしれない。

1

その店は札幌の中心部、およそ一キロメートルほどにわたって延びる商店街の、ほぼ真ん中あたりにあった。商店街の名は狸小路《たぬきこうじ》といい、アーケードが設けられている。

この日、小島百合《こじまゆり》巡査部長は、午前十時二十五分に、その狸小路商店街五丁目の西側入り口で捜査車両から降り立った。部下の吉村俊也《よしむらとしや》が一緒だった。ふたりとも私服姿で、車も警察車両には見えない軽自動車だ。

六分前に、その商店から生活安全課に直接通報があったのだ。二日前にも万引きをしていった高校生たちが、また店にやってきていると。この件であらかじめ相談を受けていた生活安全課少年係は、すぐに商店街にふたりの警察官を派遣したのだった。

吉村が歩きながら、商店街の奥を指差して言った。

「あのひとだかりが、その店ですかね」

吉村の指差す先に、数十人のひとが集まっている。年配者が大半と見えた。閉店を惜しむ馴染《なじ》み客たちなのだろう。

小島百合は応《こた》えた。

「店に入り切らないのね。たしかに万引き犯が集まりそう」

目指す店は、この狸小路商店街でも老舗《しにせ》の筆頭格、創業が明治二十五年という溝口煙管店《みぞぐちキセル》だ。戦前は煙草《タバコ》はもちろん、煙管、煙草盆、パイプなど喫煙具全般を扱う店だった。戦後はライターの需要が増えて、店も成長したという。昭和三十年代に入ってから、ダーツや輸入ボードゲームなど大人の男の趣味の品も売るようになり、さらにその後、鉄道模型やラジコン機、モデルガンなども扱うようになった。この五十年ばかりは、店名はそのままに模型の専門店として札幌市民には知られていた。札幌の男の子なら一度は行ったことがあるはず、と言われている店である。狸小路の五丁目の中ほどにある、北向きの路面店である。

この七月の最終週、溝口煙管店は入居しているビルの建て替えに合わせて店を畳むこととなり、二日前から閉店セールに入っている。今週、閉店セールが始まったところで、連日たいへんな混雑だとは、テレビなどでも報じられていた。かつて模型大好き少年であった大人たちが、閉店前にもう一度買い物をしようと訪れているのだ。

小島百合は吉村に訊《き》いた。

「吉村さんは、行ったことある？」

吉村が答えた。

「子供のころに一度だけ。小島さんは」

「有名な店だけど、わたしはないの」

「女の子には、たぶんそんなに楽しい店じゃないでしょう」

吉村は二十五歳、高校卒業後、一年だけアパレル産業で働いた経験を持つ青年だ。そのあと、北海道警察に採用となったのだ。去年、大通署《おおどおり》の生活安全課少年係に配置となった。札幌の隣り小樽市の出身だった。

大通署の生活安全課少年係は、二日前にこの店の五十代の副店長から相談を受けていた。閉店セールの混雑の中で、大胆に万引きしていった高校生らしきふたり組がいる。店員の記憶では、そのふたりはそれまで半年のあいだに三度、店にやってきて、モデルガンなどを万引きしていった。万引きの常習犯である。被害額は最初は二万円ほど。二回目、三回目は四万円近かった。同じ商品をいくつも盗んでいくこともあるので、連中はおそらくネットを使うなりなんなりして、換金しているのだろうという。

しかし人手不足なので、万引きに気づいても捕まえている余裕もなかった。とくにひとりは体格がいいので、暴れられたりすることも心配だった。かといって警備会社に警備員を頼むだけの規模の店でもない。被害届も出すので、なんとかならないだろうかと。

生活安全課は、もしこの次その高校生たちがきたら、店から出さないようにしてすぐに通報してくれと対応した。すぐに警察官を派遣して、あとを引き取ると。相談にきた五十代の副店長は、それができるかどうかと不安そうだった。

店に近づいていくと、ひとだかりはやはり閉店を惜しんで溝口煙管店にやってきた客たちだとわかった。エントランスの前に固まっているのだ。間口三間の小さな店だから、中に二十人も客が入れば一杯になる。混雑を避けて、中が空くのを待っているのだろう。整理券でも出ているのかもしれない。

店の前まで来たときだ。小島百合の携帯電話が鳴った。百合は歩きながら携帯電話を取り出した。溝口煙管店の副店長、平木《ひらき》からだ。先日相談を受けたときに、この電話番号を教えてある。

「少年係、小島です」

「あの」平木は動揺しているような声で言った。「気づかれたようです。店からいなくなっています」

「いない？」

「ええ」

「被害は?」

「わかりません。きょうはすごく混んでいるんで」平木の声の調子が変わった。「あ、そいつ!」

ガチャリ、という音がした。携帯電話をデスクの上にでも放《ほう》り投げたか? 何か店の中で起こったようだ。その常習犯たちはまだ店の中にいた?

「警察です、失礼」

百合はひとだかりをかきわけて、店の入り口のガラス戸の前まで進んだ。吉村も一緒だ。

店のガラス戸には、手書きの閉店セールの貼《は》り紙が何枚も貼られている。

「売り尽くし! 3~5割引き」と赤字で書かれた短冊もあった。

そのガラス戸が外に開いた。中から子供がひとり飛び出してきた。メガネをかけた男の子だ。高校生ではない。小学生? 小学六年くらいかもしれない。長めの髪で、デイパックを肩にかけている。緊張した顔だ。

閉まりきらないドアの奥から、声があった。

「その子供、万引きです!」

百合はその子の前に立ちはだかった。

「待って。止まって!」

少年はさっと身をよじって、百合の制止をかわそうとした。

吉村がさっと両手を広げて、少年の行く手をふさいだ。少年は身をかがめて吉村の脇を抜けようとした。吉村の左手が少年の上体を止めた。少年はよろめき、デイパックを路上に落とした。口が開いて、中からチョコレートの箱のようなものがふたつ飛び出してきた。

百合も少年の身体《からだ》を押さえた。少年は抵抗し、両手を振り回した。吉村が少年をはがいじめにして、店の壁に押しつけた。少年は抵抗をやめた。少年の身長は、百五十センチ前後といったところか。

少年のTシャツは、少し汚れて見える。七分丈のカーゴパンツも、糸のほつれや生地の傷みが目についた。スニーカーは、かなり古いものだ。

店員らしき若い男が店の中から出てきて、落ちていたデイパックの横から、箱をふたつ持ち上げた。チョコレートの箱ではなかった。プラスチックのケースがふたつだ。店員が、百合にその箱をかざして見せた。

「うちのです。未精算」

「それは何です？」と百合は訊いた。

「工具ですね」

店の前の客たちは、興味津々という顔で、少年と百合たちを見つめている。あまりこの少年をひと目にさらしてはいたくない。

入り口から店内を覗《のぞ》いた。奥行きのある店で、通路が二本ある。店内は、ラッシュ時の地下鉄並みに混んでいた。

百合は店員に訊いた。

「事務所、使えます？」

店員は首を振った。

「こういう日なんで、足の踏み場もありません」

「高校生の常習犯は、いなくなったんですね？」

「ぼくと目が合ったせいか、気がついたら店にはいなかった」

百合はデイパックを拾うと、少年に見せて訊いた。

「あなたのリュックね」

少年は視線を合わせなかった。押し黙っている。

「違うの？　答えて。あなたの？」

少年が、小さくうなずいた。

「あっちのふたつの箱、あなたのリュックの中に入っていた。間違いない？」

少年はうなずかなかった。しかし、首を振ったわけでもない。

「リュックの中に入れたのね？」

少年は黙ったままだ。

「中を見せてもらっていい？」

こんどは少年がうなずいたので、百合は彼の目の前でデイパックの口を広げ、中を確かめた。本と鉛筆ケースが見える。底のほうに、衣類らしきものが丸めてあった。

百合はデイパックを店員に示して訊いた。

「まだ何か、お店の商品はありますか？」

「いや」と、デイパックの中を覗いて店員は答えた。「このふたつだけです」

「お借りしていいですか？」

「どうぞ。袋でも持ってきましょうか？」

「いいえ。そのままでいい」

百合は自分のトートバッグにその工具の箱を入れると、もう一度少年の目を覗きこんだ。

「きみの名前は？」

少年は答えなかった。

「いくつ？」

やはり無言だ。

百合は少年のデイパックを左肩にかけると、吉村に言った。

「戻りましょう」

吉村がうなずいて、少年の片腕を押さえたまま彼に言った。

「さあ、一緒にきてくれないか」

少年は一瞬だけ戸惑った様子を見せた。視線が通りのほうに動いた。誰か探しているようにも見えた。保護者か、友人か、誰かを。百合も少年の視線の先に目を向けた。それらしき人物は見当たらなかった。

吉村が少年の肩を軽く叩《たた》いてうながすと、彼は口を開いた。

「警察のひとなの？」

まだかなり子供っぽい声だった。

「ええ」と百合が答えた。「一緒に、警察署まで来てもらう」

「どうして？」

「あなたが万引きをしたから。お店のひとがあなたの万引きを確認したわ」

「ぼくは逮捕されたの？」

「まだ処分は決まっていない。まずあなたから事情を聞くの」

吉村がもう一度少年をうながした。少年はこんどは素直に歩きだした。百合は、少年を吉村と両側からはさむ格好で、狸小路五丁目の西側入り口へと向かった。

もちろん少年を逮捕するわけではない。十二、三歳の少年の、被害額もせいぜい数千円程度の万引きだ。通常であれば、店と少年とのあいだで解決してもらう程度の案件と言えた。ただ、警察官の目の前で万引きが行われ、警察官が万引き現行犯の身柄を確保している。ここで店の側に万引き犯を引き渡すことはできない。一応は署で事情を訊くことになる。身元、年齢を確認し、説諭した後、保護者に連絡して身柄を引き取りにきてもらう。万引きした商品が売り物にならなくなっていれば、店への弁済ということも保護者に助言することになるだろう。どうであれ、その程度のことだ。これが、最初に相談を受けたような、万引き常習犯の高校生の身柄確保であれば、扱いも変わってくるが。

ただ、この万引き事案に、何か奇妙さを感じる。どこだろう？　何が奇妙なのだろう？

停めた車に向かいながら、小島百合は、自分がいま引っかかった部分に気づいた。

少年が万引きしたのは、工具。被害額はせいぜい数千円。いや、もっと安いかもしれない。それは少年の所有欲を激しく刺激するようなモノなのだろうか。あるいは、換金できるような商品なのか？

署に戻ってから、品をあらためてみよう。

大通警察署刑事三課の佐伯宏一《さえきこういち》は、部下の新宮昌樹《しんぐうまさき》と一緒に、午前十時二十七分にその園芸店の駐車場に降り立った。

侵入があった、と店のオーナーから通報があったのだ。窃盗犯だろうということで、佐伯に現場への急行が指示された。とりあえず地域課のパトカーが急行して、侵入犯がまだ敷地内や周辺にいないか、調べているという。

その園芸店は、大通署管内の南西端、ほかの都市であれば山の手と呼ばれるようなエリアにあった。札幌の市街地の西に、藻岩山《もいわやま》と呼ばれる標高五百メートル少々の山がある。この山麓を、等高線に沿うように北海道道八九号線、別名藻岩山麓通りが走っており、この道路の両側の斜面に、住宅街が拓《ひら》けている。多少不便だが景観がよいため、札幌の高級住宅地ということになっている。じっさい山麓通りの山側の斜面に建つのは、さぞかし建築家も楽しんだに違いないと思える大胆なデザインの一戸建て住宅が多い。あるいは、二階建てのテラスハウスだ。

またこのあたりは、管轄の線引きが何度か変更のあったところで、現在山麓通りは大通署と円山《まるやま》署の管轄境界線ともなっていた。東側が大通署である。行政上の区域分けとは一致していない。

犯罪の少ない地域ではあるが、数年前、夜景が見事なことで知られるバーが乗っ取られ、客が人質となる事件が発生した。佐伯もこの事件解決には多少関《かか》わった経験がある。このあたりに来るのは、それ以来だった。

山麓通りの両側には、とくに商店街があるわけではない。出店規制があるのでもないが、商売は山を完全に下り切ったところでやるもの、というのが住民の総意ということなのだろう。だからその道路沿い数キロのあいだに、コンビニも二軒しかない。

その園芸店は、道路沿いにある数少ない商業施設のひとつだ。店の前の駐車場には、十二、三台の車が停められる。いまそこにあるのは、シルバーのイギリス製四輪駆動車と軽トラック、それに大通署地域課のパトカーが一台ずつだった。

店は、山麓通りと、斜面下へと降りてゆく市道との角にあった。建物自体は木造の二階建てで、粗くサンダーをかけただけの板の壁には、オイルを含まない緑色の塗装がなされている。窓枠もアルミではない。木製だった。環境には配慮していますと、建物全体で主張しているような造りだ。板壁には、さほど大きくはない看板が出ている。

「FUSHIMI GARDEN」

フシミは、このあたりの地名だ。

ガラス窓には、たくさんの手書きの短冊が貼られていた。「砂ふるい入りました」「西洋芝の種、特価販売中」「ミニバラ一鉢一八〇円！」「小分けします。水耕栽培用追肥」といった文句が並んでいる。

それにしても、この店に侵入犯？　窃盗犯が入った？

この街では、少し郊外に走れば大きな園芸店がいくつもある。春、雪が解けて日差しも気温もサクラを迎えるころになれば、それらの園芸店は品揃《しなぞろ》えを一気に増やす。冬のあいだは切り花や観葉植物の販売でしのいできたろうが、夏場は稼ぎどきだ。一年草の種子から花卉《かき》の苗や鉢植えはもちろん、庭木の苗も、スコップやら剪定鋏《せんていばさみ》やらの園芸道具、庭用のテーブルや椅子《いす》なども大量に取り揃える。庭全体を設計して自分で造ってしまうという庭好きもいる。そのような客のために、レンガやセメント、砂利、手押し車といった、庭造り用品というよりは、土木関連資材と呼ぶべき品もバックヤードには並ぶのだ。ガーデン・トラクターさえ展示されるときもある。この時期、この街の郊外の大型園芸店は、郡部の農協店舗よりも品揃えが豊富になる。

だから、佐伯には違和感がまず最初にあったのだった。この規模の店に、どんなカネ目のものがあるというんだ？　侵入、窃盗というリスクに見合うようなカネ目のものなど、何かあるか？

佐伯たちは、地域課のふたりの制服警官たちから引き継ぎを受けると、店のオーナーに顔を向けた。男は五十歳くらいか。細身で、口髭《くちひげ》をはやしている。チェックのシャツに、デニムのパンツ姿、オリーブグリーンの細身のゴム長靴を履いている。身につけているものひとつひとつの趣味がよかった。ガーデニングの雑誌にそのままモデルとして登場してもおかしくはない。岩崎浩也《いわさきひろや》という名前だった。

岩崎のさらに後ろに立っているのは、夫人なのだろう。短めの髪の、小柄な女性だ。長袖《ながそで》のカットソーに、濃い色のエプロンをつけている。パンツ姿で、サンダルを履いていた。不安げな顔で、佐伯たちを見つめている。

「とにかく」と岩崎が言った。「中を見てください。裏手のドアが破られたんです」

岩崎が、駐車場右手寄りにある店の出入り口へと歩き出した。佐伯は岩崎のあとを歩きながら、あたりに素早く目をやった。

岩崎が入り口の前に立つと、自動ドアが開いた。そのガラスドアに、民間警備会社のステッカーが貼られている。

佐伯は岩崎に訊いた。

「警備会社には、通報は行かなかったんですね？」

「ええ」と、店の奥へと進みながら岩崎が答えた。「ご覧のとおりの小商いですし、非常ベルを押したときだけつながる、という契約なんです」

警備業務の委託契約には、必要なセキュリティの段階別にいくつもの種類がある。センサーが異常を感知したときに自動的に警備会社の職員が駆けつける契約は、むしろ稀《まれ》である。センサーや監視カメラを設置しない契約もある。コンビニならともかく、商いの規模の小さな商店の場合は、その程度の契約であっても不思議はなかった。

店の表側、駐車場に面したスペースには、スチールの棚が並び、どの棚板も苗や鉢植えで埋まっていた。入り口右手にレジカウンターがある。その背後は、園芸用品や小物類の売り場となっていた。全体にL字の形をした売り場である。広さは二十坪ほどだろうか。札幌の市街地にある園芸店なら、これでけっして小さいとは言えまい。この店の客は、ごく近所の園芸好きがほとんどのはずである。

置かれていたレジスターは、小さな商店用の普及品だ。その気になれば、まるごと持って行けるほどのサイズである。下の引き出しの右手に、鍵穴《かぎあな》がある。引き出しの上部とサイドに引っ掻《か》いたような傷があり、鉄板が少し歪《ゆが》んでいた。侵入犯は、隙間《すきま》にバールなどを差し入れて、引き出しを開けようとしたようだ。しかし、開けるには至らず、中から現金を抜くことはあきらめたのだろう。しかし、金庫とは違う。時間をかければ、引き出しを開けることは可能だったはず。侵入犯は、現金にあまり執着していなかった、とも解釈できる程度の傷だった。

「現金は、全部この中にあるんですか?」と佐伯は訊いた。

岩崎は首を振った。

「いいえ。閉店のときに、二階の住宅のほうに移します。中は空です。領収書用紙があるくらいで」

「小銭も、一切ですか?」

「はい。現金は全部です」

レジカウンターの前を通りすぎると、右手にはガラス製と見える箱がいくつも並べてあった。いや、アクリル製かもしれないが、いずれにせよ、小さな温室のような箱だ。中に植物が置かれている。大型の、棚が三段あるガラス箱の中では、ミニトマトが育っている。

観賞用なのか、それとも食用なのか、佐伯にはわからなかった。

佐伯の視線に気づいたか、岩崎が言った。

「水耕栽培用のケースです」

「水耕栽培?」

「手が汚れたりしないんで、最近は人気ですよ。野菜だけじゃなく、ハーブなんかもこれで育てるんです」

「トマトも、観賞用なんですか？」

「食べてもいいし、グリーンは部屋の雰囲気をなごませますから」

小物売り場を抜けると、奥に温室があった。透明のアクリル板で屋根と壁を作った空間だ。腰の高さまでは、コンクリートの壁となっている。広さは三坪もあるかというところだ。冬のあいだ、商品の植物を避難させるスペースなのかもしれない。

ドアを開けると、中は湿度が高かった。梅雨どきの東京はこうだろうか、という蒸した空気だ。

中央の通路の突き当たりに、もうひとつドアがある。裏手の庭に面していると見える。そのドアのガラスが割られ、細片が内側のコンクリートを流した床に散らばっていた。

ドアについているのは、シリンダー錠だ。ガラスを割られたら、簡単に開けることができる。

「ここから入られたようなんですが」と岩崎が言った。

佐伯はドアの外を覗いた。右手にゆるいスロープとなった市道が見える。市道の周囲にあるのは、一戸建ての高級住宅だ。たぶん夜間はひとの目が少ない。

佐伯は振り返って岩崎に訊いた。

「それで、被害品がわからないということでしたが」

岩崎は困惑した顔だ。

「そうなんです。何が盗《と》られたのか、わからないんです。さほど高価な鉢植えがあったわけでもありませんし、見たところ小物も、消えているものはないんです」

「チェーンソーとか、電動バリカン、電動の剪定鋏などは扱っています？」

園芸に詳しくなくても、警察官として凶器に使えるような道具についての知識はあった。

「チェーンソーは扱っていません。電動バリカンも。電動の剪定鋏も、なくなってはいないんです」

「噴霧器《ふんむ》とか、高圧の洗浄機なども、園芸店で扱いますね？」

「どちらも、うちでは扱っていません。お客も、小さな花壇いじりを楽しんでおられるような方がほとんどですので」

佐伯は、岩崎の前に立って温室を出た。すっと首筋が涼しくなった。

レジの前まで歩くと、岩崎が言った。

「被害がないなんて、通報したのが間違いだったような気がしてきましたよ」

佐伯は首を振った。

「侵入だけでも、通報には十分ですよ。犯人は、近辺でもっとやっているのかもしれませんから」

言いながら佐伯は入り口のガラスドアの向こうに目をやった。鑑識係のワゴン車も、もう到着するだろう。

佐伯は訊いた。

「お店は、ご夫婦だけでやっているんですか？」

「夏場は、アルバイトを使っています。午後だけですが」

「どんなひとです？」

「近所の主婦です。園芸好きなひとで、最初はお得意さまだったんですが、いまは手伝ってもらうようになった」

「午後何時からです？」

「一時から六時までです」

「おいくつぐらいの方ですか？」

「三十二、三かな」

そのとき夫人が岩崎に近づいて、何か小声で言った。

岩崎が、あ、という声を出した。

「何かありましたか?」と佐伯は確かめた。

岩崎は、小物の棚の前に移動して、通路にしゃがみこみ、棚の下を覗いた。

「あ、ほんとだ」

佐伯も岩崎の横にしゃがんだ。

「何です?」

「水耕栽培に使う追肥の袋がなくなってます」

「追肥の袋?」

「ええ。硝安《しょうあん》。硝酸《しょうさん》アンモニウムです」

佐伯はその言葉に反応した。

「硝酸アンモニウムを売っているんですか?」

「はい。水耕栽培の追肥として、効果があるんです」

「硝酸カリウムとは違います?」

「そっちは売っていません。保管や販売に気をつかいますし、用途は同じですが硝酸アンモニウムのほうが安いので」

「どのくらいの量がなくなったんです?」

「二十五キロ入った袋です。中国の品ですが、うちはお客さんに小分けして売っていました」

「購入者の名前、住所は確認されていますよね」

「はい、指導も受けていますから」

硝酸アンモニウムは、消防法でいう危険物の第一類にあたる。届け出が必要な保管量は、三百キログラム以上だ。だから二十五キロの袋を在庫としていたこと自体に問題はない。ただし、硝酸カリウム同様、爆薬の材料にもなる。近年は取り引きについて購入者の身元確認をするように、各県警が指導していた。

「それがそっくりないんですか?」

「まだ開けていないひと袋と、三、四キロ残っていた袋と」

「つまり二十八、九キロの硝酸アンモニウムが消えている?」

「はい」

「昨日までは、間違いなくあったんですね」

岩崎の答が少しだけ遅れた。

「ええ」

「その二十五キロの袋というのは、価格はいくらなんです?」

「輸入元から、七千七百円で買っています」

佐伯は立ち上がった。部下の新宮が佐伯を見つめてくる。

彼ももうこの侵入、窃盗事件の意味を理解している。これは、通報を受けたときに想像したよりもずっと重大な事案だ。

佐伯は、洞爺《とうや》湖サミットがあったときに受けた研修を思い出した。各国首脳を狙《ねら》ってのテロなど絶対に発生させてはならないと、道警のトップは刑事部門の捜査員にも爆発物の基礎知識を習得させるべく特別研修を実施した。大通署からは佐伯ともうひとりが受講している。被害届や盗難品のリストを見たときに、すぐに感知器が反応するように、という意味の研修だった。

あのとき覚えたことを思い出せば、硝酸アンモニウム、肥料の名で言えば硝安は、軽油と混ぜることで簡単に爆薬を作ることができるのだ。硝安油剤爆薬、というのがその場合の正式な名ではなかったろうか。別名はたしかＡＮＦＯ爆薬だ。

つまり黒色火薬の材料となる硝酸カリウムほど危険ではないにしても、三十キロ弱の硝酸アンモニウムがあれば、かなりの威力を持つ爆弾を製作可能な爆薬が製造できる。

もちろん爆薬ができたところで、それを爆弾にする技術はまた別だ。そこから先はいくらか専門的な知識が必要となる。とくに信管を作ることは、難度の高い部分だ。硝酸アンモニウムが盗まれたからといって、ただちに爆弾事件を心配することはない。しかし、爆薬を作るという理由以外で、硝酸アンモニウムを盗む理由も、あまりないのだ。本来の肥料として使うつもりならば、盗むことはない。身分証明書を持って、農協なり農業資材業者なりから買えばいいのだから。

もうひとつ気になることがある。

二年前に札幌丘珠《おかだま》警察署管内で、ガスボンベを使った爆破事件が四件連続した。釘《くぎ》なども仕込まれており、十分に殺傷能力のある爆弾だった。そのうちの一件は、丘珠警察署駐車場での爆発だった。丘珠警察署に対しての恨みを書きつらねた、爆破予告声明文も届いた。

最初は丘珠署に配置された経験のある警察官とその家族が疑われた。次に、丘珠署が逮捕したか取り調べたことのある被疑者もしくは参考人が捜査の対象となった。最終的には、爆破予告声明文が決め手となって、このガスボンベ爆弾犯は逮捕された。ほんの些細《ささい》なことで丘珠警察署への憎悪を募らせての――としか道警には判断しようのない――犯行だった。被疑者は犯行を否認したが、送検され起訴されて、一審で有罪判決が出ている。現在、高裁で審理中だ。

被疑者逮捕後に、つまり被疑者が留置場にいるときにまたもガスボンベ爆弾事件が発生した。誤認逮捕か、と一瞬、関係者だれもが冷や汗をかいた。しかし爆弾の材料、作り方の違いから、道警はこれを模倣犯の犯行と判断した。

残念ながら、こちらの爆弾犯はまだ逮捕されていない。つまり札幌管内には、まだひとり爆弾製造能力を持った人間が自由の身でいるのだ。

その男？　いや女かもしれないが、一度は爆弾を使ったことのある誰かが、こんどは硝安爆弾の製造に取りかかったのか？　いまの時点では、そう考えるべき何の根拠もないが。

新宮が佐伯を黙って見つめている。彼も、いま佐伯が何を想像したか、見当がついているはずだ。彼も同じことを連想したのは確実だ。

佐伯は岩崎に、ほかの被害品がないかもう一回確認してくれと頼んでから、駐車場に出た。新宮がついてきた。

佐伯は携帯電話を取り出して、大通署刑事第三課の直属上司の伊藤成治《いとうせいじ》の番号にかけた。

「どうした？」と係長の伊藤が訊いた。伊藤は肥満のために、電話を通した声は苦しげにあえいでいるようにも聞こえる。「バラの鉢植えがひとつ、なんてことなら、ずいぶんロマンチックな泥棒だけど」

佐伯は、伊藤の冗談は無視して言った。

「被害品は、硝酸アンモニウムでした」

「硝酸アンモニウム！」伊藤も、佐伯が思いついたのと同じことを確認してきた。「硝酸カリウムじゃないのか？」

「違います。硝酸アンモニウム。肥料の硝安です」

「どのくらいの量だ？」

「三十キロ弱です」

「三十キロ弱？」伊藤が、信じがたい、という声を出した。「使える人間が使ったら」

佐伯はあとを引き取った。

「かなりの威力の爆弾が作れるんじゃないでしょうか」

横で、新宮の眉《まゆ》がかすかに上がった。


大通署に戻ると、小島百合はまず少年に自分のデスクの横の椅子に座るように言った。

少年は椅子に浅く腰掛け、両手を膝《ひざ》の上に置いた。吉村は少年の後ろ側の、自分の席だ。

少年の前髪は、目にかかるほど伸びている。一重まぶたの目の光は強かった。鋭敏そうに見える。メガネの度はきつめだから、本が好きな子かもしれない。全体に細くて、姿勢はあまりよくなかった。学校では、目立たない存在だろう。いじめられている、とまでは窺《うかが》えないが。少しよれた黄色っぽいTシャツは、たぶん今朝着替えたものではない。

百合は少年のズボンのポケットの中のものをデスクの上に置くように指示した。少年がポケットから出したのは、汚れた青いハンカチが一枚と、小銭入れだった。小銭入れの中に入っているコインは、全部で五百二十円あった。札幌の地下鉄を、端から端まで一往復できるが、それに加えてハンバーガーを食べることができるわけではない。

携帯電話は持っていない？

一瞬考えたが、所持品検査はよしておいた。リュックの中身は見せてくれたのだ。貴重品はもうほかにはないだろう。とりあえず後まわしにする。

ついで、少年のデイパックの中身をデスクの上に広げた。丸まっていた衣類は、Tシャツとトランクス、それに靴下だった。一度着たものだ。ビニール袋も出てきた。中身は、タオルと歯ブラシ、それに歯磨きのチューブだった。旅行中？　いや、家出中なのかもしれないと百合は思った。

百合は、少年が万引きした工具の箱を手に取ってあらためた。

ひとつはドライバーのセットだ。精密工作用ドライバーセット、と箱には印刷されており、七種類の小型のドライバーが収まっている。百合は値札を見た。千二百円、という数字が赤線で消され、五百八十円という数字が打たれていた。新しい数字が、この売り尽くしセールのための価格なのだろう。もうひとつのケースには、精密作業用工具セットとラベルが貼ってあり、透明の蓋《ふた》の下に、ニッパーやピンセット、それにドライバーに似た工具などが収まっている。こちらの正規の価格は、九千八百円だった。想像外に高額だ。子供が模型工作で使う工具にしては、値が張りすぎているように思えた。専門家用なのだろうか。

百合は少年に訊いた。

「これは、あなたが自分で使うために万引きしたの？」

枝葉の質問から入ってしまったが、緊張している少年の心を開かせるには、氏名や住所などはあとまわしでもいい。

少年の口から言葉が出た。

「うん」

視線はちらりと一回合っただけだ。

「模型作りが趣味なの？」

「うん」

「どんな模型を作るのに、こんな道具が必要なの？」

少年は答えなかった。

百合は質問を変えた。

「どこで作っているの？」

少年は顔を上げ、不思議そうな顔をした。質問の意味がわからないのかもしれない。

「うちで作るの？」

少年の答は少し遅れた。

「うん」

「うちはどこなの？」

少年は答えずに、逆に訊いてきた。

「ぼくは少年院に行くの？」

話す意思はあるようだ。コミュニケーションを一切拒絶しているわけではない。

「きみ次第よ。もう何度も万引きをやっていて、全然反省がないなら、家庭裁判所はそれも考える」

吉村も後ろから言った。

「素直に答えないと、だめだよ」

言葉使いはていねいだけれど、脅しの声音が混じっている。

百合は吉村に目で合図した。怖い警察官役は、それで十分。もう話す気になっているから。

少年が、吉村を振り返ることなく、百合に顔を向けて答えた。

「初めてです」

「ほかのお店でも？」

「やったことはありません」

「名前を教えて。それが確かめられるから」

「ミズノダイキです」

「どういう字？」

「水の野原。大きな樹木の樹」

その答え方には淀《よど》みがなかった。

「いくつ？」

「十二歳」

「ということは、未年《ひつじ》？」

「いえ、申《さる》です」

年齢で嘘《うそ》は言っていない。

「小学生？」

「うん、小学六年です」

「うちは、札幌？」

「はい」

「どこ？」

水野大樹と名乗った少年は、また視線をそらした。答えない。

「お父さんかお母さんと連絡取れる？」

「お父さんはいません」

その答は意外ではなかった。なんとなく、家庭環境は複雑だろうと想像がついた。

「お母さんとは？」

「連絡取りにくいです」

「どうして？　お母さんは携帯持っていない？」

「持ってるけど、番号を覚えていないんです」

嘘だ。自分が携帯を持っていないにせよ、小学校六年生が母親の携帯の十一桁《けた》の番号を覚えていないはずはない。連絡を取らせまいとしている。

「一緒に暮らしているんでしょう？」

「うん。いや」

「どっちなの？」

「あんまり一緒じゃないんです」

「今朝は一緒だった？」

「今朝？」

「お母さんと一緒だった？」

「いや、うん」

「どっちなの？」

「一緒でした」

「お母さんと一緒に、朝ご飯食べた？」

少年は顔をそむけた。答えたくないようだ。つまり、一緒ではなかったし、朝食も取っていない。境遇は、いくらか深刻なものかもしれない。少なくとも、テレビのＣＭに登場するような、典型的な中産階級の家庭の子ではない。

　百合は、水野大樹の後ろにいる吉村に目で合図した。名前を照会してくれる？と。

　吉村はうなずいて、席を離れた。何本か電話もすることになる。やりとりが大樹の耳には聞こえない位置まで動く必要があった。

　百合はまた訊いた。

「お母さんとは、どこで暮らしているの？　札幌なの？」

　大樹が逆に訊いた。

「お母さんにも、このこと、言うんですか？」

「あなたがしたことは、ご両親には伝えなければならないわ。あなたはまだ子供なんだから」

「ぼくには、お父さんはいません」

「そうだったわね」次の質問に躊躇《ちゅうちょ》した。いま、この場合、どの可能性から当たっていくのがいいか。

「亡くなったの？」

「最初からいないんです」

　ということは、母親は結婚しないで大樹を産んでいるということか？

「では、お母さんには伝えなければ」

「どうしても？」

「ええ。あなたがやったことは、犯罪にあたるの。あなたの歳では、あなたのしたことは、親御さんにも責任があるのよ」

「お母さんは悪くありません。こういうこと、何も知りません」

「わかっている。でも、これからのこともある。あなたがもう二度としないよう、見守ってくれなければならないから」

「そういうことって」

　大樹はうつむいた。

「そういうことって？」と、百合はその先の言葉をうながした。

「聞いても、お母さんは困ると思います」

「ええ。でも、あなたはお母さんを困らせることをしたのよ」

「盗んだもの、返します」

「それだけではすまないわ。あなたにもう二度とこんなことをさせないと、あなたのお母さんに約束してもらわなければならないの」

「ぼくが約束するんじゃだめですか？」

「あなたはまだ子供だから、それだけでは不十分なの。お母さんの前であなたが約束し、お母さんにも約束は守らせると言ってもらわなければならない。さ、お母さんと連絡を取るには、どうしたらいい？」

　大樹は、途方に暮れたような顔となった。

　百合は黙ったままでいた。これ以上性急に追い詰めるべきではないだろう。この子はいま、万引きを見つかって警察署まで連れてこられた。落ち着いて考えることは難しい。母親のことについても、何か隠している。母親の仕事が何か、連絡先がどこか、それを知られたくないのかもしれない。もう少しだけ、気持ちを鎮め、心を開かせてやらねばならない。

　百合は、手を変えることにした。この子は、見た目よりもしっかりしている。いまこの時点で何を語ってよいか、何を隠しておくべきかを知っている。何か取り引きはできないかと、懸命に思案中だ。

百合は、口調をやわらげて訊いた。

「ハンバーガー、好き?」

大樹が百合を見つめてきた。もっと言えば、食らいついてきた。

「ふつうのハンバーガーでよければ、食べない？　わたしも食べようと思っているんだけど、好き?」

「はい」

「ふたつ入る?」

「はい、たぶん」

「飲み物は何がいい?」

「買ってもらえるんですか?」

「お姉さんが、ごちそうする」

大樹が、ソフトドリンクの名を挙げた。健康にはあまりいいとは言えない、炭酸入りの甘い飲料。でも子供は大好きだ。

百合は周囲を見渡してから、少年係のもっとも若手の女性警官、落合友紀《おちあいゆき》に、署内の売店まで買い物を頼んだ。ハンバーガー三個、ペットボトル入りのソフトドリンクとお茶が一本ずつ。落合友紀は、大樹に微笑を向けて席を立っていった。

百合は、また大樹に訊いた。

「小学校はどこか、もう訊いたかしら?」

「いえ」

「どこなの?」

「先生にも、言うんですか?」

「まだわからない。お母さんと連絡が取れなければ、学校に連絡してみる」

「学校は夏休みです」

「緊急の用件であれば、学校の誰かとは連絡がつくはずだから」

大樹は、考えている様子だ。母親と、学校の担任教諭と、万引きの件がまず報告されるとしたら、どちらがよいか。ふつうであれば、母親だ。無条件に味方になってくれると信じられるから。でも、大樹少年の場合も、そうだろうか？

やがて大樹が言った。少し抗弁するようにだ。

「学校の先生は、ぼくの保護者じゃないです」

「家庭にいないときは、担任の先生が保護者よ。お母さんの次に、あなたのことを知っている」

大樹はまたうつむいた。

担任教諭への不信が強い。学校ではいじめに遭っている？　それを訴えても、取り合ってもらえない？　だから、保護者ではない、と言い切ったのだろうか。それとも社会一般への不信なのだろうか。

担任教諭は、その代表ということなのかもしれない。

「どんな先生なの？」と百合は訊いた。「男の先生？　それとも女の先生？」

「男」

「若い先生かな。お兄さんみたいな」

「いや」

「先生は、好き？」

答が遅れた。

「うん」

「でも、話すのは苦手？」

「うん」

「じゃあ、やっぱりお母さんと話せるといいね。どうしたら連絡が取れるの？」

「うちで待っていれば」

「うちは、どこ？」

「近くないです」

「お母さんの携帯電話番号、どうしても思い出せない？」

「うん」

「学校には、たぶん連絡先として登録されているでしょうね」

そろそろ所持品検査だろうか、と百合は一瞬思った。

そこに、フロアを駆ける靴音が響いてきた。

「お待たせ」と大声で言いながら、買い物を頼んだ落合友紀が戻ってきたのだ。

大樹が顔を上げた。表情はほとんど変わらなかったけれど、目の光が強くなったのはわかった。

落合が、大樹が腰掛ける椅子の前のデスクに、買ってきたものを並べた。ラップされたハンバーガが三個。ソフトドリンクとお茶のペットボトル。

「一緒に食べましょう」と百合は言って、自分の分を手前に引き寄せた。

大樹は手を出す前に、百合を見つめてきた。ほんとうに食べてよいのか、いくらか疑っている表情だ。

「どうぞ」と、百合はペットボトルのキャップをひねりながら言った。

「ありがとう」

大樹は、ひとつ目のハンバーガーのラップをはずそうとした。焦っているのか、なかなかうまくはずせなかった。やっとラップを半分むいたところで、勢いよくかじりついた。そのハンバーガーを食べ終えるまで、大樹は何もしゃべらなかった。いったんソフトドリンクを喉《のど》に入れてから、彼はふたつ目にかかった。ふたつ目の食べ方には、多少余裕が出ていた。彼は途中でソフトドリンクを三度飲んだ。

百合はその様子を微笑《ほほえ》ましい想《おも》いで見つめつつ、自分の分のハンバーガーを半分ほど口に入れた。

吉村がフロアの奥から戻ってきた。手帳を右手に持っている。

百合は大樹の後ろを回って、吉村に近づいた。

吉村が小声で言った。

「とくに記録にはない名前でした」

「行方不明者届も?」

「出ていません」

「名前は嘘には聞こえなかったんだけど」

「嘘じゃないとしたら」

「誰も心配していない。放任、というか、放っておかれているのね」

デスクに戻ると、大樹が二個目のハンバーガーを食べ終え、口のまわりをぬぐったところだった。

彼はソフトドリンクを飲んでから言った。

「トイレに行っていいですか?」

「ええ」百合は答えた。黙秘は終わったのだと考えていいのだろうか。それとも、ハンバーガー二個ぐらいでは、彼の懐柔《かいじゅう》には足りなかったか。判断はつかなかった。

百合は、吉村に言った。

「吉村くんが、一緒に行ってあげて」

「いいですよ」と吉村が大樹をうながした。「うまかったか?」

「うん」

大樹は明瞭《めいりょう》な声で答え、吉村について廊下へと出ていった。

百合は、デスクの上に広げられた少年の持ち物や万引きされた商品を、あらためて見渡した。デイパックには歯ブラシとタオルが入っていたのだ。彼は家には数日帰っていない。友人宅あたりを泊まり歩いているのだろう。すでに北海道の小学校が夏休みに入ってから三日目だ。親はそれを気にかけていない。けっして、子供にとっていい環境ではない。

さらに問題は、この工具だ。精密工作用の小型のドライバーセット。時計の修理にも使えそうな品と見える。もうひとつは、やはり精密作業用の高額な工具セット。百合は工具セットの箱を持ち上げて、説明書きを読んでみた。こちらの箱に収まっている小型のドライバーは、検電用というタイプのものらしい。子供の工作で必要なものなのか? 模型工作にほとんど興味のない百合には、わからなかった。

換金用なのだろうか? でも、だとしたら、精密ドライバーのほうの価格が安すぎる。リサイクルショップに持っていっても、百円の値がつくかどうかだ。ハンバーガー一個分にもならない。それをわざわざ万引きした?

何か意味のある万引きのはずだが。

考えていると、吉村がひとりで戻ってきた。

吉村は、百合の姿を見て、怪訝《けげん》そうな顔になった。それは百合も同じことだった。

百合は訊いた。

「あの子は？」

吉村が、あたりにさっと目を走らせてから言った。

「トイレに入ったところで、ハンカチ忘れたと言って戻ったんです。歯も磨いていいかって。戻ってきませんでした？」

「来てないわ」

百合は立ち上がった。

吉村が言った。

「もう全面降伏したのかと思ってました」

「ついていなきゃあ」

「おれも小便をし始めたところだったものだから」

百合は早足で階段へと向かった。

大樹は、もう自分のリュックも持ち物も、そして万引きした品にも執着していない。逃げることだけを考えた。打ち解けたふりをしてわたしたちの警戒心をゆるめ、吉村に対して無邪気を装った。その自覚があったかどうかはわからないが、この子はこすい、と思わせないだけの雰囲気も持っていた。わたしたちは、まんまと引っかかった。

階段を降りながら、あの名前はほんとうだろうかとも疑った。嘘にしては口調は滑らかだったし、字を教えるときも、つっかかったりはしなかった。ごく自然な答え方に聞こえた。あの名乗りかたまで演技だった？　あの年頃の男の子が、そこまで小狡《こずる》さと世の中への不信を持っているとは思いたくなかったが。

建物のエントランスを飛び出した。そこは北一条通りと、西五丁目の通りが交わっている角にあたる。左右に目をやったが、水野大樹の姿は見当たらなかった。七月末の、午前十一時十分の札幌のこのあたり、勤め人ふうの男女の姿にまじって、観光客の姿も多い。でも、男の子ひとりの姿は見当たらない。百合は歩道の端に立って、ぐるりと身体をめぐらした。いない。大樹が階段を降りていってからまだ二十秒かそこいらしか経《た》っていないはずだが、その姿は見えない。立つ位置を少し変えてから、もう一度四方向に目を向けた。通行人にまぎれて、男の子が駆けていないか?

吉村もエントランスから表に出てきて言った。

「一階には見当たりません」

なお視線をめぐらしながら、百合は言った。

「やられたわ。観念したふりが、巧《うま》かった」

「ませ餓鬼《がき》に見えていたら、油断しなかったんですが」

「持ち物を全部捨てていった」

「所持品検査は、まだやってませんでしたよね」

「まず自分から持ち物を出させた」

「あの年頃で、一回カツアゲに遭ったような男の子は、貴重品を隠すようになります。あの子のパンツは、たぶんそういうポケットもついている」

「知ってるわ」

「ここに鍵がないのが気になります」

百合は、吉村の言葉に非難を感じた。たしかに、少しだけ甘かった。万引きした品が換金しやすい商品ではなかったことで、少年に余計な好奇心を持ってしまったのだ。

吉村が言った。

「ケータイも、持っていたのかも」

百合は同意せざるをえなかった。

「保護者への連絡が、よっぽど嫌だったのね」

「そうとうひどい親なんですね。ほんとうは、父親もいるのかもしれない」

だとしたら、余計に逃げられてはならなかった。自分たちが、あの子を保護してやらねばならなかった。

三分以上もその場に立ち尽くし、ようやく百合は自分の完敗を認めた。少年は、逃げおおせた。戻ってはこない。次は、水野大樹という名を、各方面に照会してみるしかない。

デスクに戻ってから、少年の持ち物を確かめてみた。

白いビニールに入った歯ブラシ、歯磨きチューブとタオル。Tシャツと白っぽいトランクス、白い靴下。青いハンカチに小銭入れ。

百合は、トランクスにも靴下にもハンカチにも、名前が記されていることに気づいた。「水野」と、達者な黒い文字。靴下の文字はかなり薄れかけているけれども、とにかく読める。

「これを見て」と百合は記された名前を指差して、吉村に訊いた。「どう思う?」

吉村が答えた。

「少なくとも、苗字《みようじ》はほんとうだった」

「何かの施設にいる子よ。家庭で洗濯しているんであれば、苗字を書く必要はない。大勢の子供がいて、洗濯はまとめてされてる施設」

吉村が、合点がいったという顔になった。

「児童相談所の一時保護施設とかですね？」

「養護施設かもしれない。自立支援施設か」

「片っ端からあたってみます」

まずそこからだろう。百合はうなずいた。

「手分けしてやりましょう。児童養護施設と母子生活支援施設はわたしが。あなたは児童相談所と児童自立支援施設」

少年係の職員として、こうした施設のリストはデスクからすぐ出せるようにしてある。札幌市内に限れば、あの少年の年齢の子が入所できる児童養護施設は、たぶん五カ所だけだ。近郊まで広げると、十カ所ぐらいになる。百合は、自分が引き受けた児童養護施設のリストの筆頭にある番号に電話した。

「大通警察署生活安全課の小島という者ですが、ひとり男の子の所在を確認したくてお電話をいたしました。少し伺えるでしょうか？」

「はい」と、電話口に出たのは、年配の男性だった。管理職だろう。「どのようなことでしょうか？」

「水野大樹という名前の小学生が、そちらにいないだろうかということなのですが」

「ミズノダイキ？　うちの施設の名を出したのですか？」

「いいえ。保護が必要な子供なのではないかという情報があるのですが、以前児童養護施設にいた可能性もあるものですから。それでそちらにお電話してみた次第です」

「その子、警察ではまだ保護してはいないのですね？」

「いません」保護する寸前に逃げられたとは、答えられない。「ほとんど基本的な情報もないのですが、水野大樹という名前と年齢だけはわかっています」

「その子は何か犯罪に関係している、というようなことでしょうか？」

「まだわかりませんが、保護者のもとを離れているようなので、放っておけば巻き込まれる心配はあります」

問い合わせた理由に納得してくれたようだ。相手が訊いた。

「ミズノダイキと言いましたか？　どういう字を書きますか？」

水野大樹、と百合は答えた。

「少しお待ちください」

しかし水野大樹はこの施設にはおらず、過去にいた記録もなかった。百合は礼を言って電話を切った。

吉村が、受話器を手にしたまま小島に言った。

「児童相談所は、電話では何も答えられないそうです」

札幌の児童相談所は、数年前、虐待の疑いで通報のあった四歳の男児を、怪我《けが》は軽いと保護しなかったことがある。その後、父親がその子を殺して、札幌丘珠警察署が父親を逮捕している。児童相談所の職員にも、対応がどのようなものであったのか取り調べがあった。それ以来、関係はぎくしゃくしているのだ。あまり道警に対して好意的ではない。

「それって、訊きたかったら来いと言っているってこと？」

「そうです。とりあえず了解しました」

「ほかも当たって」

三件目に電話をかけた児童養護施設で、電話に出た女性職員が言った。

「うちに、その名前の男の子がいましたよ。入ってきたとき、小学校五年生だった」

百合は確認した。

「いましたというのは、もういないということなんですね？」

「ええ。ひと月ほど前に退所しています」

「どういう事情で入っていた子なんです？」

「母親が逮捕されたんです。それでまず児童相談所が一時保護して、そのあと裁判が長くなるかもしれなかったので、うちにやってきた。母親に執行猶予判決が出て拘置所から出たところで、親元に戻ったんです」

「母親の逮捕理由はご存じですか？」

相手は言い淀んだ。

「大通警察署のひとですよね？」

「少年係の小島と言います」

「その、もし差し支えなければ、こちらに来ていただけますか？　直接お話しいたします。微妙な個人情報なので」

当然の対応だ。この電話だけでは、相手もかけてきた者がほんとうに警察官なのか、公務での問い合わせなのかはわからない。個人情報を出す前に、こちらの身元を確認する必要がある。この養護施設はとりあえず、水野大樹が入所していた事実は答えてくれた。意地悪をしているわけではない。

「すぐに伺います」

受話器を戻してから、吉村を見た。彼もちょうど一本、電話を終えたところだった。

「見つかった。一緒に来て」

「事情わかりました？」

「母親が何かで逮捕されていたらしい。詳しいことを、これから聞きに行く」

百合はデスクの上の大樹の持ち物をデイパックに収め直すと、いましがた買い物を頼まれてくれた落合友紀に言った。

「この半年以内で、水野という名前の女性逮捕者を調べて。見つかったら、電話で教えて」

落合が訊いた。

「下の名前は？」

「わからない」

「札幌方面本部管内で？」

「道警全体で」

「はい」

百合が立ち上がると、吉村ももう上着を手に取って出る態勢だった。

百合は上司の長沼行夫《ながぬまゆきお》のデスクを見た。彼はさっきからずっと席をはずしている。この失態を報告しなければならないが、うまくいけば、解決してからの報告ということになる。


鑑識係が到着したので、佐伯は岩崎夫婦に店から出てもらい、駐車場の隅であらためて事情を訊いた。

「おたくで硝酸アンモニウムを扱っていることは、常連客はみなご存じなのですね」

佐伯の質問に、岩崎が答えた。

「硝安ということでなら、水耕栽培しているひとは、知っています」

「そういうお客は、何人ぐらいいます?」

「この数年で、水耕栽培のケースを三、四十個売っています。複数買ったひともいるので、二十人ぐらいは、いると思います」

「その追肥を、大量に買うひとはいます?」

「いいえ。みなさん、小分けした袋を少しずつです」

「たとえばあのひと袋の単位で欲しいと言ってきたようなお客は、いませんでしたか?」

「いいえ」

佐伯の質問が途切れたところで、新宮が岩崎に訊いた。

「こちらでは、ホームページも持っていますか?」

岩崎が新宮に顔を向けて答えた。

「作っています。伏見の庭から、という名前のサイトです」

「そこにも、硝安の取扱いのことはアップしています?」

「ええ。小分けしていますと。でも、硝安とは書かずに、水耕栽培用の追肥として載せていますが」

「それって、化学に強いひとだと、硝酸アンモニウムのこととわかりますか?」

岩崎は少し考える様子を見せてから答えた。

「わかるんじゃないでしょうか。少なくとも、硝酸アンモニウムを欲しがっているひとなら、水耕栽培の追肥、という言葉を聞けば、成分が何かはわかると思います」

佐伯がまた訊いた。

「こちらでは、これまで侵入、窃盗の被害などありましたか」

「いいえ。気づいていない万引きはあったかもしれませんが、一度も」

「オープンして何年になるんですか？」

「ここで開業して九年ですけど」

「その九年間、届けていない侵入未遂も、ありません？」

「ないです」

そのとき、駐車場に目立たない白い乗用車が入ってきた。これも警察車両だとすぐにわかった。車両は佐伯たちの目の前で停まって、助手席から伊藤が降りてきた。

伊藤は、店の外観と周囲をざっと見渡してから、佐伯に言った。

「もっと大きな園芸店かと思った。農協とかホームセンター並みのな」

佐伯は言った。

「この規模の店なので、防犯対策は最小限です。侵入しやすいと踏まれたんでしょう」

「狙いの品が、必要なだけあるかどうかもわからないだろ」

「硝安を小分けして売っていると、店のホームページにも、入り口のガラス窓にも出ています。小分けするということは、たっぷりある、ということです。下調べがあったんでしょうね」

「そうか。いま、ほかに類似の事案がないか、調べさせている。ここの被害が硝酸アンモニウムだけとなれば、その盗犯の目的ははっきりしているな」

「どの程度本気なのか、ということは考えなきゃなりませんが」

「ああ。だからうちの本隊を突っ込む。お前たちは、本隊サポートに回ってくれ」

本隊とは、大通署刑事三課、つまり窃盗犯担当部署の、正規の班のことだ。佐伯と新宮は、盗犯課の係のひとつにいながら、扱いは遊軍であり、予備班だった。というのも数年前、裏金問題で道警本部全体が揺れたとき、組織に楯突《たてつ》いたということで、佐伯たちはメインストリームからはずされたのだ。大通署からの異動こそなかったが、たったふたりきりの盗犯係の遊軍を命じられ、大きな事案の捜査からは遠ざけられた。とくに佐伯にとっては、ベテランとしての専門性も生かしにくい、まったく役不足な配置である。ホテルの部屋荒らし、車上狙いといった、被害額も少なく、解決したからといってさほど評価の対象ともならない細かな事案だけを扱うことにされているのだ。園芸店侵入事案に佐伯たちが臨場を指示されたのも、そういうことだ。係長の伊藤は何かと佐伯たちをかばってくれてはいるが、ふたりを遊軍に留《とど》める、という組織の決定については、これに逆らえずにいる。もっとも、佐伯たちはそれでもくさることなく事案に向かい合い、結果として一見小さな事案の背後に隠れた大きな事件を、いくつも解決してきているが。

伊藤が、ワゴン車から降りてきた四人の盗犯課の捜査員たちに、周辺での地取りを指示した。店の左右、山麓通り沿いを担当しろという。佐伯たちには、坂道の左右と下の民家を受け持てとのことだ。

部下への指示を終えると、伊藤は店の前に立つ岩崎に向かって言った。

「ご主人、災難でした。いま部下から聞きましたが、わたしからも一、二、確かめさせてください」

如才のない態度だった。ときどき佐伯は、伊藤はむしろ民間にいて、不動産か車を売っていてもそこそこ稼げる男だったのではないかと思うときがある。

伊藤が岩崎の脇に立ったところで、佐伯は新宮をうながして、駐車場を出た。まずこの園芸店に敷地を接する、坂道のすぐ下の住宅に行ってみなければならない。

その児童養護施設は、札幌市の北、平坦で道路が整然と碁盤目状に走る住宅エリアの中にあった。

周囲はすべて一戸建ての住宅だ。道路をはさんで小公園のすぐ南にある。

二階建ての建物がL字型に組み合わさっており、塀はめぐらされてはいなかった。大きさは、農村の小規模な小学校程度だろうか。芝生の前庭の奥に正面の入り口がある。こちらの建物は外観が白っぽくてまだ新しく見えた。右手の建物は、汚れた白壁だ。築二十年以上だろう。

小島百合は、吉村の運転する警察車両で前庭の奥の駐車場へと入った。明るいガラス戸のエントランスの脇に、施設名の表示がある。

「社会福祉法人　徳陽会
まごころ太陽園」

車を降りて玄関に入ると、右手に靴箱が二列に並んでいた。目の前には、来客用、と書かれたスリッパ・スタンドがある。百合たちは靴を脱いで、建物の中に入った。奥のほうから、子供の遊ぶ声が聞こえてくる。夏休みなのだ。この時刻、施設の中に子供たちが大勢いてもおかしくはない。

職員室の隅にある応接室らしき小部屋に通された。施設の年間行事を撮ったものらしい写真が、パネルで展示されている。誕生会に、避難訓練、夏まつり、焼きいも会、クリスマス会。ハロウィンらしき行事の写真もあった。みな仮装している。

百合がその写真を眺めていると、五十代と見える女性が部屋に入ってきた。ブルゾンにパンツ姿だ。黒いセルフレームのメガネ。公立学校の教諭とも見える雰囲気の女性だった。分厚い書類ホルダーを手にしていた。

百合は縦開きの警察手帳を提示して名乗った。

「大通署少年係の小島です。電話でもお話ししたように、水野大樹くんの保護が必要かと思うのですが、情報が限られていまして」

相手の女性は、東山美津子《ひがしやまみつこ》という名前だった。施設の副園長だ。

「いま、水野くんは、どこにいるんです?」

「札幌市内。それ以上のことは言えないのですが」

「犯罪には関係していないとおっしゃいましたね?」

「はい」

嘘ではない。事情聴取は終わっておらず、報告書も作っていない。法律上は、水野大樹はまだ万引き犯でもないし、補導されたわけでもないのだ。いまその答え方に、多少申し訳なさを感じたのは確かだけれども。

さらに東山が訊いた。

「保護したいとのことでしたけれども、その理由は?」

「何日も、家に帰っていないようなんです。野宿をしているのかもしれません。あの年齢ですし、こういう季節です。犯罪に巻き込まれることが心配です」

「母親に連絡はしていないのですか?」

「母親の連絡先がわからないのです」逆に百合が質問した。「母親が逮捕されたので、こちらに入っていた、とのことでしたね?」

「はい」東山は書類ホルダーを広げて目を落としてから言った。「うちで聞いているのは、一月の十二日に豊水警察署に母親が逮捕されて、母親の留置中は児童相談所の一時保護施設に入っていたということです。母親が起訴されたので、勾留《こうりゅう》が長引くだろうと、保護施設からうちに移ってきたんです。

「父親はいないとか？」

「水野くんが六歳のときに母親と離婚している、と聞いています。詳しい事情はわかりません。父親がどこにいるかも」

大樹の母親は、未婚の母親ではなかったのだ。とりあえず大樹には父親がいた。六歳のときに離婚なら、記憶もあるはず。それを、いない、と言った理由については、いろいろ憶測ができるが。いや、法律的な離婚の成立が大樹六歳のとき、ということかもしれない。じっさいにはその何年も前から、父親不在だった可能性もある。だとしたら、大樹に父親の記憶がなくてもおかしくはない。

百合は、母親のことを訊いた。

「母親の、水野の、その」

フルネームをど忘れしたふりを装うと、東山は教えてくれた。

「水野まりな、という名前です」

麻里奈と書くのだという。

「水野麻里奈の逮捕理由は、何でした？」

「覚醒剤《かくせいざい》の使用と聞いたと思います」

予想していた範囲のことだった。

「起訴されて、執行猶予判決ですか？」

「二月の四日に水野くんがうちに入ったんですが、母親の裁判は予想よりもずっと早く進みました。判決は執行猶予がついて釈放になったということで、六月十八日に出ています」

およそ百六十日、母親は勾留されていたのだ。

「出たというのは、母親とまた一緒に暮らし始めたということですね？」

「母親が児童福祉司と一緒に引き取りに来ました」

「母親の年齢は、おわかりですか？」

東山はまた書類ホルダーに目を落とした。

「三十二歳でしたね」

「仕事をしていました？」

「水商売、と聞きました。詳しくは知りません」

「水野くんの自宅はどこです？」

「白石です」

札幌市街地の東側を流れる豊平川の、さらに東側のエリア、ということだ。

東山は、正確な住所を教えてくれた。地下鉄東札幌駅の近くだ。建物名から想像するに、木造賃貸のアパートだ。その一階、一〇二号室。

「電話はわかります？」

「いえ、水野くんが入ってきたときは、連絡先は児童相談所の福祉司となっていました。引き取りにきたときは、母親は住所だけを残していっています。携帯電話は契約が切れてしまっていたとのことでした」それから首をかしげて独り言のように言った。「携帯電話って、警察につかまるとどうなってしまうんでしょう。かけても、つながりませんよね」

「釈放までは電話に出られませんし、たぶん逮捕のときに証拠品として押収されていますね」

「返してもらえるのですか？」

「ふつうは、釈放されれば」

勾留中であっても、基本料金だけ引き落とされていれば、強制解約にはなっていないはずだ。銀行口座の残高が少なかった場合は、まず停止。不足分を振り込んだところで、再びつながるようになるはずだが。

百合は訊いた。

「担当の福祉司さんは、母親の携帯番号、わかるでしょうか？　つながっているかどうかは別として」

「知っていると思います。ことによったら、水野くんのおじいちゃんおばあちゃんの連絡先も」

「母親の親御さんは、札幌ですか？」

「いえ、東京じゃないでしょうか。母親は東京の出身と聞いたような気がします」

「水野くん本人から？」

「児童相談所から、水野くんを引き継ぐときに」

「福祉司さんの連絡先、教えていただけます？」

「ええ」

そのとき百合の携帯電話が振動した。ちょっと失礼と、百合は椅子から立って、携帯電話を耳に当てた。

吉村が言った。

「ぼくがメモしておきます」

電話の相手は、少年係の落合友紀だった。彼女は言った。

「水野麻里奈という女性が、一月に豊水署に逮捕されています。覚せい剤取締法違反です」

「それだわ。詳しいことはわかる？」

「市内のホテルで、男と一緒にいるところを逮捕されました。所持の現行犯。初犯です。送検されて、起訴。罪状を認めていたのですぐに判決。懲役一年六カ月、執行猶予三年でした」

「所持なのね。使用ではなく」

「はい」

「一緒にいたというのは、どんな男？」

「売人です。豊水署が内偵していたようですね。前科があります」

「麻里奈とつきあっていた男？」

「そこまではわかりません。裁判が続いているので、まだ勾留中です」

「ありがとう」と礼を言って、百合は電話を切った。

椅子に戻ると、東山はもうこれで十分ですかという目を百合に向けてきた。

「もう少しだけ、伺いたいんですが、こちらにいるあいだ、大樹くんの様子はどういうものでした？」

「と言いますと？」

「粗暴だったとか、問題行動があったとか」

「そうですね」東山はいったん天井に目を向けてから答えた。「母親の逮捕でここに来たわけですから、かなりショックだろうかと思っていたんですが、さほどこたえてはいないようでした」

「事情は知っていたんですね？」

「福祉司が一時保護のときに説明していました。でも、保護施設に入ることを、淡々と受け入れていたと。ここに来ても同じです。同じ年齢の男の子なら、もっと怯《おび》えたり不安になっていいんですが、無感動に順応していました」

「かなり特異なことですか？」

「ときたまそういう子がいないわけではありません。虐待されていたとか、ネグレクトされていた子の場合です。でもそういった子も、ふつうは安心できる環境に来れば、感情表出行動が出ます。職員に口答えしたり、わざと反抗的になったりと。それが、不安がなくなった指標ともいえます。水野くんの場合は、そういう環境ではなかったとよいほうに考えてよいのか、それとも」

「それとも?」

東山は一瞬ためらいを見せてから答えた。

「もっと小さいときに、親や大人に対して強い不信を持ってしまったのかな、と想像しないでもありません」

「短い期間では解けないぐらいに強く、ということですか?」

「心理テストをしたわけではありませんが、なんとなくそうも感じることでした」

それは意外だった。さっき大通署でやりとりしたときは、必ずしも感覚を鈍麻させたり、心を閉ざしているようには見えなかったのだ。吉村がハンバーガーはうまかったかと訊いたときも、快活そうに答えていたではないか。あれは演技だったのか? だとしたら、大樹は百合の第一印象よりもはるかに大人で、狡猾《こうかつ》だということになるが。

その疑念が顔に出たのだろう。東山が、つけ加えた。

「あるいは水野くんの適応力が高くて、一時保護施設での体験から、ここでの生活にもさっと順応してしまったのかもしれません」

「完全に順応していました? うわべだけではなく?」

「判断はつけかねますが、心は開いていなくても問題行動はなかったのですから、ここの生活はさほどのストレスではなかったのでしょう」

「ここからは学校に通っていたのですよね？」

一時保護施設と違って、児童養護施設では学校に通うことができる。一時保護施設では、子供たちは二十四時間、完全に施設の中だけで暮らす。

東山はこの地区の小学校の名前を出した。

「問題なく通っていました」

「図工なんて、好きな子でしたか？」

「図工？」

「図画工作」

「そういえば、レゴが好きでしたね」と、東山は北欧のブロック玩具《がんぐ》の名を出して言った。「うちにはろくに工作の材料も道具もありませんが、レゴだけは寄贈していただいたものがたくさんあります。水野くんはよくひとりでレゴで遊んでいましたよ」

「どんなものを作っていました？」

「建物ですね。ふしぎなかたちの家とかお城のようなものとか。あまり熱心に遊んでいて、職員が食事だからもうやめなさいと注意したこともありました」

「そのときの反応は？」

「わたしもそばにいましたが、素直に、黙って従っていましたよ」それから東山はつけ加えた。「職員ともわたしとも、目は合わせなかったけれども」

十分だろう。百合は吉村に目で合図して立ち上がった。

東山が玄関まで送ってくれて、最後に訊いた。

「水野くんは、頭のいい子ですよ。簡単には見つからないでしょう」

百合は驚いた。東山は、大通署が水野大樹の居場所を把握していないことを、見抜いていた？

百合は、狼狽《ろうばい》を隠して言った。

「ええ。同感です」

車に戻ると、吉村がメモ用紙を一枚、百合に渡してきた。

児童福祉司の名前が記してある。

川島恭子《かわしまきょうこ》。

そして携帯電話番号。

児童相談所には何人か知り合いの福祉司はいるが、この名は知らなかった。

吉村が、運転席でシートベルトをしながら訊いてきた。

「母親の住所に行ってみますか？　それとも児童相談所のほう？」

「白石へ。母親と会いたい」

車がまごころ太陽園の駐車場から市道に出たところで、百合はスマートフォンを取り出し、福祉司の川島の番号に電話した。

はい、と出たのは、百合と同世代と感じられる女性の声だ。

百合は児童養護施設にかけたときと同様に名乗り、電話した理由を告げた。

相手は言った。

「水野大樹くん？　はい、わたしが担当しました。弁護士さんから連絡があり、お母さんが逮捕されたので、大樹くんの保護をお願いしたいと。それでわたしと上司がアパートに行って、大樹くんを保護したんです」

「お母さんの水野麻里奈さんとは、いま連絡は取れる状態ですか？」

「ええと」困惑した声。「じつを言うと、携帯電話が解約されています。もうこの番号は使われていませんと」

勾留中に強制解約となったか、それとも釈放後に麻里奈が新しい番号に変えたか。どっちだろう？

住所は白石のアパートのままで変わっていないという。

「大樹くんが何か？」

家出しているようなのだと、百合は川島には少し具体的なところを明かした。もしかしたら、あらためて彼女には世話になるかもしれないからだ。保護すべき状況のようなのだが、手がかりがないのだ、とつけ加えた。

そして、気がかりな点。

「大樹くんは、母親からはネグレクトされていると想像できるんですが、違いますか？」

いいえ、と川島の声は意外そうだった。大樹から話を聞いた限りでは、そうは思えないという。母親は働いているから、専業主婦ほどには子供の面倒は見られないにしても、ネグレクトという水準のものではない、と川島は言い切った。

ただし、川島が麻里奈に会ったのは、釈放の当日だけだ。その日、大樹との関係も良好と聞いたし、太陽園でふたりの様子を見ていても、ネグレクトしていたとは感じられなかった。だから、また一緒に暮らすことについて、心配ないと判断したのだ、という。

百合が、麻里奈の覚醒剤所持による逮捕のことを指摘しても、川島は反駁《はんばく》した。

彼女は執行猶予判決を受けて釈放された、それはすぐに服役しなければならないほどの犯罪ではなかったという意味になる。つまり大樹の保護は必要なくなったと。

母親の仕事が何かも、川島は知っていた。ただし、そのススキノの店の名前は知らないという。

川島が逆に訊いてきた。

「大樹くんが何かやったのですか？　警察沙汰《ざた》になるようなことを」

「いいえ」

「母親が何か事件を起こしましたか？」

「違います」

「じゃあ、あの母親のもとで、何も問題ないということじゃありませんか？」

「家を出たままのようですし、その母親と連絡が取れません」

「夏休みですよ。友達のところに泊まりに行ったりしているかもしれません」

百合は、電話を切り上げることにした。

「ありがとうございました」


佐伯宏一は、その家の主人にざっと事情を説明してから、前夜のことを訊いた。

伏見ガーデンのすぐ東に隣接する個人住宅である。斜面に拓《ひら》かれた住宅地なので、その家は伏見ガーデンのグランド・レベルよりも、およそ二メートルばかり低く造成された土地に建っている。この家の二階は、園芸店の一階の高さになるだけの段差だった。

その家に住むのは老夫婦だった。ふたりとも七十歳前後だろう。聞き込みで訪ねると、最初は夫人が、次いで主人が佐伯と新宮に応対してくれたのだった。

主人のほうが、証言してくれた。

「深夜二時過ぎに、ガラスの割れるような音を聴きましたよ」と。

主人は二階の寝室で眠っていた。浅い眠りだったせいか、その音で目を覚ました。ガシャーン、という大きな音ではない。むしろ、グシャ、と表現できる、くぐもった音だった。主人は枕元《まくらもと》の時計を見た。午前二時五分だった。こんな時刻になんだろう?と、不審に感じたが、その後聞き耳を立てていても、もう気になるような音は続かなかった。

主人はさらに言った。

「このあたりは、藻岩山の奥のほうから、野生動物が姿を見せることもあるんですよ。タヌキとか、キタキツネとかね。そうした動物が、庭で何かをひっくり返したのだろうかとも思ったな。そのうちにまた眠くなり、あとは朝まで眠ってしまった」

佐伯は、深夜二時五分という時刻をメモしてから訊いた。

「ご主人、それは別として、最近近所で何か不審なものを見たとか、不審な人物を見たりしていませんか?」

「不審なものって言うのは?」

「見慣れない車が停まっていたとか」

「気になるようなものはなかったな」

「不審人物も」

「とくにない。このあたりは、地元の住人だけだし、山麓通りから下がってしまえば、散歩しているひとの姿も見ないしなあ」

「ありがとうございます。もし何か思い出したら、どんな些細なことでもここに」

佐伯は聞き込み用の名刺を相手に渡して、その家の玄関を出たのだった。

二時五分というのが、侵入の時刻を意味しているかどうかはまだわからない。もう少し聞き込みで絞っていかねばならない。

坂道をはさんでその家の向かい側に、黒い板壁の住宅があった。塀をめぐらしていない住宅で、玄関前のスペースも広く取ってある。スウェットの上下で出てきたその家の五十代の夫人は言った。

「深夜二時過ぎに、この近くから車が出て行く音が聞こえましたよ。目を覚ましたとき、ちょうど出ていった」

佐伯は訊いた。

「目を覚ますぐらいに大きな音が聞こえた、ということですか?」

「いいえ。でもわたし、ちょっと不眠気味でね。いつも深夜に目を覚ましてしまう。昨日は二時過ぎに時計を見たとき、エンジン音が聞こえて、車が下って行った。山麓通りから離れているんで、真夜中だと坂を行き来する車の音は、よく聞こえるんですよ」

「下って行ったとわかったんですね?」

「ここは坂道でしょ。ここに上がってきた車は、アクセルをふかして山麓通りまで上がろうとするの。そういう車とは違っていたから、下ったんだと思う」

「正確には二時何分くらいでしょう?」

「気がついたのは、二時十五分。時計を見たから覚えているんです」

「エンジンを始動させてから、発進していったようでした?」

「止めた状態から? ぶるるんってエンジンかけてから、ということね。いいえ、そんなふうじゃなかった」

エンジンはかけっぱなしだったのだろう。アイドリングの音がさほど大きくなかったとすれば、車は小型車か、ハイブリッド車だろうか。

「最近、近所で不審な自動車など見ています？」

「いいえ、とくには。いや、自動車はいっぱい見てても、不審と感じるような車は……」

「不審な人物はいかがです？」

「さあ」

ここでも佐伯は名刺を渡して、何か思い出した場合に連絡をと頼んだ。

その家の玄関を出てから、佐伯は立ち止まってもう一度一帯に視線を向けた。ゆるい坂道が左手の山麓通りから、完全に山の下の環状通り方向へと延びている。道は一直線ではない。ゆるく左へカーブしていた。

道の両側には一戸建ての住宅とテラスハウスが混じっている。いま訪ねた家の山側に建っているのも、洒落《しやれ》た外観のテラスハウスだった。緑も多いし、住宅密集地でもないから、坂道に駐車してエンジンをかけっぱなしだったとしても、周辺の住人が迷惑だと起き出すようなことはあまりあるまい。

佐伯は、臨場《りんじよう》するとき車の中で確認していた地図を頭に呼び起こした。たしかその先、坂道を下りきるといったんT字の交差点に出る。そこから環状通りへと出るには、いったん左右どちらかに曲がって、さらにもう一度直線路に入る必要があった。

新宮が横に立って言った。

「侵入が二時五分、十五分に現場から逃走ということで確実ですかね」

佐伯は周囲を見渡しながら答えた。

「ほぼ同じタイミングで、住人ふたりが目を覚ましているんだ。間違いないだろう」

「周辺のコンビニなんかの防犯カメラも、時間を絞って調べられますね」

「車に戻って、逃走経路を見てみよう。バックして切り返して出ていったようでもないんだ。ここに来たときは、山麓通りを使ったはずだ」

店の駐車場に戻ったとき、もう伊藤の乗ってきた車はいなくなっていた。爆発物事件となる可能性があるということで、緊急にほかの部署との連絡会議がもたれるのだろう。

佐伯は捜査車両の助手席に身体を入れた。運転席には新宮が乗って、エンジンキーを回した。

そこは、地下鉄東西線東札幌駅の南に当たる住宅街の一角だった。いや、純粋な住宅街とは言い難い。木造のアパートのあいだに、何を売っているのかよくわからない小さな商店や、スナック、ラーメンなどの看板が出た木造の建物も目立つ。どの商いもさほど流行《はや》ってはいまい、と想像できるような店構えであり、通りのたたずまいだった。

吉村が運転していて、そのアパートを見つけた。市道から直角に狭い道がついている。私道なのだろう。その片側にあるのが、目指す建物だった。

その私道に車を入れるのは無理と見えた。幅が狭すぎる。すれ違えない。冬は、この私道の両側に住む住人は、除雪に苦労しているはずだ。

近くに車を停めてから、そのアパートへと向かった。一〇二号室は、建物の奥のほうだ。

茶色いアルミ製のドアの前で、小島百合たちは立ち止まった。

表札は出ていない。郵便受けには、チラシがぎゅうぎゅうに突っ込まれていた。宅配ピザ屋とか、不用品回収業者のものだろう。新聞は購読していないようだ。数枚のビラが、ドアの下の地面に落ちていた。少なくともこの一週間ぐらいは、この部屋にはひとがいなかったと思える。

児童相談所の川島は、水野麻里奈が釈放されたあと、ここに来たと言っていた。ということは、一カ月前まではまちがいなく水野麻里奈はこのアパートの賃借人だったのだ。勾留中、家賃をどのようにして支払っていたのかはわからないが。

百合はインターフォンのボタンを押した。部屋の中でチャイムの鳴るのが聞こえた。

十秒ほど待ったが、返事はなかった。中でひとが動く気配もない。

もう一度ボタンを押した。五秒待ったが、やはり中からは一切の反応がない。百合は時計を見た。

午前十一時五十分になろうとしている。もし水野麻里奈が深夜にも働く職業だったとしても、もうそろそろ起き出すことはできるだろう。熟睡はしていないかもしれないが。

百合は、ドアをノックして、中に聞こえるだけの声を出した。

「水野さん、大樹くんのことでお話があります。水野さん、小島といいます」

警察とは名乗らなかった。警戒させてはならないし、近隣のひとの注意も引きたくはない。

「水野さん」と、またノックしながら呼びかけた。

一分近く待ってから、百合は吉村を見た。吉村も、どうしましょうか、という顔だ。

そのとき、細い私道の向かい側に建つアパートの一室から、高齢の女性が出てきた。

「水野さんに用事ですか？」

百合はその女性に微笑を向けて言った。

「水野麻里奈さん、ご存じですか？」

「警察のひと？」

ひと目で見抜かれていた。

「ええ、まあ」

「出てきたとき、無罪になった、って言ってましたけどね。また何か？」

「いいえ。違うんですが、ここにそのまま住んでいますよね？」

「引っ越してはいないと思うけど、ここんとこ姿を見ていないね」

「ここのところと言うと」

「一週間か、いや、もっとかな」

「十日間ぐらいでしょうか？」

「うん、そのくらいになるかもしれない。ただ、わたしが見ていないってだけの話だよ。ずっと一週間いないということじゃないよ」

「わかっています」

「昨日もきょうも、宅配便が来ていたけどね。で、こんど、水野さん、何をしたんです？」

目には好奇心が露骨に表れている。小島百合は答えた。

「ほんとうのことを言いますと、大樹くんのほうに用事があって。ご存じですか？」

「大樹くんも、見ないねえ。お母さんが捕まったときは、どこかの施設に入ったんでしょう？」

「もう一緒に住んでいるはずなんですが」

「ええ、知ってる。水野さんが戻ってきてから、しばらくは見ていたけど」

「最近は見ない？」

「あの子、前から放課後もすぐにはうちに帰ってきていなかったよ」

「学習塾とかに行っていたんでしょうか？」

「何なのかね。習い事じゃないと思う」

「そういうことが嫌いな子ですか?」

「いいえ、そういう余裕があるうちじゃないだろうから。それにあの子、ほかの子供たちと一緒に何かするのが苦手みたいで」

「何が好きなんです?」

「子供っぽくないこと、って感じがする。とくに何がって、知ってるわけじゃないんだけど。大樹くん、悪いことしたの?」

吉村が、横でちらりと腕時計に目をやった。

百合は、その老女の質問には答えずに言った。

「こちらの大家さんは、おたくと一緒ですよね?」

狭い私道をはさんで、アパートが二軒建っているのだ。たぶんオーナーは同一人物だ。

「そう」と老女は答えた。

吉村が彼女に訊いた。

「お名前と、連絡先を教えていただけますか?」

老女は、家賃の領収書がある、といったん玄関に引っ込んだ。

吉村が、次はどうしますと目で訊いてきた。

「とにかく母親を見つければ、手がかりが出てくるかもしれない。母親の育児放棄はずっと続いていたのかどうか、それも気になる」

老女から大家の連絡先を訊いて、百合たちはまた車に戻った。

坂道を下りきってT字路の手前で、少し考えた。右手方向の坂道の上には中華人民共和国領事館があり、警備のボックスもある。しかし、一刻も早く環状通りの車の中にまぎれようとするなら、右へ折れ、すぐに左折して二百メートル直進するほうが容易だ。侵入犯の心理としては、こちらが自然に思える。左折した場合は、住宅街の中をクランクを抜けるように進まねばならない。侵入犯がこのあたりに土地勘があるか、下調べをしていたとしたらの話だが。佐伯は新宮に指示して右折し、さらにもう一回左折して、東方向への直線路に入った。環状通りに出た。信号のある交差点だ。

時速三十キロほどでゆっくり降りてきたから、ここまで園芸店脇から二分弱だった。

環状通りは、深夜でも交通量の多い幹線道路だ。札幌市街地の南と西側を、中心部の混雑を避ける道路として、ショートカットしてつないでいる。

だから侵入犯の車は、ここで右折して札幌市の南へ逃げたか、いったん道路を北に折れて、そのあと札幌の西のエリアへ逃げたと考えられる。道路を渡って東方向に進めば豊平川となるが、侵入、窃盗を企《くわだ》てる犯罪者だったら、逃げるとき橋を渡るルートは選択しないだろう。橋のたもとで検問されたら、もうアウトなのだ。つまり、その侵入犯は、豊平川の向こう、札幌東部地域を拠点とはしていない。また札幌の北のエリアも、侵入犯が潜む地区とは考えにくかった。爆発物の材料を盗むため、深夜にわざわざ交通量も多い札幌市中心部を抜けるかたちで、遠出してきたとは思えない。

交差点の手前左側に、コンビニエンス・ストアがある。駐車場は環状通り側ではなく、これと直角に交わる市道に面して設けられていた。ここの防犯カメラなら、きょう深夜二時十五分過ぎにこの道を通った車を記録しているかもしれない。

佐伯は新宮に指示して、そのコンビニの駐車場に捜査車両を入れさせた。エントランスの上に、防犯カメラが設置されている。レンズの向きを考えれば、駐車場全体をカバーしているようだ。

レジにいた若い店員に身分証を見せて事情を話すと、すぐに店長だという年配の男が現れた。愛想がよさそうだ。佐伯は、このような容貌《ようぼう》のコメディアンをなんとなく知っているような気がした。

佐伯は訊いた。

「昨夜二時過ぎに、このお店の前あたりで、不審な車などなかったろうかと思って伺ったのですが」

店長が訊いた。

「不審な車というと」

「猛スピードで環状通りに出ていったとか、こちらの駐車場で待ち合わせて、荷物を積み替えたりしていた車などなかったろうか、ということなんですが」

「夜中の二時はわたしはいなかったんですが」店長はほかの店員たちに目を向けてから言った。「深夜シフトのバイトも、いまはいませんね」

「とくに報告など聞いていませんか?」

「いえ」それから店長は言ってくれた。「防犯カメラの映像、ご覧になります? 駐車場と交差点の一部が映るようになってますよ」

頼むまでもなく、任意で映像を見せてもらえることになった。

「お願いします」

「こちらへ」

奥の事務室で、佐伯たちは、天井近くに吊《つ》り下げてあるモニターを見た。

モニター映像は四分割されており、四台のカメラが店の内外を映している。どのカメラもかなりの広角レンズだった。表の駐車場を映しているカメラは、駐車場全体とその外側の市道の向こう側までを捉《とら》えている。夜だと光量が足りず、映像解析には苦労するかもしれないが、手前の車線の車を見分けるにはこのカメラの映像で十分だろう。

佐伯は店長に訊いた。

「これは、いま録画中でも、記録された映像を再生できるんですか？」

「うちのは、できます。ご覧になりますか？」

「もしさしつかえなければ」

「二時過ぎと言いました？」

「夜中の二時十分から二十分くらいまで」

店長はデスクの椅子に腰をかけた。デスクの右手には、ＰＣによく似た、しかしかなり小ぶりのディスプレイとキーボードがある。店長はそのキーボードを操作して、ディスプレイに画面を立ち上げた。パスワードを入力したのだろう。

「じつを言うと、こういうことを楽しみにしていたんです」と店長が言った。

「というと？」

「うちはさいわい、まだ一度も強盗にやられたことがないんです。せっかく投資した監視システム、うちに被害がないところで、それでも一回ぐらい役に立たせてみたいと思ってまして」

佐伯が黙っていると、店長はまたキーを何度か打った。画面に、駐車場の映像が表れた。モニターの映像と同じものだ。いま現在のもののようだ。鮮明ではないが、いちおうはカラーだ。

「二時十分からですね？」

「そこから二十分過ぎまで」

「駐車場の映像だけでいいんですね？」

「まずは」

侵入犯らしい人物が車を駐車場に入れて買い物でもしていない限りは、外の映像だけでいい。ディスプレイには、夜の駐車場の映像だけが表示された。店長はマウスで時刻のカウンターを二時十分まで戻した。

深夜でも、二台の車が駐車場に停まっている。一台はタクシーだ。タクシーの運転席の外で、ネクタイをしめた中年の男が、缶コーヒーか何かを飲んでいる。記録された映像は、ひと昔前と違って、さほどぎくしゃくしていなかった。

画面の左手は、環状通りだ。まばらではあるが、両方の車線を車が走っている。大半は乗用車だ。店長が、画面を見つめたまま言った。

「環状通りを走っている車が寄ってくれるんで、深夜もこの程度にはお客がいるんです。この時刻、パトカーもときどき停まってくれると、うれしいんですがね。眠気ざましのコーヒー、サービスさせていただきますが」

佐伯は店長の言葉には取り合わずに訊いた。

「タクシーもよくこちらを使っているんですね？」

「ええ」店長の言葉にはかすかに落胆があった。「山のほうに客を乗せていって、ほっとしてここに立ち寄るんでしょう。冬はもっと多いですよ」

画面の中のタクシードライバーは、飲料を飲み終えると入り口のほうへと歩いてきた。缶を捨てるのだろう。そのときだ。ドライバーの後ろに、右手から白っぽい車が現れた。ハッチバック車だ。

その車は、交差点では停まらなかった。環状通りとの交差点を大きく左折して遠ざかっていった。コンビニ前を通過した時刻は、午前二時十七分を数秒回ったところだった。

次に画面に映ったのは、黒っぽいバンだった。ハッチバック車が消えてからおよそ一分ほど経っていた。バンは横断歩道手前でいったん停まり、五秒ほどしてから発進して左折していった。

そのあと二時二十分までは、車は現れなかった。

「ここまでですね」と店長が言って背を起こした。そのとき、画面にもう一台の車が見えた。

白っぽい車が現れた。軽自動車だ。その車は、コンビニの前で加速したように見えた。ちょうど交差点の信号は青だったのだろうか。画面奥に見える信号の色は、映像では判然としなかった。その車は加速して交差点に入ると、画面の左手方向に折れて見えなくなった。かなりの速度で曲がっていったから、この車のナンバープレートを読み取るのは難しいかもしれない。

けっきょく二時二十五分までの映像を見た。その十五分のあいだに、この山麓方向からコンビニ前の市道を通っていったのはその三台だけだった。

店長が訊いた。

「データのコピー、必要ですか？」

佐伯は言った。

「必要になったら、正式に協力要請の書類を出すことになります」そのような場合、捜査関係事項照会書を交わす手続きを踏む。「そのときに、問題なければお願いしますよ」

「お役に立てるなら喜んで」と言ってから、店長はうれしそうに訊いてきた。「どういう事件なんです？　殺人ですか？」

協力したんだから教えてもらってもいいだろう、という表情だ。

「すまないが、何も言えないんです」

「テレビに出るのは、夕方ですかねえ？」

「テレビ局は来るかなあ」

「来ないんですか?」店長は、損した、という顔になった。「もしテレビ・レポーターがきたら、警察のひとが来たと話していいですか?」

「嘘を答えてくれとは、お願いできません」

佐伯は店長に軽く頭を下げてから、事務室を出た。

駐車場に停めた車に戻ると、新宮が訊いた。

「あの中にいますか?」

佐伯は答えた。

「最初の二台のうちのどちらかだろうな。三台目は通過時間が微妙だ」

「このあとは?」

「T字路まで戻ってくれ。あそこを左折した場合の経路を確かめる」

新宮が車を発進させた。


停めたままの車の中で、小島百合はまず大通署の部下に電話した。

「水野麻里奈の件だけど、彼女の保護観察官は誰か調べてくれる?」

覚せい剤取締法違反で逮捕され執行猶予がついて釈放された場合、おおむね月に二回、保護観察官のもとに出向いて、生活状況を報告する義務がある。これを怠ると、執行猶予は取り消される。水野麻里奈は確実に、保護観察官のもとには通っている。現住所や連絡先を正直に申告しているかどうかはわからないが、それでも保護観察官には当たるべきだろう。

ついで麻里奈の大家に電話した。年配の男性の声が出た。

百合は、官姓名を名乗って言った。

店子《たなこ》の麻里奈と連絡を取りたいのだが、しばらくアパートで見ないようだ。承知しているか、と訊いた。もしや、家賃滞納で強制的に退去させられているかもしれないと思ったからだ、と。

「また、警察なの」と、相手は迷惑そうに言った。「捕まったとき、家宅捜索もやって、近所ですごい噂《うわさ》になってたんだ」

「その件はもう終わっています。執行猶予のついた判決が出たんです」

「知ってるよ。裁判になるってところで、弁護士さんからも電話があった。こういう事情で家賃の支払いができないが、必ずすぐに釈放になるから事情を汲《く》んでほしいって」

弁護士は事案の行方について、かなり正確な読みをしていたわけだ。それとも、大家を安心させるために、思い切り楽観的な見通しを伝えたのか。

大家は続けた。

「釈放されたあとは、本人があいさつにきた。捕まっていたあいだ働くことができなかったんで、家賃のほうはしばらく少しずつ払っていくって」

「了解されているんですね?」

「ああ。ひと月ぐらいずつでも確実に支払ってもらえたら、こっちも鬼みたいな大家になるつもりもないよ。だけど、いないって？　夜逃げかな」

「引っ越した様子はないようでしたが」

「子供もいるんだしさ。しっかりやれよと思うよな」

「というと？」

「危ない男にふらふら寄ってったりするから、ああいう事件に巻き込まれるんだよ。仕事がそういうことじゃ、しょうがないところはあるにせよさ」

「水野さんの男性関係、何かご存じですか？」

「いいや。でも、想像がつくってだけだ。ほんとに、また警察にご厄介ってわけじゃないんだね？」

「違います」

百合は礼を言って電話を切った。

吉村が見つめてくるので、百合は言った。

「大家は追い出してはいない。母親は自分の事情で帰っていないんだわ」

「母親に、男がいるんですか？」

「大家はそう思っているみたい」

「母親は育児放棄かもしれませんが、男がからむと、虐待もありえますね。直接的な」

「家出の理由にもなる。あのとき目を離したことが悔やまれる」

「すいません」

「いい。とにかくわたしたちで、保護しましょう」

「次は？」

「いったん署に戻る。保護観察官がわかれば、法務省合同庁舎へ」

吉村が車を発進させた。百合は時計を見た。零時二十分になっていた。

佐伯宏一たちが大通署に戻り、盗犯係のデスクに戻ったところに、係長の伊藤が姿を見せた。手帖《てちょう》を手にしている。会議が終わったところのようだ。なんとなく納得がいかないという顔だった。

伊藤が佐伯と新宮を自分のデスクに呼んだ。

佐伯がまず報告した。

「近所で、不審なもの音、自動車の発進する音が聞かれています。グシャという何かが壊れるような音は、二時五分前後。二時十五分に、自動車の発進音。これが侵入のあった時刻と、逃走した時刻と推定できます。坂を下って環状通りに出るには、いくつか経路があるんですが、ひとつの交差点にはコンビニがあります。二時十分から二十一分過ぎまでのあいだに、コンビニの防犯カメラに三台の車が映っていました。伏見方面から降りてきて、環状通りに出たところです」

伊藤が言った。

「手続き取ってデータを借り出し、解析させる。時間帯は別にして、何か不審なものなりひとなりの目撃情報は？」

「とくに出ていません」佐伯は逆に伊藤に訊いた。「どういう判断になりました？」

「課長は、まだ爆弾関連の事案と見るのは早すぎるってよ」

「硝安が三十キロ弱盗まれたのに？」

「被害の信憑性《しんぴょうせい》も疑われてきた。アバウトに商売している個人商店だ。在庫管理は厳しくない。お前たちが地取りに行ったあと、あの岩崎って店主は、硝安がほんとうにきょう未明になくなったものかどうか、言い切れなくなったんだ。四日前に配達されたあと、記憶はあいまいだそうだ」

佐伯は驚いた。温室のガラスドアを破っての侵入は確かなのだ。

佐伯の疑問を察して、伊藤は言った。

「レジスターをこじあけようとしているんだ。現金を狙ったけれども、あきらめて何も盗らずに出ていった、と考えて不自然じゃない」

佐伯は言った。

「きょう盗まれたものかどうかはともかく、あの店からは硝酸アンモニウムの入った袋が消えているんです」

「店では午後だけパートタイマーを雇っている。その女性からも事情を訊く必要がある。お前たちにまた行ってもらう」

「はい」

「鑑識が帰ってくるまでに、管内の最近の盗犯の記録と、窃盗の被害届を当たってくれ。類似の事案がないか、妙な未遂がないか」

佐伯は新宮をうながして、自分たちのデスクに戻った。

紙コップのコーヒーをディスプレイの脇に置いて、佐伯と新宮は隣り合うデスクでそれぞれ道警本部のデータベースを呼び出した。まず日付順だ。昨日の日付のものから始めて、一日ずつ過去に遡《さかのぼ》っていく。範囲は道警の全管内だ。

自動車の盗難。

郊外の大型書店でのゲーム万引き。

バイクの盗難。

札幌ドームのライブでの置き引き。

新札幌のショッピング・モールでのアクセサリー類の大量万引き。

搾乳時間帯の酪農家母屋での空き巣……。

三日前まで探してみたが、関連のありそうなものは出てこない。

五分ほど経ったときだ。新宮が言った。

「これ見てくれますか？」

「何だ？」

「一応は車上狙いなんですが、被害品目に奇妙なのがあります」

「いつ？」

「三日前です」

佐伯は椅子から立ち上がって、新宮の脇から彼のディスプレイを覗きこんだ。

「どこだ？」

「札幌岳登山口の駐車場」

「一時期、続いたな。山鼻《やまはな》署が、ひとり挙げているだろう？」

「常習犯を挙げたのは、二年前。被疑者は送検されて、三年六カ月の実刑判決が出ていますね」

「まだほかにも、同じ手口でやるやつは何人もいた」

札幌近郊の山の登山口駐車場で、車上狙いが頻発したことがあった。もともと山中の林道の奥にある駐車場であるし、登山者はいったん山に登ってしまえば四時間や五時間は戻ってこない。山中でテント泊する者もいる。だから重い荷物を車の中に残していくし、ときには財布さえ車に置いていく。山中では現金は必要ないし、落としたりしたら届けられることもないからだ。窃盗犯はそれを期待してサイドのウィンドウを叩き割り、ドアを開けてグラブボックスの中や荷物室に置かれた品を盗む。登山口に停めた車の中には、想像外に現金や財布が置かれていた。その常習犯は味をしめて続け、山鼻署が逮捕するまでに、五十台以上の車からカネ目のものを盗んだ。逮捕後も、マスメディアの報道がさらに何人もの不埒者《ふらちもの》を生んだ。その連中に関しては未逮捕だ。
いまその不埒者のうちのひとりが、ほとぼりもさめた、とまたやり始めたということだろうか。
ディスプレイには、被害品目が並んでいる。
三人用テント
ガスコンロ
ガスコンロ用燃料カセット二箱
十徳ナイフ
シュラフ
ヘッドランプ
非常食
現金四万二千円。
佐伯は思わず言った。
「登山道具一式、車に載せっぱなしなのか」
「この被害者、住所が神奈川になっています。必要な道具は全部積み込んで、北海道の山を片っ端から登っているんでしょう」
新宮は、マウスを動かして別の画面を開いた。
「この日、同じ駐車場でほかに二台、車が荒らされています。ガラスが破られてる。モノが盗まれたのは、この車だけですが」
佐伯はもう一度被害品目を画面に呼び出して言った。

「テントやらシュラフやらを盗んで、どうする気だ？　リサイクル・ショップに持ち込む気か？」

「路上生活者には必需品です」

「路上生活者が、山奥の登山口までヒッチハイクで行ったか？　車が必要な現場だぞ」

新宮が、たしかに説明がつきませんねという顔になった。

佐伯は背を起こして言った。

「気になることは気になる。もう少し探してみてくれ」

それから五分後に、こんどは佐伯が気になる事案を見つけた。

札幌市内のＪＡさっぽろの一支店で、住居侵入未遂と器物損壊が報告されていたのだ。三日前だ。場所は札幌市の西、ＪＲ手稲《ていね》駅に近いＪＡさっぽろの店舗の倉庫だ。夜間は警備員はいない店だという。報告では、四日前の深夜、倉庫裏手の通用口で異常が発生、倉庫内で非常ベルが鳴ると同時に、警備会社にも警報が送られた。警備会社の警備員が警報を受けてから七分後に駆けつけたとき、通用口のドアの一部が壊されていたが、開いてはいなかった。警備員は倉庫の中を点検したが、侵入は未遂との判断となった。朝になって、担当職員もあらためて被害がないかを確認、ないとわかった時点で警察に連絡し、侵入未遂と器物損壊を届けた。手稲署盗犯係が周囲で聞き込みを行ったが、手がかりはなし。とくに侵入犯特定に結びつくような遺留品や証拠類も見つからなかった……。

佐伯は言った。

「農協の倉庫というのが気になる。肥料はたっぷりとある。四日前だ」

新宮がディスプレイを見て言った。

「農協の倉庫には、園芸店と違って、カネ目のものがいろいろあるように思います。こいつの目当ては、肥料とは限らないのでは？」

「どんなカネ目のものがある？　ホームセンターとは違う。重くてかさばるものは多いが、わざわざ盗みに入るだけの価値ある品があるか？」

新宮は口をつぐんだ。まだ結びつけるのは無理ではないかと言っている目だ。佐伯もわからないではない。たしかにこの程度の情報で、ふたつの事案が同一犯の犯行と決めつけるのは無理だ。しかし、気になることは事実だった。

時計を見ると、零時二十五分だ。そろそろ昼食として、午後一時半ぐらいにはもう一度あの園芸店に着いているのがいいかもしれない。アルバイトの女性から事情を訊くためだ。佐伯は新宮に、飯にするぞ、と声をかけて立ち上がった。新宮も、はい、と応えて立ち上がった。

2

大通署二階にある職員食堂に入って、小島百合は空いているテーブルを探した。そろそろ空いてくる時間帯だ。吉村はコンビニ弁当ですませるというので、百合はひとりで食堂に来たのだった。

奥のテーブルで、佐伯が部下の新宮と向かい合って食べている。

百合はカウンターで日替わりのランチを注文すると、そのトレイを手にして佐伯たちのテーブルに向かった。佐伯が気がついて顔を上げ、新宮の並びの椅子を顎《あご》で示した。佐伯は日替わりのランチだったようだ。新宮はカツカレーの大盛りか。ふたりとも、もう食べ終えかけている。百合はテーブルの上にトレイを置くと、椅子を引いて腰を下ろした。

「もう終わりそうね」と百合は佐伯に言った。「コーヒーはするの？」

佐伯が言った。

「もいちど現場に戻るんだ」

「盗犯？」

「園芸店に、侵入があった。被害品ははっきりしていない」

小さな事件、と百合は思った。しかし、佐伯たちは盗犯係の遊軍であり、窓際組。大きな事案は担当させてもらっていない。しかたがないのだろう。いつものことながら佐伯が、そのような事案を担当しても、さほどくさっていないことは好ましいが。

佐伯が逆に訊《き》いた。

「私服なのはどうしてだ?」

「万引き。事前に相談のあった店に行ってたの。男の子を補導したんだけど、逃げられた」

新宮が、へえ、という顔を向けてきた。

「逃げられた?」と佐伯。

「ええ。ここで事情を聞いているあいだに、さっと」

「いくつの子だ?」

「小学六年」

「こすいのも出てくる」

「あまりそういうふうには見えなかった。家出しているらしくて、家庭環境も悪い。早く保護したいの」

「小島を騙《だま》すんだ。そうとうのワルガキだぞ」

「逃げられてから、養護施設にもいたことがわかった」

「ゲームか漫画の万引きなのか?」

「溝口煙管店で、工作の工具なんかを」

新宮が、溝口煙管店という部分に反応した。

「いま、閉店セール中ですよね」

百合は新宮に顔を向けた。

「大混雑。高校生の万引き常習犯たちがきているという通報で行ったら、その小学生が逃げるところにぶつかった」

「子供のころ、憧《あこが》れの店でしたよ。いつか行ってみたいと思ってた」

「どうして行かなかったの？」

「札幌は、子供には遠すぎた。おれ稚内《わっかない》の出ですから」

百合は佐伯に訊いた。

「佐伯さんは、行ったことはある？」

彼は札幌近郊、岩見沢市の出身だったはず。札幌の模型店には子供のときでも余裕で行けただろう。

佐伯が答えた。

「おれもない。プラモ作りやラジコンは、趣味じゃなかった」

「子供のころの趣味は何だったの？」

「野球とスキーをやっていた。そういう趣味を持つ暇はなかった。高校に入ってからはブラバンだし」

「暇だけの問題？」

「もっと正確に言えば、ひとりきりになる時間がなかった」

「あのお店、札幌の男の子は、必ず一度は行く店だって聞いたわ。生涯の趣味にはならなくても、一回ぐらいは試しにやってみたりってなかったの？」

「乏しい小遣いには、使い道の優先順序があった。とてもプラモやラジコンまでやってられなかった」

佐伯は立ち上がった。

「そろそろ行かなきゃならない。子供、保護できそうなのか？」

「母親の居場所を探してるの。午後に保護観察官と会う」

「保護観察官？　仮釈放中なのか？」

「覚醒剤《かくせいざい》所持で逮捕。初犯だったので、執行猶予つき。でも、観察官と月二回会うことになっている。母親の居場所を知っているかと思って」

「夏休みに入って、親の目もないとなれば、心配だな。ワル仲間にそそのかされて、万引きをやらされたんじゃないのか？」

「そこまで事情を聞かないうちに、消えたのよ」

佐伯が食堂の中を見渡しながら訊いた。

「この庁舎の中から？」

「ええ」

「やっぱりワル仲間ができてるよ。いろいろ悪知恵を吹き込まれてる。でなけりゃ、カツアゲされてる」

「佐伯さんは、子供のころ、カツアゲされたことはある？」

「一度ある。相手は中学のワルだった」

「どうしたの？」

「応じなかった。殴られて泣いたよ」

「そういう体験は、男の子にはふつうのこと？」

「模型が趣味の男の子よりは、少ないだろうな」

佐伯の身体《からだ》はもう食器返却口のほうを向いている。百合はそこで会話を打ち切った。新宮もトレイを持って立ち上がった。

「そいじゃ」

佐伯は返却口へと歩いていった。新宮がそのあとに続いている。

百合は、目の前の日替わりランチに目を落とした。


佐伯たちの乗る捜査車両は、西二十五丁目通りを南に走っていた。もうじき環状通りに合流する南七条の交差点に出る。あの園芸店に向かうには、その交差点からさらに南へ二ブロック走り、南円山交番のある交差点で菊水旭山公園通りを右折するのがいい。坂道を少し上って行くと、山麓通りに出るのだ。今朝もその道を使った。

しかし南七条の交差点を渡ったところで、佐伯は運転している新宮に言った。

「あのコンビニの前から上がってくれ」

どんな道でも、逆に走れば見えてくるものが違ってくる。今朝は見落としたものが、見つかるかもしれなかった。もちろんそれは、けっして大きな確率で起きることではないが。

環状通りに入り、大きなスーパーマーケットを右手に見て、南九条の交差点にさしかかったところで信号が赤となった。交差点の右手、対角線の先の位置に、南円山交番がある。新宮が車を減速させて停《と》まった。捜査車両は、三車線あるうちの真ん中の車線の先頭になった。

交差点では、反対車線を走っていた車も次々と停まっていった。

そのとき、急ブレーキの音が大きく聞こえた。ついで、大きな衝撃音。ゴツーンという音だ。交通事故のようだ。追突だろうか？　音の感じでは、人身事故ではないように思えた。金属製の質量のあるもの同士が立てた衝撃音のようだった。ひとをはねた場合は、音はドオーンという低めの鈍い音になる。

佐伯は交差点の先、環状通りの南に目を向けた。反対車線には車の列ができている。どこで事故が起こったのは判然としない。百メートルほど先だろうか。

南円山交番からひとりの制服警官がでてきて歩道に立ち、南方向に目を向けた。

信号が青になった。新宮が車を出した。反対側の車線の車も動きだした。

徐行気味に進んでいくと、反対側の道路の右車線で、停まったままの車が二台あった。小型のワゴン車に、乗用車が追突した格好だ。運転者らしき男と女が、車の外に出ている。ふたりとも、事情がよく呑《の》み込めていないような雰囲気だ。後続の車は、みな左側車線に入って徐行している。

ちょうどそこは、大型のホームセンターの入り口になっているところだった。反対側の車線から左折し、ゆるいスロープを上ると、たしか駐車場に入れるはず。その入り口の脇には、ファミリー・レストランがある。スロープの下、駐車場入り口のちょうど外に当たる歩道上に、警官の制服に似た服を着た若い男が立っている。警備員と見えた。男は呆然《ぼうぜん》とした様子で、追突事故を起こした車のほうに目をやっていた。単純な追突事故ではないようだ。警備員がからんだ交通事故？　何だ？　盗犯係が受け持つべき仕事の一部かもしれない。このごく近くで、半日前には侵入、窃盗事件があったばかりなのだ。

「待て」と佐伯は新宮に指示した。「あの駐車場入り口につけろ」

言いながら、グラブボックスから着脱式の赤色灯を取り出し、助手席のウィンドウを開けてルーフに置いた。その赤色灯に気づいたか、反対車線の車が停まった。新宮がすかさず環状通りで車をＵターンさせた。

スロープ下の警備員の前で車を停めると、佐伯はすぐに降りて警備員に警察手帳を見せた。

「どうしました？」

警備員は、警察手帳の身分証と佐伯を見比べて、不安そうに言った。

「こんなふうになるとは、思ってなくて」

「何があったんです？」

「その、万引きを追ってきたんです。そこのホームセンターから」

警備員の制服の胸と袖《そで》に、民間警備会社のネームが刺繍《ししゅう》されている。まだ二十代だろう。長身で細身の男だ。陸上競技とかバレーボールでもやっていた男かと感じ取れた。

「万引き？」

「ええ。子供が万引きしているのを見つけて、支払いをせずに店の外に出たところを確認して声をかけたんです。そしたらいきなり逃げ出したんで、反射的に追ってきてしまった」

佐伯はスロープに目を向けた。

「この駐車場の入り口に逃げてきたんですか？」

「駆け下りて、ろくに左右も確かめないで、車道に走り出ていったんです。急ブレーキの音がして、追突で、子供もはねられたかと焦った」

佐伯は道路のほうに振り返り、路上に立っているふたりのドライバーのほうに目をやった。

「無事だったんですね？」

「車道を横切って」警備員は環状通りの東側を指差した。「あっちのほうに逃げていきました」

佐伯が警察官だとわかったらしい。ふたりのドライバーが車道を渡って近寄ってきた。

中年の女性が言った。

「子供がいきなり飛び出してきたのよ！　急ブレーキかけるしかないでしょ。あたし、悪くないでしょ」

中年の男も言った。

「停まれるもんじゃないよ。こっちだって急ブレーキ踏んだんだ」

環状通り西側の歩道を、いましがた見た南円山交番の制服警官が駆けてくる。事故の処理は彼と、ほどなく到着するはずの交通警官に任せておいていいだろう。

佐伯は警備員に視線を戻して訊いた。

「子供ということでしたね？　男の子？」

「ええ」

「いくつぐらいの子でした？」

「中学生。いや、小学校高学年かな。メガネをかけてた」

「こちらのお店の常習犯？」

「違います。少なくとも、その子のことはとくに申し送りされていません」

「被害は？」

「たぶん、工具セットか何かです。工具売り場で見つけたので」

工具セット。

佐伯は小島百合が言っていた万引き少年のことを思い出した。閉店セール中の模型店から、その子も工具を万引きしたのではなかったか？　これは偶然なのか？

答を見いだせないうちに、その場に制服警官が到着した。

「あとを頼みます」と、佐伯は警官に言った。

警備員が訊いた。

「ぼくは、何かやったことになります？」

「いや、とくに何もないでしょう」

「よかった。追いかけて子供が死んでたりしたら、一生後悔した」

佐伯は警備員に名前を訊いてから、新宮に言った。

「園芸店に行くぞ」

新宮が訊いた。

「旭山公園通りからでいいですか？」

車を反対車線に入れてしまったのだ。そのほうが合理的だ。

「ああ」

佐伯たちは、赤色灯をルーフに載せた車に戻った。


小島百合は、吉村と一緒に保護観察官のデスクへと案内された。

保護観察官は五十がらみの、黒いセルフレームのメガネをかけた男だった。名刺には、金澤光俊《かなざわみつとし》、とある。スーツが少し小さめのサイズと見える。堅苦しそうな雰囲気を放っていた。

「それで」と観察官は言った。「水野麻里奈が、どうしました？」

百合は、その尊大そうな口調を聞いた瞬間に、質問の中身を変えるべきだと感じた。金澤には正直に言うべきではない。あるいは、状況のすべてを説明することはやめておいたほうがいい。水野麻里奈の私生活が乱れている、と少しでも観察官に受け取られたら、大樹を保護する、という目的が達成できなくなるかもしれない。

「じつは、息子さんの大樹くんと至急接触したいのですが、母親の麻里奈さんの連絡先がわかりません」

「携帯番号は知らないの？」

「ちょうど電源を切られているようなんです。でも金澤さんなら、麻里奈さんの緊急連絡先がわかっているのではないかと思って」

「うちに行ってみたの？」

「はい。白石のアパートまで。アパートは白石で間違いありませんよね？」

「一週間前に会ったばかりだ。住所が変わったとは申告されていない」

「いま行ってきたばかりなんですが、麻里奈さんは外出していました。大樹くんと一緒かもしれないのですが」

「子供と緊急に接触しなきゃあならない理由ってのを、教えてもらっていいかい？」

「申し訳ありません。少年係がこうして出向いて来ている、ということでご理解いただければ」

金澤はかすかに不快げな表情を見せてから答えた。

「夕方ぐらいまでアパートの前で待てば、確実につかまるのでしょう」

「できるだけ早く連絡を取りたいんです。それで、ぶしつけかとは思いましたが、金澤さんを訪ねた次第です。お勤め先か、親しい友達の線から、いまいる場所がわからないかと」

「勤め先や友達がわかったところで、携帯の電源を切られていちゃ、同じことだろうに」

「居場所さえわかれば、そこに出向くつもりです」

「水野麻里奈の勤め先は、ススキノのスナックだ。大きな店じゃない。夕方にならないと、開かないだろう」

スナック。つまり性風俗産業ではない、ということだ。小島は少しだけ安堵《あんど》した。十二歳の男の子がいる母親として、性風俗産業で働いていて欲しくはなかったのだ。

金澤が言った。

「友達関係も、そっち方面なんじゃないのかな」

「学校時代からの親しい友達とかは？」

「札幌にはいない。あのひとは六年前に札幌に移ってきているんだ。もともと東京の出身で、前の亭主と別れたあと、当時つきあっていた男について、札幌に来た」

「その男性とは、いまも？」

「いいや。違うと聞いている。おかしな男とつきあうとまたあんな事件を起こすからね。男は慎重に選べと強く指導してるよ」

「いまは特定の男性はいない？」

「少なくとも、同棲《どうせい》したり、内縁関係になっている男はいないと聞いてる。きちんとしているようだよ」

「一緒に捕まった男は、どういう関係でした？」

金澤は、うるさそうに言った。

「やっぱり水野麻里奈のことを調べているのかい？」

「違います。大樹くんのことで、至急保護者と接触したいというだけです」

「店の客のひとりだったそうだ。親しいことは親しかったんだろう」

一緒にホテルで逮捕されているのだ。そう類推できる。

「勤め先のスナックの電話番号を教えてもしかたがないか。友人の女性の番号はわかる」

「スナックの番号も教えてください。オーナーの番号も、もしご存じなら」

金澤はデスクに立てかけてあったホルダーを開き、いくつかの数字をメモパッドの一枚目に写した。

百合に渡されたメモには、三つの番号が記されていた。いちばん上は、スナックの固定電話だという。番号の横に、ブラックキャッツ、とあった。店の名なのだろう。

ふたつ目の数字は携帯の番号だ。中館《なかだて》さとみ、と横に書いてある。オーナーの名とのことだった。

三つ目も携帯の番号。島田《しまだ》ミチと書かれていた。麻里奈の友人だという。

「この島田さんってひとは、どんなお仕事をしているひとなんですか?」

「占い師」

「占い師?」

「ススキノの女性たちには、人気があるひとみたいだ。知らない?」

「知りませんでした」答えてから、百合は思いついたことを言った。「もしかして、東久世美智子《ひがしくぜみちこ》のこと?」

「そう。本名は島田ミチだ」

東久世美智子という占い師なら、その名は聞いたことがある。六十代で、二十年ほど前から、ススキノで働く女性たちに人気になっていたという。一時は祈禱《きとう》もしていたはずだ。祈禱を頼んできた客には、御利益があるからと印鑑を法外な値で売りつけていた。大通署は、客から詐欺ではないかと相談を受けたことがある。しかし立件には至らなかった。

その島田ミチ自身、ススキノのキャバレーの出身だ。たしか山鼻のバブリーなマンションに住んで商売をしている。東久世というのは、もちろん商売用に勝手に使っている苗字《みようじ》だろう。どうであれ、水野麻里奈はあまりいい交遊関係を持っているとは言い難い。

百合は訊いた。

「男友達はいないんですね?」

「いるかもしれない。だけど、わたしが彼女なら、観察官にはそれをしゃべったりしない」

「隠していると?」

「大きなトラブルでも起きていなければ、男のつきあいなんて、黙ってるものだろう。それに水野麻里奈は、執行猶予だったんだ。あんまり細かなことを詮索《せんさく》するよりも、きちんとした暮らしを送っているか、それが確認できればいい」

「そうですね」

百合は、礼を言って金澤のデスクの前から離れた。

法務省合同庁舎の駐車場で捜査車両に乗り込むと、運転席から吉村が訊いてきた。

「次は?」

「待って。店のオーナーに電話する。それ次第」

百合はスマートフォンを取り出し、金澤から教えられた番号のひとつを入力した。

「はい?」と、警戒気味の女の声。

「中館さんですか」

「そうだけど」

百合は、愛想のいい声で名乗って言った。

「水野麻里奈さんの緊急連絡先、ご存じなら教えていただけないかと思って」

「大通警察署の少年係と言いました？」

「ええ。麻里奈さんのお子さんの件で、至急連絡を取りたいんです」

「あの、あっちの、あの事件のことは関係ないの？」

覚醒剤所持で逮捕された一件のことを訊いている。

「それは無関係です。麻里奈さんの携帯電話が、どうしてもつながらないので」

「そうなの？　換えたのかな。聞いていないけど」

百合は、水野麻里奈の携帯の番号だと聞いている数字を出して訊いた。

「これが、麻里奈さんの携帯ですよね？」

「そうです。六時には店に出てきますよ。第四コバルト・ビルのブラックキャッツ。そのころに店に来たら、直接会えます」

「お店には長いんですか？」

「一年ぐらい前から。途中、ほら、ああいうことで空いてしまった時期はあるけど、刑務所には行かなかったんだし、そのまま働いてもらってます」

「ふつうのスナックですよね？」

「婦女子の接待のつかない、健全なお店。カラオケ好きが多いとこです。お巡りさんも、来てくれたらわかりますよ」

「開店までの時間、麻里奈さんが行きそうなところなんて、心当たりはありませんか？」

「そうだね。いま、この時間なら、もしかしたらそこにいるかなと思うところが、ないでもないよ」

「どこです？」

中館さとみはファミリー・レストラン・チェーンの名を出した。知っている。石山通りにある店だ。

一度、盗犯係の佐伯宏一に協力を頼まれ、自動車窃盗犯捜査の密行でその店に行ったことがある。

「食事をしているんですか？」

「いえ、ひとに会っていると思う」

百合は腕時計を見て訊いた。

「何時くらいから、その店にいるんです？」

「行っているとしたら、一時間ぐらい前からかね」

「もう食べ終えて、出てしまっているんじゃあ？」

「いや」中館さとみは妙にはっきりと言った。「まだいると思う」

通話を切ると、百合は教えられたファミリー・レストランの所在地を告げた。

吉村はうなずいて、車を発進させた。


園芸店に着いてみると、すでに警察の捜査車両も鑑識のワゴンも駐車場からは消えていた。客の車らしい乗用車が、二台停まっている。新宮が捜査車両を、店の入り口からもっとも離れた駐車スペースに停めた。

店に入ってみると、岩崎は不在だった。夫人がレジの内側にいた。確認すると、岩崎は配達に出ているという。配達と、庭造りの頼まれ仕事や雑用は岩崎の受け持ちとのことだった。半日以上、店を留守にしていることも多いのだという。

佐伯は訊いた。

「肥料の盗難が昨夜のことだったのかどうか、わからなくなってきたとか」

　夫人は、恐縮したように言った。

「そうなんです。朝、刑事さんにあんなふうに言ったあと、主人と記憶を整理してみたんですよね。そうしたら、わたしも主人も、この三、四日、たしかにあったとは言い切れなくなって」

「でも、昨晩盗まれた可能性もあるわけですね」

「はい。だけど、間違いなくきょうの被害品として届けを出してしまったこと、嘘《うそ》を届けたことになったかと、心配しています」

「きょう確認していただいて、なかったことは事実ですよね。そのように届けていただいて問題ありませんよ。捜査が進めば、勘違いも訂正されますから」

　横にいる新宮の視線が、店の奥に向いた。温室のある方角だ。佐伯が目を向けると、エプロンをつけて頭にバンダナを巻いた女性が歩いてくるところだった。これが、午後だけ働いている女性のようだ。その女性がレジまでやってくると、夫人が佐伯たちをそのパートタイマー女性に紹介した。女性は、類家由実《るいけゆみ》という名だった。顔は化粧っ気がなく、陽《ひ》に灼《や》けていた。

　佐伯は、類家というその女性に訊いた。

「類家さんは、被害品目について、何か思い当たることはありませんか」

　類家は、大きく首を振って言った。

「わたしもびっくりしたんですけど、オーナーに聞いた硝安以外に、とくに思い当たりません」

「オーナーさんたちは、ほんとうに昨夜の盗難だったかどうか、確信がなくなっているようなんですが、類家さんは昨日は硝安の袋は確認しています？」

「そう言われると、じつは」類家は返事を最後まで言い切らなかった。

「確信もって、あった、と言えるのはいつになります?」

「四日前です。袋が配達されましたので。わたしがサインして受け取りました」

「その袋は、類家さんがあの保管場所にしまったのですか」

「いいえ。わたしには重すぎる袋でしたので、問屋さんにお願いしました」

「二十五キロの袋でしたね」

「はい。そのときオーナーも配達に出ていたので、帰ってきてから、届いたことを伝えました」

「注文したのは、オーナーですね?」

夫人が横から答えた。

「そうです。残りが少なくなってきたので、発注伝票を書いてファックスしたんです」

そのとき店の入り口ドアが開いて、岩崎が姿を見せた。配達を終えて帰ってきたのだろう。

「どうかしましたか?」と、佐伯に訊いてくる。

佐伯は岩崎に身体を向け、軽く頭を下げてから言った。

「硝安の配達のことで、ちょっと伺いたくて。入り口をふさいじゃまずいですね。表でいいですか?」

「かまいませんよ」

佐伯たちは、岩崎と一緒に駐車場を出て、配達用の軽トラックの脇まで歩いた。

「どうかしましたか?」と岩崎。

「硝安がなくなった日のことです。やはり昨日まであったかどうか、確信は持てませんか?」

「いつも目につくものではないんで。あの棚の下に保管しておくものですからね。配達されたのが四日前なので、その日は確実にあったと言えるんですが」

「配達されたとき、ご主人は留守だったそうですが、配達された袋は、確認しましたか?」

「ええ。棚の下を覗《のぞ》いて」

「残り少なくなっていた袋のほうはどうです？　その日は、確実にありましたか？」

岩崎は困惑した顔となった。

「中身が少なくなってきたんで袋を畳んで、あの棚の下に置いておいたはずですが」

「確認されていない？」

「そう訊かれると、自信がないです。あるものだとばかり思い込んでいたのかもしれない。少なくとも、この四日間は小分けする必要もなかったし」

「オーナーは、配達で店から出ていることも多いのですね？」

「配達だけじゃなく、造園作業を引き受けて出ることもあります。芝刈りをやることもあります。苗や種の単価など知れたものですから、部分的にはうちは造園業を兼ねているようなものです」

「おふたりともいない場合はありますか？」

「女房も買い物に出たりすることはあります。店番は、類家さんがやってくれますので」

「類家さんの勤務は、毎日午後一時から何時まででしたっけ？」

「午後六時ですが。夏至のころは、もうちょっと店も開けていたので、七時くらいになったときもあったかもしれない」

「閉店まで、ということですね？」

「ええ。閉めたあとは、わたしたちがあと始末をするために残りますが」

「入り口のキーは、類家さんも持っていますか？」

「持ってはいません」

「この近所にお住みなんですよね？」

つまり、札幌の中でも高級住宅地に、という意味の質問だった。

岩崎は、山麓の下のほうを顔で示して言った。

「山鼻のマンションに、ということでした」

「ここに通うのは、どうやって？」

「自転車ですよ。電動アシストつきのやつです」

岩崎は駐車場の隅を指差した。赤い自転車が、店の壁のそばに停めてある。

岩崎が佐伯に顔を向け直して訊いた。

「どうして本人に訊かないんです？」

「意味はありません。話のついでです。ご本人にも訊きますよ」

佐伯たちは、岩崎と一緒に店に戻った。

店に入ると、佐伯は岩崎から、硝安の発注伝票と配達伝票を見せてもらった。配達伝票には、伏見ガーデン、の印が押してあった。レジに用意されているものなのだろう。発注日、配達日の記録も、夫人や類家の記憶通りだった。

店に新しい客があって、岩崎が奥のガーデンテーブルをあいだに話を始めた。庭造りの相談のようだ。

佐伯は類家由実を入り口脇の応接スペースに呼んで言った。

「類家さんは午後六時までのパートということでしたね？」

「はい」と類家。「もう少し遅くなることはありますが」

「硝安が盗まれたということで、大通署はこのあとも解決まで何度も、事情聴取に来ることになると思います。連絡先、ご住所など、きちんと訊いておいていいですか？」

類家は、とくに店で名刺は作っていなかった。メモ用紙に、携帯電話と住所を記して、佐伯に渡してきた。

佐伯は住所を見てから、訊いた。

「マンションでは、ベランダで庭造りなどを？」

「いいえ。観葉植物と、あとは切り花をときどき飾るだけです」

「お花には詳しいんですよね？」

「好きなので、多少知識があるというだけです。実家が農家なので、花も少し作っていたんです」

「出身は、札幌ですか？」

「はい。正確には恵庭《えにわ》ですが」

「失礼ですが、パートをされているあいだ、お子さんは？　あ、訊いていませんでしたね。お子さん、いるんでしたっけ？」

「いえ、子供はいないんです」

「ということは、ご主人を送り出してから店に出て、お帰りになる時刻に、帰宅ですね？」

「主人は、もう少し帰りが遅いんですが」

佐伯は、自分の聞き込み用の名刺を類家由実に渡して言った。

「この数日のお客さんの中で、もし不審なひとのことを思い出したら、遠慮なく電話をください」

「不審なひとというのは？」

「たとえば硝安のことをいろいろ訊いていたひとがいたとか、何も買わずに店内の様子をじろじろ見ていった客がいたとか」

「わかりました」

「外から覗《のぞ》かれていた、とかでもかまいません」

「思い出したら、電話します」

佐伯は立ち上がった。新宮も由実に礼を言って、腰を上げた。


吉村が、石山通りで車を加速させた。教えられたファミリー・レストランに向かうのだ。

そこで携帯電話が震えた。小島百合が携帯電話を見ると、佐伯からだった。

仕事の用件？　なんだろう。

見当がつかないままに、スマートフォンを耳に当てた。

「はい？」

「きょう午前中、万引きがあったと言っていたよな」

例のとおり、あいさつ抜きだ。

「ええ。小学生を署に連れてきたんだけど、ろくに事情も訊かないうちに、逃げられてしまった」

「その子が万引きしたのは、工具と言っていたか？」

「そうなの。工具セットふたつ。ひとつは精密工作用だった」

「具体的には？」

「ひとつにはたしか、検電なんとかというドライバーも入っていた。もうひとつは、時計修理にでも使えそうな、細く繊細そうなもの。でもどうして？」

「環状通り南十二条のホームセンターを知っているか？」

「ええ」

大通署とその店との距離は、ふつうに道路を使って移動するなら、四キロ弱というところだろうか。子供の足で一時間程度。

佐伯が言った。

「二、三十分前、あそこで万引きがあった。子供が工具を盗んで逃げた」

「そっちでも？」

「どんな子だった？」

「小学校高学年ぐらいで、長めの髪。メガネをかけている」

「服装は？」

「Tシャツに、オリーブ色のカーゴパンツだった。七分丈の」

佐伯が黙っているので、百合は訊いた。

「そちらの子は？」

「警備員の話と合うな」

「同じ子が、溝口煙管店で失敗したあと、署から逃げて、そっちでリベンジしたってことかしら」

「だとしたら、ずいぶん工具に執着してる」

「換金するためじゃないみたいね」

「工具セットを買うカネもないのに、危険を冒して工具を盗んだんだ。道路に飛び出し、交通事故を起こして、逃げきった」

「もしかして、今朝の硝安盗難と関係があると思っている？」

「わからない。ありがとう」

吉村が運転しながら、百合に目を向けてきた。

「盗犯係の佐伯さんから」百合は、水野大樹のことを思い出しながら言った。「環状通りのホームセンターで万引きがあったんですって。子供が工具を盗んで逃げた」

吉村が言った。

「大樹ですかね」

「偶然じゃないでしょうね」


佐伯宏一は、新宮昌樹と一緒に大通署に戻った。

刑事課盗犯係の自分たちのデスクに着いたところで、伊藤が呼んだ。

「どうだった？」

佐伯は伊藤の前の椅子《いす》に腰かけて答えた。

「わからなくなってきました。店主も、パートの類家って女性も、昨日まであったかどうか確信が持てなくなっている。こっちは？」

課長はデスクを不在にしていた。

伊藤が答えた。

「お昼のままだ。肥料が盗まれた、ってはっきりしたところで、よその部署と協議するってよ」

「要するにまだ、動くほどのことじゃないと？」

「そうだ。まだ騒ぎにはしたくないってよ」

「コンビニの防犯カメラ映像は、どうなりました？」

「手続きは済んだ。鑑識が店に行って、もうコピーは終えたろう」

「車のナンバーがわかれば、いちおう照会まではやっておきます」

「ああ」伊藤はのっそりと椅子から立ち上がって言った。「健康診断、予約しているんだ。出てくる。関係部署に持っていけるだけの情報、集めてくれ」

自分のデスクに戻ると、新宮が訊いた。

「ホームセンターの万引きの件、気にしているようでしたけど」

佐伯は、デスクの上のボールペンを手元に引き寄せて言った。

「未明に園芸店で肥料盗難。午前中に、狸小路で工具セットの万引き未遂。昼過ぎに園芸店に近いホームセンターで、工具の万引き。後の二つは同じ子供がやったようだ。それとも偶然って考えていいか？」

新宮は首を振った。

「いまのところは、まだ偶然でしかないんじゃないでしょうか。夏休みです。工作をしたくなっている男の子は多いはずです」

たしかに新宮の言うとおりだ。爆薬材料にもなる肥料の盗難と、小学生の万引きとは、結びつけて考えるのはまだ早すぎる。


駐車場は、そのファミリー・レストランの左手通路を進んだ先にあった。店の裏手にある、鉄骨がむき出しの二階建ての建物だ。吉村がその一階の通路へと車を進めた。

入ってすぐ、軽自動車やファミリー・カーが並んでいる中に一台だけ、目立つ高級車があった。白いセダンで、フロントグリルには円と三つの針のエンブレム。ドイツ製の高級車だ。

そのセダンの前を通りすぎて、吉村が一台分の空きスペースを見つけて、そこに車を入れた。

入り口を入ったところで、小島百合は店の中全体を見渡した。店内は、客が六分ほどの入りだった。もうとうにランチタイムは過ぎているから、いま目につくのは、軽い女子会中の主婦とか、高校生たちだ。もちろんスーツ姿のサラリーマンもいないではないが。

どれが水野麻里奈だろう。

奥の右手に、壁を背にして男女のカップルが座っている。その正面には、百合たちに背中を向けた格好で、ひとりの男性が腰掛けていた。

カップルの男のほうは、三十歳前後だろうか。黒っぽいスーツを着て、長髪だ。タイを締めているけれども、どうしようもなくホストふうだ。向かい側に腰掛ける男性に向かって、上体を屈《かが》めて熱心そうに話している。

その隣りにいるのは、やはり三十歳ぐらいの女性。いや、もう少し歳《とし》は上かもしれない。茶色に染めた長い髪を、だらりとそのまま肩にさげている。目が大きく、わりあい派手な顔だちだ。美人と言っていいだろう。ゆったりしたカットソー姿だ。

あれだ、と百合は直感で思った。ほかに、水野麻里奈と思える女性客はいない。

百合は、吉村に言った。

「あそこの茶髪の女がそうだと思う」

「いきなり子供のことを訊きますか？」

「少し様子を見たい」水野麻里奈とにらんだ女の右側に、彼女たちの席とちょうど直角にレイアウトされたテーブル席があった。「あそこで、コーヒーでも飲みましょう」

百合は、水野麻里奈とおぼしき女の近くのテーブルに着いた。自分からは、その女の左の横顔が見える。女は首を少しひねらなければ、百合とは視線が合わない。吉村は、百合の向かい側だ。三人のやりとりは、吉村のほうが明瞭《めいりよう》に聞こえるだろう。

水野麻里奈らしき女の正面に腰掛けた男は、チェックの半袖シャツにチノパンツ姿。横顔からの判断では、三十代なかばと見える。職業の見当がつかなかった。自営業だろうか。休みの日のホワイトカラーなのかもしれないが。

ホストふうの男が、少し高めの声で言っている。

「だから、ぼくも水野さんに最初に会ったときには、もうベンツに乗っていたんですよ。この仕事を始めて、あのころはまだ半年ぐらいだったけどもね」

彼が水野と言ったとき、視線は横の茶髪の女に向いた。やはり彼女が水野麻里奈なのだろう。

「ぼくは水野さんに訊いたんですよ。あなたの夢って何ですかって。そうしたら、ネイルのお店を持つことだって。ぼくは思わず訊いたな。失礼だけども、そのためにどんなことをしてるんですかって。そうしたら、水野さんがびっくりするようなことを言った。何だと思います?」

半袖シャツの男が首を振った。わからない、と言ったのだろう。

ホストふうの男が愉快そうに言う。

「何もしてないって。何もしていない、ですよ。何も」

大げさな調子だ。百合は、テレビのワイドショーによくこんな手合いのレポーターが出てくることを思い出した。

「夢があるのに、何もしていない。そんなの夢とは言いません。妄想。空想。どうでもいい憧《あこが》れ。そんな程度のものです。夢ってのは、目標なんです。追い求めて、いま自分を動かすものなんです。それが夢です。イトダさんの夢って何ですか？」

イトダと呼ばれた男が何と答えたのかは聞こえなかった。自信なげな答だったのだろう。

男が言った。

「そのために何をしています？」

「何も」と男。

「じゃあ、夢じゃないって。それは夢じゃありません。ただの夢想。明日同じことを訊かれても、同じように答えますか？」

「ええ、たぶん」

「ほかに夢はあります？」

「そんなに強いものは」

「夢は、追求しましょう。実現させましょう。そのために、きょう一日を夢に近づくために使いましょうよ。ぼくなんて、お洒落《しゃれ》なバーを持つことが夢だったけど、夢を実現する方法がわからなくて、だいぶ遠回りした。だけど、どうすべきか道をつかんだとき、毎日が変わりましたよ。ものすごく充実するようになった。毎日が充実していれば、自然と人脈も広がる。成功している素晴らしいひとたちにたくさん会って、刺激をもらうようになった。刺激を受けてぼくが変わると、ダチの目も変わってくるんです。あいつの言うことなら聞いてみよう、あいつが勧めるものなら使ってみようって、ぼくを受け入れてくれるようになる。その利益が、また自分の生活を充実させてくれる。ぼくはいま、半分趣味みたいにして、バーを経営してます。ほら」

男はテーブルの上にキーホルダーを置いた。

「いまベンツに乗ってます。成功したら、付随していろんなものも実現した。自分が夢だと思ったことさえないものが手に入ってくるんです。ベンツがそのひとつ。こんどニセコにレストランも出そうと思っています。ニセコでいまレストランを開こうと思ったら、賃貸で最低でも月百万ですけどね。だけどリターンはある。ススキノでバーやってるのとはひと桁違《けたちが》うビジネスができるようになるんです。それもここで人脈を築いて、成功したひとのあいだで生きれるようになったからです。今年の秋には、その仲間たちとハワイに行くんですよ」

百合は、聞いているうちに気持ちが悪くなってきた。

これはどうやら、マルチ商法のメンバーの勧誘だ。水野麻里奈は、ごく下っ端のレベルの会員。しゃべっている男が、その上のレベルか、幹部クラスなのだろう。マルチ商法では、下のレベルの会員を増やさなければ、先に会員になった者にも利益が出ない。会員の勧誘には、上のレベルの会員も躍起になるのだ。会員勧誘のサポートは上級メンバーの義務でもあるし、不可欠の仕事だった。そのために、多くの時間を割かねばならない。逆に言えば、マルチ商法を始めたら、もう正業などやっている暇はなくなる。

麻里奈は、どの程度はまっているのだろうか。

百合は、さっき麻里奈のアパートを訪ねたとき、近所の主婦が、宅配便の配達があった、と言っていたことを思い出した。宅配便で、ということは、おそらく段ボール箱での配達であり、そこそこの量があるものだったということだろう。封筒で送ることができるようなものでも、その程度の数や量でもない。つまり彼女自身も、もしかすると何か商品を買い込んでしまっている？　それがどんな商品であれ、そんなものを買っている余裕は、いまの彼女にはないはずだが。

「だからね」とホストふうの男が続けようとした。「水野さんからも、体験を話してあげたらいいんじゃないかな」

麻里奈が、背を起こして半袖シャツの男に微笑した。こんどは彼女が勧誘のトークを始めるというところなのだろう。

百合は吉村をうながして立ち上がった。吉村もさっと振り返りながら椅子を立った。麻里奈たちが、百合たちに注意を向けた。

百合は麻里奈の横に立って訊いた。

「水野麻里奈さんですか？」

言いながら警察手帳を出していた。

「大通警察署の少年係の者ですが」

麻里奈は、驚愕《きょうがく》の目で百合を見上げてくる。隣りのホストふうの男は、顔がこわばった。半袖シャツの男は、まばたきしている。

百合はもう一度、麻里奈に訊いた。

「水野さんですよね？」

「ええ」と、当惑した顔で麻里奈が答えた。

「少しお時間、いいですか？」

「わたし、何かしました？　お茶飲んでるだけですけど」

「いいえ。お子さんの件で、少し聞かせていただきたいんです。もしよければ、あっちの席で」

百合は自分たちが着いていたテーブルを指差した。

ホストふうの男が言った。

「いま、こっちも仕事中なんですよ。あとにしてもらえません?」

露骨に迷惑そうだ。

吉村が、半袖シャツの男に訊いた。

「お邪魔ですか?」

男は、面食らったような声で答えた。

「あ、いや、そんなことはないですけど」

百合はもう一度麻里奈に言った。

「そんなに時間は取らせない。ちょっと大樹くんのことで聞かせて」

「大樹のことだけなの?」

「そう」

麻里奈はホストふうの男に目をやった。男が、しぶしぶという顔でうなずいた。

「少しだけなら」と、麻里奈が立ち上がった。彼女が椅子の脇から持ち上げたのは、ススキノで働く女性の九割が持っているブランドもののバッグだ。

百合は自分たちのテーブルで、水野麻里奈と向かい合った。麻里奈の左隣りには吉村だ。

「大樹くんが、家を出ている。知っている?」

「家出している?」麻里奈は芝居とは見えない表情で首を振った。「知らない。帰っているはずだけど」

「はずって、麻里奈さんはアパートに帰っていないの?」

少し間を開けてから、麻里奈は言った。

「昨日は、帰らなかった。ひとりでやっていると思った。ご飯代だって渡してあるし」

「そういう問題じゃない。あなたは母親で、大樹くんはまだ小学生でしょう」

「もう六年だよ」

「帰らなかったのは、昨日だけ？　一昨日《おととい》は、どこにいたの？」

「一昨日？　あ、やっぱりやむをえない事情ができて」

「いつからアパートに帰っていないの？」

麻里奈は口をとがらせた。

「そんなこと、言わなきゃならないんですか？」

「大樹くんに、食事もさせない。着るものの洗濯もしていないでしょう？」

「だから、おカネは渡してあるし、洗濯したものだってまだあるはず」

「家を出てるのよ」

「そんなこと、言ってなかったけど」

「いつ？」

「今朝も」

「どうやって連絡取るの？」

「ケータイを持たせてる」

やはり大樹は携帯電話を隠し持っていたのだ。あるいは、万引きしたときだけ、身につけずにどこかに隠していたか。

「あなたの携帯、変えた？」

「いえ。だけどお昼から、電源切ってる。ちょっとほら」麻里奈は後ろを首で示した。こっちの用件があるので邪魔されたくなかった、とでも言っているのか。「大事な用事だったの」

「いま、大樹くんと連絡を取って」

「あの子がどうしたのよ」

「万引きして、逃げている。もしかしたら、悪ガキに恐喝されているのかもしれない。その場合、身の危険もあるのよ。わかる？」

ようやく麻里奈の目に真剣な光が宿った。彼女はバッグからピンクのケースに入れたスマートフォンを取り出した。

画面を操作して耳に当てていたが、百合の耳にも聞こえてくるのは、話し中のようなツーツーという音だけだ。

「だめ、着信拒否かな」

「母親からの電話なのに？」

「まったく、何やってるんだろ」

そのとき、麻里奈の後ろをあの男たちふたりが通っていった。通りすぎるとき、ホストふうの男が麻里奈に声をかけた。

「きょうはこれで。飯代は払っておくから」

麻里奈は、驚いた顔で振り返った。しかし男たちは、もうレジに向かって歩き去っていくところだった。

「あたし、帰れないじゃない」と麻里奈がつぶやいた。

百合は訊いた。

「大樹くん、居場所の心当たりはない？」

「行くとこなんて、ないはずだよ」

「親戚。友だち。誰か知っていそうなひとはいないの？」

「親戚なんて、北海道には誰もいない。あの子の友だちも、わかんないね」

「誰か親しい子の名前ぐらい、口にしていたでしょ」

「友だちのいない子なんだよ。孤独な子」

その孤独な子を放《ほう》っておくのかと怒鳴りたい気分をかろうじてこらえた。

「大樹くんが家に帰っていないのは確実なの。この数日は、誰かと一緒にいるはず。おカネももうないでしょう。五百円ぐらいのおカネを持っていたけど、それは警察署に置いていってしまった」

「あの子、捕まったの？」

「補導よ。話を聞いている途中で、警察署から逃げてしまった」

「冗談じゃない」麻里奈が鼻腔《びこう》をふくらませた。「そんなに心配するくらいなら、きちんとあんたたちが保護していてよ！」

「逃げたから、深刻だとわかったのよ。親しい子はいないとしたら、悪い連中にカモにされていない？　悪《ワル》連中とつきあっていない？」

「わからない。そういう話は聞いていない。なんでも話すいい子なんだから」

麻里奈はまた振り返り、レジのほうに目をやった。もう男たちの姿は消えている。

「まったく」と麻里奈が舌打ちした。

百合は訊いた。

「あの男、どういう関係なの？」

麻里奈は、挑むような目を向けてくる。

「どういう意味よ？」

その答え方で、およその見当はつくが。

「ただのマルチのメンバーなの？」

「マルチなんかじゃない」

「嘘はつかないで。それがどういうものかは知ってる。何を売っているの？」

「関係ないじゃない」

「もう一度訊くわ。あの男は何？」

「知り合い。仕事で面倒みてもらってる」

「まともな男じゃないでしょ」

「まともだよ。仕事している。ベンツも持ってる」

「家庭を持ってる？」

「いや」

「あの男のところに居るの？」

「自分のうちに帰りなさい。子供がいるのよ」

「いいじゃない」

「働かなきゃ、子供を食べさせて行けないのよ」

「だからクスリの売人になろうとしたって言うの？」

「うるさいわね。あたしは釈放されたのよ」

「あんな男にくっついていたら、またすぐに行き詰まる。もう行き詰まってない？　ぎりぎりのところに来ていない？」

「どうやって食べたらいいのよ。そんなに恵まれた立場で、偉そうに言わないで」

「このままでは、あなたはもう一回捕まることになる。大樹くんと引き剝《は》がされるのよ。それでもいいの？」

「うるさいってば！」

とうとう麻里奈は大きな声を出した。店の中が静まった。何人もの客が、こちらに目を向けている。中年のウエイトレスが、困惑気味に百合たちを見ていた。

百合は、少し声を落として言った。

「外で話してもいい。出る？」

「出るよ」

麻里奈が立ち上がった。

店の外に出ると、百合は裏手の駐車場の横、周囲の耳を気にせずにすむ場所へと移動した。サクラの木の下に、ベンチがある。店が混んでいるときの待機場所のひとつのようだ。

百合はあらためて麻里奈に訊いた。

「大樹くんを最後に見たのはいつ？」

麻里奈は言いにくそうに答えた。

「終業式の朝」

いまは公立学校の夏休みに入って三日目だ。夏休みになってからは、顔を合わせていないのか？

「四日前の朝から、全然見ていないの？」

「電話はしてる。今朝も、変わったところはなかった」

「ご飯は？」

「二千円置いてきた」

「それ、二日分ってこと？」

「そう。おカネないのよ、あたしだって」

「だけど、あのベンツの男とはつきあってる」

「仕事のパートナーでもあるの。あのひとのところに行けば、ご飯も食べさせてもらえる。おカネがかからないんで、大樹にその分上げられる」

「子供のためにその男とくっついていると言いたいの？」

「大人の事情もあるのよ」

離れたくない、かといって、その男のもとに子供連れで転がりこむこともできないということだろう。叱り飛ばして、あるいは説得を試みて、この事態は変えられるだろうか。その場しのぎの適当な応えで逃げられてしまうのではないか。百合は、大樹を一時保護するのが最善かとも考え始めた。夏休み中の男子小学生を、家出させたままにしておくことはできない。あの大阪府の、男女の中学生ふたりが殺された事件を思い出すまでもなくだ。

麻里奈が口調を変えて言った。

「まだ、こんな真っ昼間なんだから。電話がつながったら、早くうちに帰るように言う。夜になっても連絡が取れなかったら、お巡りさんに電話する」

「あなたも、大樹くんの待つうちに帰りなさい」

「はい、はい」

誠実さの感じられない言葉に、平手打ちを食らわせたい気持ちになった。もちろん、そんな思いはおくびにも出せない。

「大樹くんの番号、教えて」

百合は、麻里奈から大樹の携帯電話の番号を聞いて入力した。

麻里奈は店の外、石山通りのほうに目をやって訊いた。

「行っていい？　仕事中だったの」

「いいわ」と百合は答えた。「だけど、マルチなんてやめておきなさい。借金しか残らない」

「いい仕事を紹介してくれるんなら、考えてもいいけど」

麻里奈は、ゴミの集積所から離れるような表情で、表の道路に通じる通路を歩いていった。

後ろ姿を見つめていると、百合のスマートフォンが震えた。大通署の少年係の上司からだった。

耳に当てると、上司の長沼が言った。

「また溝口煙管店だ。午前中に来て何も盗《と》らずに消えた高校生ふたり組がまた来ているそうだ。どこだ？」

百合は、そのファミリー・レストランの所在地を伝えた。

「五分で行けると思います」

「地域課の応援も頼んだ。そっちが先に着いてるだろうが、引き継いでくれ」

「はい」

通話を切ると、百合は吉村に言った。

「もう一度、溝口煙管店に」

吉村が訊いた。

「大樹が、また？」

「ううん。常習の高校生たち」

「大樹が補導されたところ、見てなかったんですかね。大胆だ」

「きっと、それだけ混んでいるんでしょう」

百合たちは、自分たちの車へと向かった。


刑事課フロアの鑑識係のスペースで、佐伯と新宮は、ＰＣのモニターに目をやった。

担当者はまだ二十代と見える依田《よだ》という男だった。鑑識係にはどちらかと言えば理系のセンスのある警察官が配置されるが、依田の場合はさらにＩＴにも強く、ＰＣ関連の知識も豊富なのだろう。

依田は、モニターの上にカーソルを走らせながら言った。

「三台の車ですが、ここまで解析できました。年式はともかく、全部車種は特定できています。ナンバーが読み取れたのは、二台だけなんですが」

最初に依田が画面上に表示したのは、白いハッチバック・タイプの乗用車だ。

依田は画面を止めたり、ところどころ拡大したりしながら、その乗用車が交差点で左折したところを示した。

「乗っているのは、男ひとり。明るい色のポロシャツのようです」

顔だちははっきりしない。ただ、身体のシルエットから、その男は中年だろうと見えた。

依田が言った。

「ナンバープレートがわかります。札幌ナンバー」

拡大されたナンバープレートは最初ぼけていたが、依田はシャープネス処理を施した画像を示して言った。

「数字、読み取れるでしょう」

新宮がその番号をメモした。

「車種は?」

大手メーカーの出している小型乗用車だった。二年落ち。ほとんど新車だと言っていい。小型車ではあるが、わりあい高額の車だ。

二台目の車は、黒っぽいワンボックスカーだ。家族向けのミニバンというタイプではなく、明らかに商用車。建築や設備に関連する業者がよく使っていそうな車だった。

依田が言った。

「これは古い車です。十年落ち」

車種は、大手メーカーのバン。二〇〇五年の生産。黒っぽく見えるが、黒のタイプは販売されていなかったので、塗装は茶色だろうとのことだ。

運転しているのは、黒っぽいシャツの男だ。メガネをかけているところまではわかる。同乗者はいない。

依田が言った。

「後部の窓が暗いんです。後ろの街灯がまったく透過していません。スモークシールを貼《は》っているんでしょう。後部の席に誰かいる可能性はあります」

佐伯は言った。

「光が透過していないのは、荷物を一杯積んでいるからってことはないか?」

「この画像から判断できるのは、そういうことじゃないですね」

バンで、後部席の窓ガラスにシールを貼らねばならないとしたら、どういう車だ? 高級車なら、

VIPを乗せるから、と想像していいが、この業務用の実用車で、スモークシールが必要になる場合は何だ？　佐伯はうまい答を見つけられなかった。違法の品とか、カネ目のものを運ぶから？　まさか。

依田が、画像を別のものに変えて訊いた。

「番号がわかりますよね」

下三桁はわかる。ただ最初の数字だけは3とも見えるし、8とも見える。しかし、下三桁がわかれば、車の特定は難しくない。登録は、函館と読めた。

あの高級住宅地で、深夜二時に函館ナンバーのバンが走っている、というのは、気になる。

三台目は、軽のワゴンタイプの車だった。塗装は白だ。

依田が言った。

「この車は左折するとき、ご覧のとおり、ナンバープレートは番号を読み取れる角度じゃありません」

曲がるところが、五カットか六カットに分けて、ぎくしゃくと示された。

運転者の姿もよくわからない。細身のシルエットは、女とも見える。しかし若い男性であってもおかしくはない。

「ただし、車種はわかります」

依田はその軽自動車が真横を向いている画像を示した。軽自動車メーカーの、型式上は軽トラックだと言う。二〇一一年か一二年型だろうとのことだ。いっとき主婦や若いパパに向けて、盛んにテレビ広告が流れていたような記憶がある。

「左側、バンパーに擦り傷があります。新しいものでしょう。これが特徴というか、必要な場合、同定の決め手になるでしょうね」

　佐伯は言った。

「番号はこちらで照会する。画像、プリントしてくれないか。自動車の特徴がよくわかるものと、番号が読めるものはその画像も」

　依田が椅子を回転させて佐伯に身体を向けた。

「こんな侵入犯なのに、ずいぶん入れ込んでますね」

　感嘆が七分、呆《あき》れたという気持ちが三分という言い方だった。

「流して捜査報告書作って終わりという事案じゃないぞ」

「肥料の袋の件ですか？」

「硝酸アンモニウムが三十キロだ」

「爆弾のことを心配しているんだとしたら、素人が簡単に作れるものじゃないですよ。たとえ硝酸アンモニウムが百キロあったところで」

　依田はたぶん、爆弾製造やその爆発物の分析に関する研修を受けていることだろう。一般の刑事課捜査員より詳しいのはたしかだが、いまはまだ何かを判断できる段階ではない。

　佐伯は言った。

「侵入犯が素人かどうかもわかっていないんだ。最悪を想定するべきだ」

「それがはっきりすれば、ぼくも燃えますけどね」

　依田がプリントしてくれた画像を持って、佐伯たちは自分たちのデスクに戻った。やるべきことは、まず陸運局にナンバーを照会することだった。

　佐伯は札幌の陸運局に、札幌ナンバーのハッチバック車の番号で所有者を問い合わせた。新宮は、函館の陸運局に、函館ナンバーのバンについて、その所有者を訊いた。

札幌ナンバーの車の所有者は、すぐにわかった。

札幌市中央区伏見に住む、中川純《なかかわじゅん》という男だ。

伏見在住ということは、あの園芸店と同じ地域に住んでいるということだ。環状通りのあのコンビニ前を車で通過してもまったくおかしくはない。ところ番地では、家は山麓通りのさらに山側だった。つまり、いっそうの高級住宅地。彼が犯行後自宅に戻るとすれば、環状通りへわざわざ降りてくる理由はない。

佐伯は北海道警のデータベースにつながっているPCの前まで移動すると、中川純という男の前科、逮捕歴、交通違反歴を調べた。

前科はなかったが、二年前に傷害事件の被害者となっていることがわかった。中川は札幌市内に三つの飲食店を持つ男だが、男性従業員のひとりと待遇をめぐってトラブルとなり、店のひとつで暴行を受けたのだ。従業員は逮捕、送検され、最終的には執行猶予つき判決が出た。傷害事件で加害者に執行猶予判決が出たということは、傷害の程度が軽かったか、情状酌量の余地があるということだろう。中川は、と佐伯は想像した。いわゆるブラックに分類される企業を経営しているのかもしれない。

傷害事件の現場は、中川の所有する居酒屋の厨房《ちゅうぼう》だったという。包丁は使われなかったようだから、中川は幸運だったのだ。

彼は資産家であるから、地元の商店に深夜侵入してレジスターの現金を狙う必要はない。しかし、ブラック企業のオーナー。それも、暴行を受けるほどに従業員に恨まれていた……。ということは、彼は誰かから身を守ろうとしており、彼自身も誰かを憎むなり、攻撃しようとする意志を持っているとも考えられた。爆発物を作る能力があるかどうかは別としてだ。

佐伯は自分のデスクに戻って新宮を見た。彼のほうは、まだ函館の陸運局から返事をもらっていないという。登録ナンバーの下三桁だけの数字では、やはり検索に時間がかかったのだろう。折り返しの電話を待っているという。

そこで新宮のデスクの電話が鳴った。

新宮がすぐに受話器を耳に当てて言った。

「札幌大通署、新宮です」

言いながら、佐伯にうなずいてくる。所有者判明のようだ。

新宮が、メモをし始めた。

「お世話さまでした」

新宮は受話器を戻すと、佐伯に言った。

「函館の、カジモトユウイチって男です」

梶本裕一と書くのだという。住所は、函館市五稜郭《ごりょうかく》。建物名に、ＪＲ北海道の名が入っている。社宅か独身寮なのだろう。電話番号はわからない。

佐伯は新宮に指示した。

「ＪＲ北海道の函館支社なり函館駅からたどっていって、梶本の電話番号を調べてくれ」

「はい」

佐伯は、自分のデスクトップＰＣを立ち上げて、詳細な札幌市内地図を画面に呼び出した。道路ばかりではなく、建物ひとつひとつまで区別されて描かれ、その建物名、もしくは居住者が記されたものだ。

環状通りをあのコンビニから北に見て行くと、三ブロック北の西側にスーパーマーケットがある。

記憶通りだった。エントランスの位置と駐車場の配置もわかった。たぶんここのエントランスにも、建物の外に向けた防犯カメラがある。コンビニ前を左折して行った車がそのまま左車線を走っていれば、ナンバーが読み取れるのではないかと思えた。

佐伯は、このスーパーに出向くことにした。あの軽自動車がこのスーパーの前を通過する時刻はかなり正確に想像できる。前後せいぜい三十秒の範囲の映像を確認できればいい。自分たちは、三台すべての車の所有者を特定できることになる。

佐伯は念のために、ほかにも想定できる経路上の、コンビニやガソリンスタンドの所在も確かめた。

地図アプリを閉じて、新宮を見た。彼は何本か電話をかけなおしつつ、いま最後の電話を待っているところのようだ。

電話が鳴って、新宮がすぐに応《こた》えた。

「はい、札幌大通署、刑事課です」

新宮は、ときおり、はいはいという相槌《あいづち》を打ちながら相手の言葉を聞いていた。メモしながらだ。少しずつ顔が曇っていった。いや、不審そうな表情になったと言うべきだ。

やがて、「お手数かけました」と新宮が電話をしめくくった。

新宮を見つめていると、彼は佐伯に向き直って言った。

「梶本裕一は、たしかに函館保線所で働いていたそうですが、もう一年ぐらい前に懲戒解雇になっているそうです。寮に入っていたそうですが、解雇と同時にその寮も出ています」

「解雇の理由は?」

「就業規則違反」

「もしかして」ＪＲ北海道の処分と聞いて思い出したことがひとつある。「あの保線作業記録の改竄《かいざん》か」

　数年前、列車の火災事故のあと、ＪＲ北海道では車両や軌道の保守点検がでたらめだったことが明らかになった。点検記録や保守の記録は改竄され、補修が必要な部分は放置されていた。重大事故が起こってもおかしくはない水準までのでたらめが、しかも長期間にわたって組織ぐるみで行われていたのだ。北海道警察も、データ改竄は事故原因の調査を妨害する悪質な行為として、捜査に入った。

　マスメディアが連日大きく報道したことで世論が呆れかえり、ＪＲ北海道もさすがに何人かの社員を処分しないわけにはいかなくなった。しかし数人の現場の社員の処分を発表すると、社の内外から、現場だけに責任をおっかぶせたと、あらためて非難の声が上がった。ＪＲ北海道はその世論に対して、幹部をさらに数人、処分しなければならなかった。後手後手の責任追及と処分のせいで、いまもＪＲ北海道にはまともな企業統治が存在しないのではないかと疑われている。赤字が理由の人員不足、補修の予算不足という問題は、利用者の多くが理解しているにせよだ。

　新宮が答えた。

「あのとき函館保線所で処分された三人のうちのひとりだそうです」

「現場にいたのか？」

「巡視班の副班長とのことでした」

「中間管理職として処分されたってことだな」

「そこまでは説明を受けませんでしたが、いずれにせよいまは寮を出ているので、所在はＪＲのほうではわからないとのことでした」

　梶本裕一という男は、尻尾《しっぽ》きりの処分を受けた現場の副班長。懲戒解雇されたのは、およそ一年前……。

佐伯が黙っていると、新宮が訊いた。

「三台目については、何か？」

「いや」佐伯は首を振った。「梶本の経歴を知りたい。保線所ではどんな仕事をしていたんだ？　学校はどこを出ている？」

「確認します」

新宮はまたJR北海道の函館支社に電話したようだ。向こうも、逆に質問しているようだ。新宮が答えた。

「ええ。ある事故を、梶本さんが目撃していたんじゃないかと思えるものですから。ええ、現場近くを梶本さんの車が走っていたとわかっているものですから。ええ、お手数かけます」

新宮は通話を切ってから、佐伯に言った。

「調べてから電話をくれるそうです。十分ぐらい時間が欲しいとのことでした」

「じゃあ、来てくれ。三台目の映像を探す」佐伯は環状通りに面したスーパーマーケットの名前を出した。「あそこのエントランスの防犯カメラは、一台は確実に道路を向いているはずだ。Nシステムにも照会をかける」

佐伯たちはあらためて大通署を出た。


その高校生の万引き常習犯は、どちらもTシャツに細身のパンツというファッションだった。背の高い少年と、それよりは少し背の低い少年のふたり組。背の高いほうはキャップをかぶり、デイパックを肩にかけている。小柄なほうは帽子はかぶっておらず、肩にトートバッグをかけていた。デイパックもトートバッグも、ふくらんでいる。

溝口煙管店の前にはもうひとだかりはなかった。閉店セール目当ての客は、あらかた午前中にやってきて買い物を終えてしまったのだろう。とはいえ、ガラス戸の内側を見ると、やはり雪まつりの時期の、札幌中心部のドラッグストアほどには混んでいる。言葉を変えれば、十分に万引きが可能な程度に。

地域課の制服警官たちはいま、店の前から離れている。小島百合たちは私服なので、一見したところは警官には見えないはずだった。

内側で、副店長の平木が目で合図してきた。そのふたりです、と。

百合はふたりが店の外に出て、狸小路を四丁目方向に歩きだしたときに、すっとふたりの前に立ちふさがった。

「ちょっときみたち、話をさせてくれる?」

高校生たちが、顔をすっと緊張させて立ち止まった。小柄な少年のほうは、振り返った。そこに吉村が近づいた。百合と吉村とで、前後をはさむ格好だ。

百合は警察手帳を見せ、小柄なほうの少年に言った。

「大通署の警察官なの。ふたりのバッグの中身、よかったら見せてくれない?」

小柄な少年が言った。

「見せなきゃ駄目なんですか?」

「駄目ってことはない。あくまでもあなた次第」

「任意なんですよね。見せなくてもいいんですよね」

いまどきの高校生は、このくらいのことは口にする。百合も慣れている。

「かまわない。でも、お店のひとが中で確認しているの。あなたたちが商品代金の精算をしないで外に出たと。ここで押し問答する?」

すでに通行人の中には、怪訝《けげん》そうな目を百合たちに向けてくる者もいる。雰囲気からはもう、自分たちと高校生たちは、親戚同士が他愛ないあいさつを交わしているようには見えていない。

背の低いほうが、呼び止めたことに抗議するような調子で言った。

「ぼくたち、高校生です。未成年です」

「そうなの? では身分証を見せて。どこの高校なの?」

背の低い少年は答えない。

吉村が背の高いほうに訊いた。

「あんたも未成年なのか?」

「高校生です」と少年は答えた。

「それを証明して、バッグの中身を見せてくれ」

少年は、パンツのポケットから、学生手帳のようなものを取り出し、カードを抜き出した。私立高校の身分証だった。入館証を兼ねたもののようだ。

吉村が、身分証を読み上げた。

「札幌智誠学園高校、高松《たかまつ》白馬。ハクバという読み方でいいのか?」

「オウジ、です」

吉村が絶句した。

小島百合は、そんな名をつけられたその子に少し同情しつつ、いくらか小柄なほうの少年に言った。

「あなたも身分証」

その少年も、身分証を出して百合に渡してくれた。同じ高校だった。

「倉島拓也《くらしまたくや》っていうのね」

「二年です。十六です」

「バッグの中身を見せてくれる？」

ふたりの少年は顔を見合わせた。どうする、と目で訊き合っている。けっきょく小柄な少年のほうが、トートバッグを肩から離し、口を広げた。

箱がふたつ入っていた。何かアニメに登場するロボットのフィギュアなのだろうか。

中を覗き込んでから、百合は言った。

「代金、支払っていないよね」

「レジが混んでいたんで」

「だから払わずに出てきたって言うの？　それって万引きなの」

「おカネを払います。いまからでもいいでしょ」

店との示談は、まだ先の話だった。

「もう遅い。犯罪が成立している。事情を聞かせてもらうわ」

「警察に行くんですか？」

「学校でしたほうがいい？」

少年は口をつぐんだ。

吉村も背の高い少年に言った。

「中身、見せてもらえるかな」

背の高い少年はデイパックを肩から下ろして、口を広げた。やはり紙箱がいくつも入っていた。

「カネは払ってないな?」

「すいません。いま払います」

「一緒に来てもらう」

「どこですか?」

「大通警察署」

「ただの万引きで逮捕なんですか?」

「事情を訊く。常習犯なら、そういうことになる」

「電話していいですか?」

「誰に?」

「父さんに」

「警察署でやってくれ。まずここを離れような」

背の高い少年はもう一度小柄な少年と目を見交わし合った。観念したようだ。

百合は、店の入り口を見た。平木が、よろしくという顔で頭を下げた。

百合たちは、少年ふたりを両側からはさむようにして、狸小路五丁目のアーケード街を西に歩き出した。少年係の車は、五十メートル先、五丁目の商店街を出たところに停めてあるのだ。

佐伯と新宮は、そのスーパーマーケットの警備室で、バンと軽自動車の映った映像を確かめることができた。

それぞれが北方向へ走り去ってゆく様子を、防犯カメラの一台が後方から記録していたのだ。依田にデータを渡せば、軽自動車のナンバーも容易に割り出せそうだった。

店の一ブロック北で、環状通りは西二十五丁目通りとの交差点に出る。そのまま直進するのが環状通りで、右手方向に分かれるのが西二十五丁目通りだった。二台がこの交差点でどちらの道を取ったか、画像から確認したかった。しかし判然としない。どちらもスーパーマーケットの前では左車線を走っていたから、おそらくは直進したと想像できるだけだ。

防犯カメラの映像を繰り返し見ているときに、新宮の携帯電話が鳴った。新宮がすぐに耳に当てて、ボールペンを取り出した。メモ用紙を渡すと、新宮が素早くメモを書き始めた。

数分の通話のあと、電話を切って新宮が言った。

「梶本裕一は、保線所の巡視を担当していたそうです。二十歳で入社してから、十四年ずっととのことです」

とすると、いま三十五歳か。

「機械か何かを使う仕事か？」

「検査機器をいくつか使うようですが、何か組み立てたり、機械をいじるようなことはないそうです」

「学校は？」

「室蘭《むろらん》の工業高専、機械工学科卒業です」

機械には慣れている男、ということだ。でも化学の知識はどんなものだろう。工業高専では、一年次から専門に別れて、機械科の学生は化学を学んだりはしないものだろうか？　それとも、基本的なところは教えられるのか。佐伯には高専のカリキュラムについての知識はなかった。

もうひとつ、気になること。

「いまどこにいるかは、わかったか?」

「いえ」新宮はメモに目を落とした。「JRは、解雇したあとのことはまったく把握していないとのことです。実家は様似《さまに》」

北海道の日高地方、太平洋に面した小さな町だ。

「家族は?」

「独身でした」

「誰か、消息を知っていそうな人間についての情報は?」

「実家の電話番号だけは訊きました」

「現住所、調べてくれ」すぐに言いなおした。「いい、戻ったところで、おれがやる」

佐伯たちはスーパーマーケットの警備担当者に礼を言って、警備室を出た。

次に確かめるのは、中川純という飲食店オーナーだ。傷害事件の現場でもある店の名から、ネット検索で電話番号もわかった。もう午後の三時過ぎだから、飲食店であれば従業員たちは店に出ているはずである。

電話しますか?と新宮が訊いた。

いや、店に行こう、と佐伯は応えた。

中川純は札幌市内に三軒の飲食店を持っている。居酒屋が一軒、小料理屋が一軒、そしてスナックだった。居酒屋が本店という位置づけのようだ。傷害事件の現場となったのも、その居酒屋である。

ススキノの南寄りにあった。飲食店ばかりが入居したビルの二階である。ビルにはわりあい目立つ看板がかけられている。滝水、というのが店の名前だ。

南五条と六条の中通りに車を停め、佐伯たちはその店の引き戸の前に立った。準備中、の札がかけられていたけれども、引き戸はすぐに開いた。目の前のレジで、和服ふうの制服を着た三十代の女性が、何やらノートを覗き込んでいる。佐伯たちが入っていくと、まだです、とでも言いかける表情となった。それより先に佐伯は身分証を見せていた。女はまばたきして、唇を結んだ。

「大通警察署の佐伯と言います。オーナーの中川さんはいらっしゃいますか？」

「はい」と女。「おりますが、あの件でしょうか。また、何か？」

中川が従業員に暴行を受けた事案のことを言っているのだろうか。

「違います。確認したいことがあって。いらっしゃいます？」

「はい、お待ちください」

女が店の奥に歩いていった。店内を見渡すと、全体に煙でいぶされたような、茶色っぽい店内だった。煙草《タバコ》の煙の匂《にお》いも混じっている。

十五秒ほどで、男が現れた。白い長袖シャツで、袖口の部分だけを折り返している。饅頭《まんじゅう》のようなサイズのブランドものの腕時計をつけていた。髪を後ろになでつけた四十男だ。佐伯は、中川が従業員に暴行を受けた理由は、けっして待遇問題ではないように感じた。賃金ではないカネがからんだか、女をめぐってか、なんとなくその手のトラブルと親しい男のように思えた。

「中川です。大通署の方？」

「佐伯と言います」

「その節は大通署にはお世話になりました。あいつがまた何か？」

「いえ。お伺いしたのはその件じゃないんです。ひとつ窃盗事件の目撃者を探していて、昨日深夜の二時過ぎに中川さんが現場近くを通っているということがわかったものですから」

「現場って、どこです？」

「伏見です。伏見にお住まいでしたね」

「去年引っ越したばっかりです。うちを新築したんです。深夜二時過ぎと言いました？」

「ええ」佐伯は車種を言ってから訊いた。「……で、ご自宅から街のほうへ外出されました？」

「ええ。もうひとつスナックもやってるんですが、一時過ぎにうちに帰ったところに店から電話があって、もう一回出ました。二時十分過ぎでしたけど」

「店からのお電話というのは、どんなご用件だったんです？」

「古い友達が来ているってことでね。ぼくが横浜で働いていたころの悪友ですが。それじゃ出て行こうかと」それから中川の声は不安そうになった。「もしかして、飲酒運転やったか、ってことですか？」

「違いますよ」

「していませんから。いったんうちに帰ったときも、まだ酒は入れてなかったんです」

「違います。そのお店はススキノなんですね？」

「ええ」

「お戻りは？」

「三時半ぐらいかな。向こうもけっこう飲んでいたし、それで切り上げて、ぼくは代行運転で帰りましたよ。領収書、探せばあると思いますよ」

「そのとき、伏見から環状通りに出る途中で、不審なものとか、車とかは見ていませんか？」

「不審なもの？」

「気になったものなら、なんでもいいんですが」

「いや、とくに」

十分だろう。深夜の運転にも、説明はついている。園芸店に忍び込んで肥料を盗む理由もなさそうだ。


佐伯は礼を言って、新宮に、出るぞ、と合図した。


署に戻ると、佐伯はすぐに梶本裕一という元ＪＲ北海道社員の実家に電話をかけた。

電話回線の向こうから聞こえてきたのは、この電話はただいま使われておりません、というメッセージだった。お客さまの都合で使われていない、であれば料金未納による一時的な停止だ。でも、使われていない？　実家にはもう親やほかの身内は住んでいないのか？　たしかにＪＲ北海道の人事セクションが把握しているのは、入社時の本籍もしくは実家の所在地、連絡先だろうが、それも十五年前のこととなれば。

実家の所在地は様似《さまに》。浦河《うらかわ》警察署の管轄地域だ。あそこの警察署には、ひとり知人がいる。いま地域課の係長だ。ほんとうは組織を通じて当たってもらうのが順当だけれども、まだ梶本裕一は参考人ですらない。自分のコネで当たってみる段階だ。

佐伯は自分の携帯電話で、その知人に電話した。警察学校の二期先輩になるが、長万部《おしゃまんべ》署にいたときにわりあい親しくなった。園田《そのだ》という。

「ひさしぶり」と、園田が言った。「どうしてた？」

もしかして、園田はあの裏金問題をめぐる一件のあとのことを気にしているのかもしれない。

「相変わらずです」と佐伯は答えた。つまり、札幌大通署の刑事課から異動はしていない、とくに処分を受けたわけでもないと。「園田さんは？」

「そろそろ道東に行きたい」

「理由でも？」

「こっちの沢はもう飽きた」園田は渓流釣りが趣味なのだ。「道北もいいんだろうがな。それで用件は？」

園田も、刑事課の捜査員が世間話をしたくて電話してきたわけではないことは承知している。佐伯も端的に言った。

「そっちの梶本といううちのことを知りたいんです。梶本裕一という男の車が、侵入事件の現場近くにいたことがわかっている。現住所がわからなくて、実家の電話にかけたら、もう使われていなかった」

「浦河《うらかわ》町内？」

「いえ、様似です」佐伯は所在地を告げた。「梶本という家です。住人たちのフルネームはわからない」

「急いでいるか？」

「一時間ぐらいで、その家がどうなっているのかわかると助かります」

「単純な侵入事案じゃないな？」

「まだ何とも言えないんですが」

「電話する」

園田からは、十分後に電話があった。

「とりあえずわかったことだけ」と園田は言った。「様似のその住所の梶本という家は、空き家になっている。住人は引っ越したようだ」

二軒隣りに、この地区の町内会の役員が住んでいる。そこの家の電話番号がわかったという。酒井《さかい》という家だ。

「お前が電話してくれ」

駐在警察官の柴田《しばた》という名を出せという。

佐伯は礼を言って電話を切ると、教えられた番号に電話した。

電話に出たのは、中年か初老とおぼしき女性だった。

「札幌大通警察署の佐伯と言います。酒井さんのお宅ですね？」

「はい」と、警戒するような声。警察からの電話で身構えない市民はいないが。

「駐在の柴田から、この電話番号を聞きました。ご近所の梶本さんのお宅の件で、お電話したんですが、梶本さんのおうちとは行き来はありますか？」

「ええ、ありましたけど」

過去形？　やはり梶本家は引っ越しているのか。

「いまはありません？」

「ええ。梶本さん、和子《かずこ》さんも亡くなってしまって、いまは誰もいません」

ちょうど二カ月ほど前に、入院先の浦河の病院で死んだのだという。食道ガンだったとのことだ。

「和子さんも亡くなった、というのは、ほかにも？」

「旦那《だんな》さん。旦那さんは三年くらい前に、やっぱりガンだったんじゃないかな。なんか長生きする家系じゃないみたいね。そんな歳でもないのにねえ」

「梶本裕一さんはご存じでしょうか?」

「ああ、息子さんね。お母さんを入院させて、介護していた。お葬式のときにも会いましたよ」

「連絡先をご存じでしょうか?」

「いまの? いえ。裕一さんは町を出て働いていたし、お葬式のときも通り一遍のあいさつをしただけ。裕一さんが何かしたんですか?」

「何もしていません。ただ、ある事件の目撃者ではないかと思えることがあったものですから、お電話してみました。梶本和子さんのお身内は、ほかにどなたかご存じでしょうか」

「この町には、身寄りはないって聞いています。函館にいる、っていうのは、裕一さんのことだったものね」

「お母さんが亡くなられたあと、裕一さんは、ご実家に戻って暮らしているわけではないんですね?」

「お葬式が終わって、いろいろ後始末をしたあとは、また出て行きましたね」

「うちはいま、空き家ということでした?」

「和子さんが亡くなったあと、すぐに売ってしまったようですよ。病院の費用とか、いろいろ借金もあったみたいで。急いで売りたかったみたいだから、足元見られただろうねって噂《うわさ》されてますよ。すぐにも更地になるんじゃないかしら」

「裕一さんは、そういうおカネを自分で出していたんですね?」

「詳しいことはわからないけど、自分の母親のことですからね。でも裕一さんって、JRをクビになったひとでしたっけ?」

「ご存じなんですね」

「自慢の息子さんだったのにね」

「解雇されたあと、どこに就職したかは、ご本人は何か言っていませんでした？」

「聞いていませんけど。看護がふた月ぐらいも続いたようだし、お勤めはできなかったでしょう。あ、そういえば」酒井は何か思い出したような声となった。「ＪＲをクビになったあと、何度か就職はしても、すぐに辞めたとか。いえ、お葬式のときに誰かが言っていたのを、耳にしたってだけですけど」

「すぐ辞めてしまうんですか？」

「ほんとはたぶん、クビになっているんじゃないか、って言ってるひとがいますよ」

「クビにされる理由はなんです？」

「裕一さんって」酒井は口ごもった。「会社の就業規則破って処分されたんでしょう？　新しい勤め先でも、そういう人間って雇いたくないんじゃないんですかね」

そうした処分のことは、応募のとき履歴書に記さなくてもいいはずだ。犯罪を犯したわけではない。前科がついたわけでもない。一企業の社内の処分を受けたというだけだ。正直に書かなくても、履歴詐称とはならない。ただ、面接では、ＪＲ北海道を辞めた理由について訊かれるだろうが。

佐伯は訊いた。

「裕一さんは、ＪＲを退職したあと、住民登録はご実家のほうに戻していたんでしょうか？」

「さあ、そういうことは全然わからない。ほんとうに息子さんは何もしていないんですか？」

「していませんよ」佐伯は答えた。これ以上酒井に訊いても、何もわからないだろう。「どうもありがとうございました」

通話を終えると、新宮が好奇の目を佐伯に向けてきた。

佐伯は言った。

「母親が二カ月ぐらい前に死んだ。梶本はその母親を浦河の病院に入れて、しばらく介護していたらしい。葬式のあとの梶本の連絡先はわからない」

「お袋さんは、ひとり暮らしだったんですか？」

「父親は三年前に死んでる。兄弟の話も出なかった」

「職もなくて、親の面倒をみていたんですか。たいへんだったでしょうね」

「実家も売ってしまったそうだ。梶本裕一は、いま家もない」

「おれ、もう一回ＪＲに当たります。親しかった同僚ぐらいいるでしょう」

「やってくれ」

佐伯は椅子から立ち上がった。コーヒーを飲みたくなってきていた。食堂に行こう。


少年係のスペースで、小島百合は吉村とひとりずつ受け持って事情を訊くことにした。百合が小柄な倉島拓也を、吉村が背の高い高松白馬という分担だ。

小島は最初にまず、拓也の持ち物をすべてデスクの上に広げてもらった。盗品を含んだトートバッグの中身はもちろん、ポケットの中のものもすべてだ。拓也はスマートフォンのほか、一万円以上の現金の入ったナイロン製の財布も持っていた。小遣いには不自由していないと考えていいのだろう。

拓也がスマートフォンをデスクに置いたとき、画面に指が触れたのかホーム画面が表示された。一瞬だったが、アイコンの中に、若い世代がよく使うＳＮＳのものがあるとわかった。

吉村のほうは、同じ少年係のデスクの島の、百合のデスクからもっとも遠い位置で高松白馬と向かい合っている。

百合は、きょうのフィギュアの万引きを確認したあと、拓也に訊いた。

「きょう以外では、いつ、何を盗んだか教えて」

拓也は上目づかいに百合を見つめて言った。

「きょうだけです」

「きょうだけ？」

「ええ。きょうが初めてです」

溝口煙管店から相談を受けたときに、被害届を出してもらっている。確実なのは三回、と副店長は言い、日付と具体的な被害品を届け出ていた。このほかに二回、被害との関係がはっきりしないが、ふたりがやってきた日がある。防犯カメラが、ふたりの来店と、五分ほどでそそくさと店を出て行く姿を捉《とら》えてあるという。

「あの店に行ったことは何度あるの？」

「一、二回です」

「二回？」

「二回です。きょうが二回目」

正直に話す気がないようだ。百合は言った。

「お店では、今回を除いてあなたは少なくとも三回、店に来ていたと言っている。防犯カメラの映像もある」

「ぼくだとはっきりわかるんですか？」

そう反論してきたか。

「わかるわ。特定できる」

「もしかしたら、ほかにも行ったことがあったかもしれません」

声の調子が、少し弱気になった。

「万引きしたことも、思い出せない？」

「それは、ありません」

「溝口さんに行ったときは、買い物はしたの？」

「いいえ。していない」

「何をしに行ったの？」

「見るだけです」

答えるとき、拓也が一瞬だけデスクの上の私物に視線を向けた。

「正直に答えて」と言いながら、百合はその視線の先にあったものはスマートフォンだと気づいた。

「嘘はいけない。いろいろな意味で、自分に降りかかってくる」

「嘘は言っていません」

「喉《のど》渇いていない？」

「え？」

「何か飲みたくない？　わたしは喉が渇いたの。お茶とか、コーラとか、出してあげる」

「コーラがいいです」

「缶でいい？」

「はい」

まったく同じ調子でつけ加えた。

「スマホ、見せてもらっていい？」

「はい」

百合は、拓也のスマートフォンを手に取ると、そばのデスクに着いている若い同僚に声をかけた。

「友紀ちゃん、コーラとお茶をお願いしていい？」

落合友紀が、はい、と返事をして立ち上がった。自動販売機で、買ってきてくれる。

百合は拓也のスマートフォンでSNSのアイコンをタップした。すぐに拓也の友人たちの投稿画面が現れた。拓也本人のアイコンをタップした。短いつぶやきに似たことを、一日に何回も投稿しているとわかった。

最新の投稿はこうだ。

「白馬と落ち合う。これから出撃、行ってきまあす」

これに友人のコメントがついている。

「収穫ごっそり期待」

その末尾に顔マーク。期待を意味する表情なのだろう。

画像が添付されている投稿は、五回に一回ぐらいか。百合は画面をスクロールさせて、溝口煙管店が万引き被害に遭ったと届けている日までたどった。

拓也が不安そうに百合の手元を見つめてくる。

拓也はこう投稿していた。

「早いもの勝ち。ガンプラ未開封。千円」

画像が添付されていた。プラモデルの箱だ。箱の表の隅に値札が貼られている。その部分を拡大してみると、溝口煙管店のオリジナルの値札だった。

百合は、スマートフォンを持ったまま、拓也に訊いた。

「六月三十日にあなたは、友達にプラモデルを売ると投稿してるのね。商品は溝口煙管店で売られていたものだわ。あなた、これまで溝口さんでは買い物をしたことがないと言ったよね。これはどうやって手に入れたの?」

拓也は百合から顔をそむけて黙り込んだ。

証拠を残しておきながら、まだ素直に事情聴取に応じようとはしない。少し態度をあらためるべきかもしれない。強い調子で、いったい何度万引きしてきたのか、そう追及してやるべきかもしれない。

自分は相手が十六歳の少年だろうと、やるときはやる。

ふとまた、午前中の少年のことが思い出された。母親は、彼とは連絡がついたのだろうか。


佐伯が食堂の隅でコーヒーを飲んでデスクに戻ると、鑑識係の依田から呼ばれた。

スーパーマーケットの防犯カメラに映っていた軽自動車の映像解析ができたという。

新宮はちょうど電話を終えたところだった。

彼が受話器を戻しながら言った。

「梶本の親しかった同僚が、小樽の保線所に異動になっているそうです。まだ勤務時間中なんで、連絡はつかないいんですが」

ではあとまわしだ。

佐伯は新宮と一緒に鑑識係のデスクへと移った。

依田のデスクでプリントアウトを見ると、ナンバープレートが十分読み取れるだけの鮮明さだった。札幌ナンバーだ。

佐伯は依田に確認した。コンビニの防犯カメラに映っていた軽自動車と同定できるかと。依田は、バンパーを指差して答えた。

「ここの擦り傷、同じものです。間違いありません」

礼を言うと、依田はいくらか得意気に微笑した。

そのナンバーを陸運局に照会すると、回答は早かった。札幌市北区に住む男だ。西脇伸也《にしわきしんや》、という名前が、その軽自動車の所有者だった。

登録証からは、車については細かな仕様までわかるが、所有者の属性まではわからない。年齢も、性別もだ。連絡用電話番号も、書類には記載されない。住所がわかるだけだった。ただ、その所有者の住所は、北海道大学の試験農場にも近いあたりだ。十分程度で行ける距離、集合住宅らしい。

佐伯は直接訪ねてみることにした。この時間だ。本人は仕事中かもしれないが、どんな生活を送っている男かはある程度想像がつく。管理人と話ができれば、電話番号もわかるかもしれない。

住所まで行ってみると、その建物は四階建てのこぶりの集合住宅だった。オートロック式ではない。エレベーターもついていないようだ。

玄関脇に駐車スペースがあり、軽自動車が二台停まっている。白っぽいほうは、バンパーの左に擦り傷があった。まだ新しいものだ。これが西脇の車だ。

車の中を覗いてみた。ナビはついていないが、ダッシュボードの上にスマホのホルダーがつけられている。シフトレバーの手前のボトルホルダーには、炭酸飲料のペットボトルが収まったままだ。何かのフィギュアが、バックミラーの横にぶら下がっている。

後部席には、カメラマンが使うようなアルミのケースが置かれていた。ノートパソコンのハードケースのようにも見えるし、何か道具箱とも見える。それに、大きめの段ボール箱。パソコンか家電製品の箱のようだ。後部席のさらに後ろ、荷室の部分を覗いてみたが、硝酸アンモニウムの袋はなかった。

その軽自動車から離れようとしたときだ。佐伯の視線の隅に、一台のワゴン車が目に入った。二車線の市道の、この駐車場がよく見える位置に停まっている。運転席と助手席にひとりずつ男。その車は商用車だが、ボディにはとくに会社名など記されていなかった。

新宮が佐伯の先を歩いていく。

佐伯も新宮を追いかけ、横に並んで建物のエントランスへと向かった。

西脇伸也の部屋は三階だ。やはりエレベーターのない建物だったので、佐伯たちは階段を上った。

三階まできた。片側のドアの横の表札部分に、名刺が貼られている。

「ＩＴ機材の導入、セッティングからトラブル解決まで
札幌ＰＣエキスパート
代表　西脇伸也」

パソコン関係サービスの個人営業ということなのだろうか。

呼び出しボタンを押すと、ほんの二秒ほどの間の後に声が返った。

「はい」

若めの男の声だった。

新宮が言った。

「西脇さんですか。大通警察署の者なのですが」

「警察？」

「はい、ちょっと聞き込みで回っていまして、少し話を伺えたらと」

「何があったんです？」

「ドアを開けてお話しできますか？」

「ぼく、何か容疑がかかったの？」

「違います。車のことなんです」新宮が西脇の軽自動車のナンバーを言った。「最近、当て逃げなんかされていませんか？」

「当て逃げ？　いや、いや、されてないけど」

「昨晩二時ごろ、伏見のほうを走っていますよね。何か目撃もしていませんか？」

「とくに何も」

「お話、伺えます？」

「ちょっと待ってください」

新宮が覗き窓に身分証を近づけた。

カチャリとロックのはずれる音がして、スチールのドアが開いた。顔を出したのは、少しむくんだような顔にメガネ、Tシャツに短パンの男だった。歳は三十から三十五のあいだだろうか。無精髭《ぶしょうひげ》だ。

顔は不安そうで、不審げだった。

「どうしたんです？」

「ちょっとした事件で。昨晩、伏見を走っていた車に、当て逃げしていった車があるんです。深夜、伏見から環状通りに出てこっちに帰ってきていますよね？」

「ええ」西脇が佐伯と新宮を交互に見た。「どうしてぼくの車のことが？」

佐伯は隙間《すきま》から、西脇の身体《からだ》の向こうの部屋の様子を見た。パソコンが二台以上ある部屋だ。さまざまな周辺機器もつなげられている。組み立て途中のパソコン本体らしきものも見えた。

新宮が言った。

「玄関まで入れてもらっていいですか？」

西脇は、いくらかためらいは見せたが、拒まなかった。

「どうぞ」

西脇が玄関から廊下に上がり、佐伯たちは半畳ほどの広さの玄関に入って、西脇と向かい合った。靴箱の上の棚に置いてあるのも、デスクトップ・パソコンだった。いや、その筐体《きょうたい》、というものだろうか。中身は空と見える。その筐体の横には、部品の段ボール箱のようなものが無造作に重ねられている。白や青のケーブルもあった。要するに、ここはパソコン・オタクの部屋だ。

新宮が質問に戻った。

「昨日遅く、伏見のほうから環状通りへ出ていますね？」

「ええ。二時過ぎだったと思いますが。何かあったんですか？」

「詳しくは話せないんですが、二時過ぎに不審な車とか人物などは見ていませんか？」

「いえ。夜遅くでしたから」

佐伯があとを引き取って訊いた。

「西脇さんは、あのあたりに、何か用事でもあって行ってたんですか？」

西脇が佐伯に目を向けた。目に怯《おび》えの色がまじったように見えた。

「ええ」

額に汗が滲《にじ》んできている。

「クライアントのパソコンがトラブルで、リカバリー作業をやってました。どうしても昨日のうちにということで遅くなったんです」

「どのあたりの、なんという方です？」

「ええと」西脇はその住所を言った。伏見ガーデンに近い。「橋田道夫《はしだみちお》さんというひとです。ぼくが自作したパソコンなんで、トラブルが起きたら何時でもぼくが行くしかないんです」

「そのお宅は、山麓通りから少し下のテラスハウスですか？」

「ええ」

西脇はなぜかうつむいた。頬《ほお》がかすかに引きつったように見える。何か言おうとしているのか？

佐伯が西脇の次の言葉を待っていると、彼は顔を上げ、観念したように言った。

「すいません。駐車場を出るとき、隣りのプリウスにこすってしまいました。弁償します」

想像外の自供だが、怪しい車三台のうちの三分の二は、つぶせた。あと一台だ。


小島百合は母親に連れられていく高松白馬を見送った。

母親もわりあい背が高いほうで、派手な色彩のスパッツにカットソー。茶髪を頭の上でお団子にしていた。なんとなくひと月前には、よさこいソーランに出て踊っていたのではないかと思える雰囲気がある。たぶんオウジという名前に白馬という漢字を当てたのは、彼女だ。百合は、少年係のフロアを出て行く高松白馬が少し気の毒になった。いまや学校のクラスの半分くらいはいわゆるキラキラ・ネームの子で占められているとはいえ、オウジ、という名前ではいじめられることもあったのではないか。それとも、オウジという程度の名では、いまではキラキラ・ネームとさえ分類されないだろうか。

百合は、倉島拓也をちらりと見た。彼の名は、とてもポピュラーなものだ。もしかすると、親はスポーツ選手か芸能人をイメージしてつけたのかもしれない。

そしてもうひとり。

水野大樹。彼の両親も、自分の子供の名前で遊んだりはしなかった。ポピュラーだけれども、周囲も社会も、その名で戸惑ったりすることはない。その意味ではあの麻里奈には、社会性も常識もあったのだ。

百合は時計を見た。午後四時二十分になろうとしていた。

その男とは、JR北海道函館本線手稲《ていね》駅に隣接する大型ショッピング・センターのフードコートで待ち合わせた。職場であるJR北海道小樽保線管理室から、列車でやってくるというのだ。

新宮が再度JR北海道函館支社に電話し、函館保線所で梶本と同じ班だったという後輩社員の名を教えてもらったのだ。篠原望《しのはらのぞむ》という。その篠原は今年の四月に札幌保線所小樽保線管理室に異動していた。携帯電話の番号はわからないが、職場に問い合わせて直接当たってみて欲しいとのことだった。それで職場に電話したところ、携帯電話の番号を教えてくれた。ただし勤務中なので、午後五時を過ぎるまでは通じないだろうと。じっさい、つながったのは午後五時十五分の二度目の電話のときだった。

相手に用件を伝え、小樽保線管理室の職場近くまで出向く、と言ったのだが、それは困るという。退社後、自分が札幌まで出るとのことだった。たぶん、と佐伯はそのとき思った。組合は北海道警察のことをあまりよくは思っていないのだろう。警察官が訪ねていった、というだけでいろいろ憶測も呼ぶ。職場から離れたいという気持ちは当然だった。もっとも、男が指定したこの手稲駅も、すぐ西側には、広い敷地を持ったJR北海道の車庫がある。JR北海道の管轄範囲だと言えなくもなかった。相手の男は警察官と会うのであれば、自分のテリトリーからあまり出たくない、という心理なのかもしれない。

男は三十代前半という年齢で、体格がよく、いかにも現場仕事に就いているという雰囲気があった。ジーンズにチェックの半袖シャツ姿だった。ボディバッグを肩から下げている。

佐伯はその男に近づいて言った。

「篠原さんですね？　さきほど電話した大通署の佐伯です。こっちは部下の新宮」

「篠原です」と、男は佐伯たちを値踏みするような目で見て言った。「裕一さんが、何かやったんですか？」

その呼び方で、梶本裕一とはかなり親しかったのだろうと想像がついた。

佐伯は答えた。

「いいえ。ある事故を目撃しているかもしれなくて、なんとかご本人と連絡を取りたいと思っているだけです」

「どうして目撃したのが裕一さんだと思うんです？」

「現場近くのコンビニの防犯カメラの映像です」そこは正直に言って問題はない。「車のナンバーから、梶本さんの車だとわかったんです」

「あのバンですか？」

新宮が、車種とタイプを言った。

「ああ」と篠原は微笑した。「それですね。梶本スペシャル」

「何です？」

「あのバンについてたあだ名。職場の連中、裕一さんのあの車のことを、そう呼んでたんです」

「特別な改造車だったんですか？」

「キャンピング・カーですよ。車中泊ができて、キャンプ道具一式をきれいに収められて。裕一さんが、中古で買った車をコツコツと何年もかけて、自分で改造してたんです」

「そういう工作ができるひとだったんですか？」

「工業高専の機械工学科卒業でしたから」

「すごいな」と新宮が言った。「梶本さん、ほかにはどんなものを作ってたんです？」

「頼まれていろんなもの作ってましたね。同僚の子供のために、おもちゃのロボットとか。二台の三輪車をばらして四輪車を作ったこともあったな。古いカメラの修理もやったことがあったはずです。クリスマスの電飾の操作盤とかも作った」

「電気にも強いんですか」

「基本的なところは知ってましたよ。ほんとに裕一さんは何か事件に関係していないんですね？」

「まったく」これも嘘ではない。佐伯は言った。「コーヒーでもいかがです？」

「ああ、はい」

佐伯は手近の空いている丸テーブルを示した。篠原が椅子《いす》に腰掛けると、新宮が、コーヒーを買ってきます、と言って、コーヒー店のほうに歩いていった。

コーヒーを手にテーブルまで戻ってくると、篠原が訊いた。

「裕一さんはいま、札幌にいるんですか？」

佐伯は答えた。

「わからないんです。いっとき、様似の実家に帰っていたようですが。いまどこにいるか、ご存じですか？」

「いいえ。ああいうことで処分を受けて寮を出たあと、ぼくも会っていないんです。何回か電話のやりとりはしたんですがね」

「再就職はしたんですか？」

「まだ決まっていないはずです。面接までは行っても、なかなか採用されないとぼやいていました」

「最後に電話で話したのはいつですか？」

「二カ月くらい前かな、お袋さんが入院したので、付き添っていると言っていました。お袋さん、どうなったのかな？」

「亡くなったそうです」

「亡くなったんですか。そのあと裕一さんからは電話もないし、介護で疲れているんだろうなとは思っていたんです。なんとなくこっちからは電話しづらかったんだけど」

「番号、教えていただけます？」

「かけましょうか？　いま刑事さんと会っていると」

「まず番号を教えていただければ」

篠原がスマートフォンを取り出して番号を口にした。新宮がこれをメモした。

佐伯はさらに訊いた。

「寮を出たあとは、裕一さんは函館で再就職しようとしたんでしょうか?」

「寮を出たら住むとこはなくなりますからね。いったん実家に戻って、あっちで職探しをしたんだと思いますけど。面接にはそのつど実家から出て」

しかし、梶本は母親が死んだあと、実家を売り払って借金を返しているとのことだった。いま様似には、うちはない。どこかに転居しているはずだが。

「いま様似にはいないようなんです。札幌でしょうか?」

「ぼくは知らない。直接聞いてみたらいいじゃないですか」

「そうしてみます。篠原さんは、職場ではいちばん親しかったんですよね」

「寮も一緒でしたし、わりあい親しいほうでしたよ」

「ほかに梶本さんと親しかったひとは、ご存じありません?」

篠原は首を傾けて、何か思い出す表情となった。

「班は別だけど、カネマツって先輩とも、わりあい親しかったんじゃないかな。函館保線所のひとですよ」

兼松と書くのだという。篠原は、兼松の携帯電話の番号も教えてくれた。新宮がこれをメモした。

「そのひとになら、転居先なども伝えているでしょうか?」

「わかんないけど、兼松さんは裕一さんを可愛《かわい》がってましたよ」

「いい先輩後輩の仲だったんですね」

「組合でも」篠原の言葉は、そこで途切れた。彼は佐伯から一瞬目をそらしてから言い直した。「職場以外でも、つきあいはあったみたいでした」

「組合でも、一緒だったんですね」

篠原は答えずに立ち上がった。

「もういいですよね。それって、大事件なんですか?」

「まだわからないんです」

「目撃者探しに必死だって感じですよね。ぼくはこれで失礼していいですね」

佐伯が返事をしないうちに、篠原はくるりと背を向けて、そのショッピング・センターのフードコートを去っていった。

新宮が苦笑して言った。

「やっぱり警官に組合の話題をするのは駄目なんでしょうね」

佐伯は自分の携帯電話を取り出しながら言った。

「デリケートなことだろうからな。もしかすると、ほんとは組合活動の情報収集とでも思われたか」

新宮が顔をしかめた。

「おれたち、公安に見えたってことですか」

佐伯も顔をしかめて、首を振った。

「梶本に電話してみますか?」

「おれがする」

佐伯は新宮のメモを見ながら、自分の携帯電話に数字を入力した。梶本の携帯電話番号だ。

数回のコールのあと、電話会社からのメッセージが返った。この電話はただいま電源が切られているか、電波の届かないところにいます、というものだ。つまり電話番号自体は生きている。実家は売り払ったが、梶本はどこかに自分の居場所を定めている。少なくとも電話料金の請求がくるところがある、ということだ。

借金をしているかな、と佐伯は想像した。ひとが携帯電話のコールに出ない、出られない理由はいくつも考えられるが、この場合警察官なら、借金の取り立てから逃げ回っている、と判断してもいい。それが当たっている確率は三十パーセント程度はあるのだ。

佐伯は携帯電話をポケットに収めると、新宮に言った。

「時間を置いてかけなおす。署に戻るぞ。どうしても梶本が電話に出なければ、兼松って男に電話する」


少年係のフロアにやってきたのは、黒いポロシャツに細身のジーンズを穿《は》いた男だった。ハットをかぶっている。歳は四十前後か。

男はフロアの奥の通路を大股《おおまた》に通ってきた。拓也が怯えたように椅子から腰を浮かした。あれが拓也の父親だ。二十分ぐらい前に、拓也が自分で、身元引き受け人として父親を呼んだのだ。

「お父さんね?」と小島百合は拓也に訊いた。

拓也は、首を縦に動かした。視線は父親に向いたままだ。

男は拓也の姿を認めると、大股に近づいてきた。

父親が目の前まで来たところで、吉村が確認した。

「お名前は?」

「クラシマタイチ」と男は答えた。「その子の親父《おやじ》だよ。電話があったから来たんだ。パクられたのか？」

「万引きの現行犯で」

「いくらだ。被害はいくらだ？」

百合も立ち上がり、吉村の横に立って言った。

「落ち着いて。ここがどこだかわかっているの？」

父親は百合を睨《にら》んだ。

「わかってるから、来てるんだろうが。万引きって、ほんとうなのか？」

そこを疑われているなら、厄介だ。

「そっちの会議室に入りません？　お話ししますよ」

「本人からも聞きたい」

「事情は全部聞いた。万引きを認めています。それも複数回」

横から吉村が言った。

「会議室に入りましょう」

百合は、落合友紀に拓也を見ていてくれと目で合図した。もうひとりの万引き犯、高松白馬のほうは、ついいましがた母親が来て引き取られていった。彼も、拓也も、常習犯ということで、説諭だけではすまない。被害額もはっきりした。家庭裁判所へ簡易送致となる。少年係の符牒《ふちょう》で、まるかん、という処分となるのだ。

父親を会議室に入れて椅子に座らせると、百合たちはテーブルをはさんで向かい側の椅子についた。

百合は、父親に言った。

「拓也くんは、万引きの常習犯です。溝口煙管店という模型屋さんからだけで、総額十万円以上の万引きをしていると認めた」

「十万？」と父親。

「十万一千八百円」

「示談にしてくれ。品物を全部買う。それで何もなしだ。向こうも文句ないだろ」

「すでに被害届が出ています。ないことにはできない」

「まだ高校二年だぞ。どうなるんだよ」

「家庭裁判所に送致します」

「ソウチ？」

「書類を送ります。いずれ家庭裁判所から呼び出しがきます。審判となる」

「まさか万引き程度のことで、少年院送りなんてことにならないだろうな」

「家裁の調査官の事情聴取次第です。悪質だと判断されれば、そういう処分が出る」

「ひとを怪我《けが》させたわけでもない。車盗んだわけでもないんだぞ。それでも少年院？」

百合は返事をせずに吉村を見た。

吉村が倉島に言った。

「お父さん、それまでにお店に謝罪。被害品を買い取ったという領収書を用意。それでお店と話がつくなら示談書。それを用意しておくといいよ」

「話が大げさすぎないか」

吉村が、倉島太一《たいち》の言葉は無視して言った。

「あのお店は、もう明日で閉店する。謝罪と示談は、早いほうがいいと思う」

「わかった？」と百合は強い調子で言った。「わかってるの？」

「わかった」と、父親は喉の奥にこもった声で答えた。


佐伯たちが署に戻ったのは、午後五時を三十分ほどまわった時刻だった。もう刑事課のフロアに残っているのは、十人ほどだ。大事件があったわけでもない金曜日は、おおむねこのようなものだ。

佐伯は係長の伊藤のデスクを見た。デスクの上には、プリントやら書類ホルダーやらがある。まだ退庁前と見えた。刑事課長のデスクに目を向けると、彼もまだ署内にいる様子だ。会議なのだろうか。

自分のデスクに着いてから、佐伯はまた梶本裕一に電話をかけようとしてみた。

やはり梶本は出なかった。佐伯は、自分を見つめている新宮に首を振った。

そのときだ。刑事課のフロアに数人の靴音がした。見ると、刑事課長と盗犯係長の伊藤が、フロアに入ってくるところだった。伊藤と目が合った。来い、と伊藤が目だけで呼んだ。佐伯は新宮をうながして立ち上がった。

デスクの前に立つと、伊藤は何か釈然としないという表情をしている。それが何か見当もつかないものをうっかり口にしてしまった、という顔にも見えた。

伊藤の言葉を待っていると、彼はデスクの上に上体を少し倒した。小声になる姿勢だ。佐伯もデスクに両手をついて、伊藤に顔を近づけた。

伊藤が、声をひそめて言った。

「この事案、刑事三課はいったん手を引く」

佐伯はわけがわからずに確認した。

「捜査は中止ということですか？」

「微妙な一件だとわかった。いま、ほかの部署ともう一度打合せを持ったんだ」

「午後の事情聴取結果を上げたということですね」

「そうだ。よそのほうで、気になるという情報が含まれていた」

どの部分だろう、と佐伯は考えた。三台の車の所有者か。いや、伏見ガーデンのパートタイマーの話か？　類家由実という主婦の。

「とにかくだ」と伊藤は言った。「伏見ガーデンの盗難事案捜査はこの段階で、おしまいだ。ここまでの捜査報告書、まとめてくれ。あとは、店にも従業員にも、店の取り引き先にも、一切の接触を禁止だ」

佐伯が黙ったままでいると、伊藤が言った。

「いいか、佐伯？」

佐伯はひとつだけ確認した。右手の人指し指を、胸の前で上に向けて。

「上の案件ってことなんですね？」

公安がらみか、という意味の質問だった。午前中は爆弾事件という見方をしていなかった公安が、急に自分たちの案件と言い出して、盗犯係を排除しにかかってきたのではないか。午後の地取りや聞き込みの中に、佐伯たちが気がつかない重大なキーワードが入っていたのかもしれない。だから向こうは、自分たちの捜査が、あるいは内偵が失敗しないように、捜査対象者からほかの警官を遠ざけた。そういうことなのだろう。警察組織のすることとして、佐伯もそれは受け入れざるを得なかった。不服ではない。

伊藤は直接答えずに言った。

「わかったら、戻れ。ハナ金だぞ」

早く退庁しろと言ってくれたようだ。佐伯は小さく頭を下げて、伊藤のデスクの前から離れた。新宮も佐伯にならって、自分のデスクに戻った。


携帯電話が震えた。

水野麻里奈からだった。小島百合がすぐに耳に当てると、彼女が言った。

「連絡は取れた。お騒がせしてすみません」

百合は訊《き》いた。

「帰ってくるんですね。どこにいたんです？」

「ええ。親切なひとと知り合いになって、すごく楽しかったみたいで」

「うちに帰ってくるんですか？」と、もう一度百合は訊いた。「楽しかったかどうかは、訊いていません」

「だから、もう心配はないんです。どういうことか、事情はわかったから」

「帰ってこないということですね？」

「おカネも持っているし、居場所もあるし、せっかくの夏休みなんだから、多少男の子らしいことをしても」

「男の子らしいことって何です？」

「だから、キャンプみたいなことを、親切なひとと」

「お母さんは、そのひとのことを知っているんですか？」

「いいえ。でも大樹は、いいひとだって言ってるし、キャンプなんて、あたしが父親代わりに教えてやるわけにもいかないんだから」

不良グループにカツアゲされているかと心配していたが、こんどは別のことが心配になってくる。

「どういう大人なんです？」はっきりと言ってしまっていいだろうか。「性的ないたずら目的で、男の子に近づく大人もいます」

「大丈夫ですよ。もう知り合って何日も経っているんだし。おかしな大人なら、とっくに大樹も逃げてきてるでしょ。とにかく、無事です。それを連絡しておきますね」

「ちょっと待ってください。大樹くんは、万引きして事情聴取から逃げ出したんです。このまま放っておくわけにはいかないんですよ」

「こんど電話してきたら、言っておきます」

「お母さんからは、電話できないんですか？」

「ケータイの充電がしにくいみたいで、ときたましか電源を入れていないようなんです」

「いいですか、大樹くんはまだ十二歳です。あなたがきちんと自宅に連れ戻して親として面倒をみないと、保護責任者遺棄罪に問われることになりますよ」

「何それ？」

「子供を放置するのは、犯罪になるってことです。わかりやすく言えば、あなたはもう一回逮捕されるってことなの」

「放置って。まさか片親だと、林間学校にもやれないってわけじゃないでしょ」

「林間学校じゃないでしょう。夏休み中だって、勉強はしなけりゃならないんだし」

「あたしがまた逮捕されたりしたら、大樹もまた一時保護施設に入るわけ?」

「それしかないでしょう」

「大樹は一時保護施設にもう一回行くぐらいなら、死ぬ、とさえ言ってた。無理よ。あの子は絶対に行かない」

「何がそんなに嫌だと言うの?」

児童養護施設と違って、子供たちを緊急避難させる一時保護施設は、ともすれば管理が厳格になる。刑務所みたいだ、と言っていた少年もいた。収容された子供たちにとって、二度と行きたくもなければ、なつかしく思うこともない施設らしい。札幌の施設がそうであるかどうかはわからないが。

麻里奈が答えた。

「地震で崩れ落ちてしまえと言ってたこともあった。子供にとっては、ひどすぎる環境なんじゃない?」

「だったらよけいに、あなたが保護してやらなきゃ駄目でしょう」

「そうだけど」

「その大人とは連絡は取れるんですか?」

「いえ」

「どういうひとなんです?　名前と職業は?」

「はっきり言ってなかったのよ。ただ、いいひとだってことはわかる」

「札幌のひとね?　何をしてるひと?」

「仕事は知らない。なんか、キャンピング・カーも持っているんだって言ってた」

「大樹くんは、そのひとのうちで寝泊まりしてるんですか?」

「キャンピング・カーにも、テントにも眠らせてもらったって言ってた」

「どういう知り合いなの?」

「苗穂の歩道橋で汽車見てたときに知り合ったんだって。なんとか博物館に連れて行ってくれたそう。小樽の、蒸気機関車が置いてあるところとか」

「それで子供を釣ってる大人ってことじゃないの?」

「違うって。あんただって、ナンパと親切の区別くらいつくでしょ」

質問の意味がわからなかった。黙っていると、麻里奈が続けた。

「思い出した。そのひと、少しテッちゃんみたい。汽車とか電車なんかのことにも、ずいぶん詳しいみたい」

「万引きはそのテッちゃんの指示?」

「知らないよ。聞いていない」

「おカネに換えられるものを盗んでこいと脅されているのかもしれない。わかってるでしょうけど、もう大樹くんは犯罪に手を染めてるのよ」

自分の声がいくらか切迫したものになったとわかった。このままの調子で麻里奈にのらりくらりと答えられていては、怒鳴りだしてしまうかもしれない。

「わかった」と、麻里奈も百合の苛立《いらだ》ちには気づいたようだ。「とにかく連絡がついたらいったん帰らせる。夏休みの計画は、あらためて立て直すから」

「どうしても帰りたくないようなら、捜索願を出して」

いまは正しくは行方不明者届と呼ぶが、それを説明するのも面倒だった。

「そこまでおおげさなことじゃないでしょ。あの子のことは、母親のわたしがよく知ってる。危ないことにはなっていない」

「万引きをやってるのよ」

「帰ってきたら、謝りに行かせる」

「その前に、一緒に大通署まで来て」

「きょう?」

「日曜でいい」

「日曜でも?」

「こんどの日曜は当直なの。かまわない。署にいるわ」

「わかりました」

その声は、とにかく話を切り上げたいという口調だった。けっして納得したようではなかった。百合は、舌打ちしたい気分をなんとか押さえ込んだ。

通話が切れた。百合は、しばらくのあいだ自分のスマートフォンを見つめていた。

きょうは失態もあった。保護すべき子供は、まだ親元に帰っていない。母親自身が、きょうはもう子供が家に帰ってこないことを歓迎しているようだ。たぶん彼女は、今夜も男のうちに泊まる。

保護責任者遺棄罪。

軽く脅すつもりでその罪名を口にしたが、真剣にそれを根拠とした水野大樹保護を考えるべきかもしれない。

キャンピング・カーを持っていて、小学生の男の子を楽しませてくれる男。テント生活も体験させてくれる男。

どんな男なのだろう。ひとり身なのか？　札幌にしっかりとした住宅があるのか？　万引きが男の指示ではないとしたら、大樹は昼間は自分ひとりで札幌市内を動き回っているということか。あの万引きは、どういう意味のあることだったのだろう。

疑問が多すぎた。

失態もやってしまった金曜日。上司にも注意を受けた。でもきょうは、佐伯とブラックバードで会うことになっていた。彼に少し愚痴っぽいことを言ってみるのがいいだろう。

最近は、佐伯の部屋に月に二度くらい泊まりに行くが、佐伯はそれ以上関係を進める気持ちはないようだった。一緒に暮らすとか、結婚するという話題にはならない。会う頻度を増やそうともしない。ウィークデイに会うときなどは、午後の十一時で別れることさえあるのだ。

ふたりとも離婚経験者だが、佐伯のほうはその離婚が傷になっている。彼自身が認めるように、他人と深く関《かか》わることに臆病《おくびょう》になっているのだ。たぶん彼は、もう一回離婚することになったら立ち直れないと確信している。百合も、佐伯に次の一歩をうながすことで、彼を追い詰めたくはなかった。佐伯が見かけ以上に繊細で神経質な男だということを、いまの自分は知ってしまっている。百合には理解できないくらいに、細かな原則や基準を持っていることもわかった。たしかにあの性格に、おとり捜査のＰＴＳＤが加わったとき、前夫人には結婚生活は続けられなかっただろうとも思うのだ。詳しい経緯は知らないけれども、離婚は夫人のほうから言い出したことだったろう。

それに自分も、いまのところ仕事を持った大人同士の、この程度の距離のつきあいで我慢はできている。それを佐伯に、都合よく利用されているわけではないことも知っていた。自分も離婚して、そこその時間も流れた。このひとり暮らしを楽しめるようにもなっている。そうできるように努力もしてきたし、そのための投資もした。いまのひとり暮らしのマンションだって、離婚直後に十五年のローンを組んで買ったのだ。あのときは、再婚することなど夢想すらしたくなかった。

だからこの関係がこの先どのくらい続くかはわからないが、最後に大きな決断をするのは自分のほうだろう、とも百合は思っていた。異性との関係が切れることへの耐性は、絶対に自分のほうが、佐伯よりも強い。

でも、きょう佐伯と一緒に過ごせるのはうれしかった。月に二回の、一緒に過ごす週末なのだ。

佐伯にショートメールを送ろうとしたときだ。その佐伯からメールが入った。

「ブラックバード、どうだ？」

百合は即座に返事した。

「何時？」

佐伯も、十秒ほどの後には返事をくれた。彼はフリック入力がかなり上達してきている。

「七時ぐらい」

ぐらい、とつけ加えているということは、幅を見てほしいということだ。正確にその時刻に、という意味ではない。もうひとつわかること。食事は、別々だ。あとにするつもりかもしれないが、たしかきょうはあの店でライブがなかったろうか。それが八時から。食事に行くとなると、そのライブが終わってからだ。

「行きます」と百合は返事を送った。

佐伯はたぶんその七時まで、仕事の続きをやるつもりなのだろう。この大通署の同じ庁舎の中で。

佐伯が携帯電話をいったんデスクの上に置くと、新宮が何か言いたげな顔を向けてくる。どうした、と目で訊くと、新宮が小声で言った。

「いいんですか?」

佐伯は答えた。

「担当が振り分けられただけだ。かまわない。ただ、どういう事案なのか、そのことだけは知っておきたいけどな」

かといって、手を引け、関わるなと指示があったのだ。もう組織の中で、情報を探すわけにはいかない。

佐伯はあらためて携帯電話を取り上げてから、新宮に言った。

「もういいぞ。係長も言ったろ。金曜だ」

「じゃ、適当に暇をつぶして帰ります」

「合コンはないのか?」

「もう、ああいうのに行ってないんです」

「必要なくなったってことか?」

「充実してるんです」

「見栄を張るな」

「佐伯さんは、ブラックバード?」

「ああ。おれはいったんうちに帰ってから、出直すが」

あの店では、今夜はライブがある。地元のピアノ・トリオ。まだ若い面々だという。店主の安田《やすだ》が推していた。久しぶりに生演奏を聴いてみたい夏の夜だった。今年はサッポロ・シティ・ジャズも、一度も行かないうちに終わってしまった。

新宮が言った。

「暇をつぶしたあと、おれも行っていいですか?」

邪魔になりませんかと気をつかっている。

「かまわん」

佐伯は書類をまとめるとデスクの引き出しに放り込み、椅子の背にかけたジャケットを取って立ち上がった。

3

まだその時刻は、ブラックバードもさほど混んではいなかった。男ばかり五人の客が、カウンターとテーブル席に散らばっているだけだ。佐伯はL字型のカウンターの長辺のほうに腰を下ろした。佐伯がスコッチを飲み始めたとき、新宮がやってきた。狸小路四丁目にあるファスト・ファッションの店の袋を下げている。暇つぶしというのは、衣料品の買い物だったということだ。

もしかして、と佐伯は思った。新宮は強がりを言っていたが、もう合コンの誘いはかからなくなったのか？　いつもいつも、今夜は合コンだと話を聞いていた夜に限って事件が起こった。合コンの途中退席もあれだけ続けば、彼の友人たちも声をかける気が失《う》せてくるだろう。少しだけ佐伯は新宮に謝罪したい気持ちになった。おれは、ブラック企業の上司と変わらない。いまのところ、新宮がうつ病の兆候を見せていないことは救いだが。

佐伯は、カウンターの左の席に着いた新宮に言った。

「一杯ごちそうしてやる。好きなものを」

「では、遠慮なく」

新宮の前に安田が生ビールのジョッキを置いた。

新宮がビールを三口も飲んだところで、小島百合がやってきた。夏らしいシャツにパンツ。上着を腕にひっかけている。彼女は佐伯たちを認めると、カウンターに近づいてきて佐伯の右隣りのスツールに腰をおろした。

「待った？」と小島百合が訊いた。

「いや」と佐伯は答えた。「来たばかりだ」

「週末なのに、五時では終わらなかったのね」

「子供は見つかったか？」

「まだなの。母親とは会えたんだけど、引っぱたいてやりたいくらいに無責任で」

「無責任？」

「ほとんど育児放棄に見える。男の子は夏休みになってから三日間家に帰っていないんだけど、まったく心配していない。その男の子を可愛《かわい》がって、一緒に冒険ごっこしてくれてるひとがいるからって」

百合は、ジンジャーエールを安田に注文した。

「飲まないのか？」と佐伯は訊《き》いた。

「まだ母親や子供と顔を合わせることになるかもしれないから」

「定時は過ぎた」

「わたしが補導したのに、きちんと保護できなかった。まだきょうの仕事は終わっていない」

「その男って、母親の知り合いなのか？」

「母親はその男の名前も知らない。男の子の話を聞いているだけ。男の子は、たしかになついているみたい」

「母親のもとにいるぐらいなら、ワルのそばにいたほうがいいって男の子はいるもんだ」

「いまこの話を聞いて、佐伯さんは心配にならない？」

「何を？」

「男の子が性犯罪の被害者になること。それよりもっと悪いことだって想像できる。あの寝屋川《ねやがわ》の殺人事件のようなことだって」

「なるさ。ただ、もう三日間何もなしに男の子がなついているんだろう。そっちの傾向はない男だと思っていい」

「小学六年の男の子を家に帰さないってだけでも、異常に感じるんだけど」

「夏休みだ。男の子も羽目をはずしたい時期だ。それに、万引きしたときはひとりだったんだろう？軟禁はしていない。近くで監視していた様子はあったのか？」

「いいえ。でも、何をやっているのかもわからない男なのに。男の仕事さえ、母親は聞きだしていない」

「母親は捜索願を出さないのか？　それなら警察も動きようがある」

「出す気はない。保護責任者遺棄で引っ張る、とまで脅したんだけど」

「母親は子供と連絡は取れているのか？」

「電話がつながったり切られたりみたいだけど、とりあえずは二時間ぐらい前は取れた」

　新宮が言った。

「おれの最初のプチ家出も、六年のときで、夏休みでした。旭川《あさひかわ》に引っ越した友達を訪ねて、汽車に乗った。泊めてもらって、次の日に帰りましたけど」

　百合が新宮を見て言った。

「ご両親は心配しなかったの？」

「親子喧嘩《げんか》したときだったんですよ」

「男の子って、みんなそんなもの？」

「ひとによるでしょうけど」

百合が佐伯にまた目を向けてきた。

「わたし、心配しすぎ？」

佐伯は首を振った。

「そんなことはない。今夜も家に帰らなければ、保護に動いたほうがいいな」

「きょうはまだ大丈夫ってことね」

「あと数時間は」

百合が、少し不服そうな顔でため息をついた。

「キャンピング・カーに乗ってるおじさんなら、男の子が素敵に思うのも無理はないか」

その言葉に佐伯は反応した。キャンピング・カー？

新宮も佐伯を見つめてくる。まばたきしていた。

百合が佐伯と新宮を交互に見て、不思議そうに言った。

「何か？」

佐伯は訊いた。

「その小学生は、キャンピング・カーに乗っている男と一緒なのか？」

「そう聞いた。母親には、そう言ってたらしい。何か心当たりでも？」

「いや、偶然だろうが。男の名前とか、住所、キャンピング・カーの車種とか、わからないのか？」

「わからない。母親は言っていなかった。どうして？」

「肥料の盗難現場近くで、バンが防犯カメラに映っていた。車の持ち主は工作が得意で、車を寝泊まりできるように改造していたんだ」

百合はとまどったような表情を見せて言った。

「母親は、そういう改造キャンピング・カーだとは言っていなかった。わたしも、あの運転席の上にルーフがせり出たような車を想像したんだけど」

「その大人とは、どうやって知り合ったと言ってた？」

「きっかけは、苗穂《なえぼ》の歩道橋だって。たくさんの汽車が見られるところ。そこで会ったみたい」

「苗穂の跨線橋《こせんきょう》だな。車両基地のところにある」

「小樽の蒸気機関車のある博物館に連れて行ってくれたそう」

「手宮《てみや》にあるやつか？」

「行ったことはないけど、有名？」

「鉄道好きになら」

「あ。母親は、その男はテッちゃんだろうと言っていた。汽車とか電車にすごく詳しい大人だって」

佐伯と新宮はもう一度顔を見合わせた。キャンピング・カーを持っていて、鉄道に詳しい男。キーワードがもうひとつ重なった。

「テッちゃんがどうかした？」

佐伯が答えた。

「防犯カメラに映っていた車の一台は、ＪＲ北海道を解雇された男のものだった。函館の保線所で働いていた男で工作が得意。保線所員なら、鉄道にも詳しいと、小学生にも見えるだろう」

「居場所は？」と百合が勢いこんで訊いてきた。

「所在不明」

「札幌市内？」

「二カ月前までは日高にいた。様似。母親が死んだあと、実家を処分している。借金があったらしいから、抵当に入っていたのかもしれない」

「工作が得意な男、と言った？　小学生が万引きしようとしたのは、精密工具だった。検電ドライバーが含まれているセット、と店のひとが説明していた」

「その万引き未遂から三時間後、こんどは環状通り沿いのホームセンターで工具を万引きした男の子がいる」

「さっきの電話の件ね。逃げたんでしょう？」

「警備員が追いかけたけど、環状通りを突っ切って、交通事故が起きるところだった。おれたちもその場面に遭遇したけど、子供の姿は見ていない。小学校高学年と見える子だったそうだ」

「もう偶然ではないみたいね。水野大樹だわ。一回失敗したけど、もう一回精密工具を狙った。換金用の品じゃない。何か必要に迫られて、盗んでいるんだわ」

新宮が言った。

「南区では、三日前、札幌岳の登山口で車上狙《ねら》いがあった。本州からの登山者の車から、現金のほかにキャンプ道具も盗まれていたんです」

「寝袋なんかも？」

「ガスコンロとかボンベも」

「水野大樹の荷物の中には、洗濯していないシャツや下着があった。その子がいるのは、洗濯機があるようなふつうの家じゃない。車かテントで寝泊まりしているのかも。小学生には、ちょっとした冒険ごっこじゃない？」

　佐伯は情報を整理しながら言った。

「硝安の盗難。近所の防犯カメラには、ＪＲを解雇された男の改造キャンピング・カー。精密工具を二度も狙った少年。少年はキャンピング・カーに乗った大人と一緒にいる」

　新宮が言った。

「水野大樹って小学生は、梶本裕一と一緒にいる、ってことですか」

「これだけの情報では、まだそうは言い切れない」

「梶本裕一っていう男なの？」と百合。

「そうだ」

「その男は、いま何をしようとしているの？」

　佐伯は言った。

「硝安を盗んだようだ。そして、つながりはわからないが、男の子は精密工具を万引きした」

「ふたりで、爆弾作りですか？」と新宮。

「簡単に作れるもの？」と百合。

　佐伯は言った。

「爆弾本体はともかく、信管の部分は難しい。だけど、工業高専の機械工学科卒業の男なら、作れるのかもしれない」

「その梶本って男が、爆弾を作る理由、子供を使う理由は？」

「わからない。爆弾じゃないのかもしれない」

「じゃあ、何を？」

「もしかしたら、小学生に、ロケットを作ってやる、とでも約束したか」

言ってから、愚劣な解釈だと気づいた。ロケット遊びをするために、大人が硝安を盗むか？　花火をまとめ買いするほうがまだ合理的だ。硝安がロケット状のおもちゃの燃料に使えるとも聞いたことがない。だからといって、梶本裕一が爆弾を作る理由にも見当はつかないのだが。ましてや、子供と一緒になって。

店のドアが開く音がした。カウンターの内側で、マスターの安田が入り口を見て微笑した。

靴音がして、後ろからうれしい声がした。

「みなさん、いたんですね」

津久井卓《つくいすぐる》の声だった。佐伯たちは振り返った。夏らしい軽そうなジャケット姿の津久井が立っている。控え目に微笑していた。いま機動捜査隊の長正寺武史《ちょうしょうじたけし》の班にいる津久井卓巡査部長だ。

しばらく会っていなかったけれど、元気そうだ。少なくとも、ひと前に出てゆくのが辛《つら》そうだという気配はない。あのジャズ・ピアニストとの別れを引きずっている顔ではなかった。傷は新しい細胞の下に隠れた。もし疼《うず》くことがあるとしても、それはこんな真夏の宵の口、友人たちのいる場所で、ではないだろう。

津久井が、カウンターにさっと視線を走らせた。どこに腰掛けるか、思案したようだ。

百合が新宮に言った。

「ひとつそっちに移動したら」

百合は、佐伯の右隣りの席から動く気はないということだ。新宮が黙って席を移った。津久井は空いたスツールに腰を下ろして、安田に生ビールを注文した。

みなで軽く乾杯すると、津久井が言った。

「四人が揃《そろ》うなんて、また何か起きるときみたいだ」

佐伯は言った。

「今夜はライブを聴きにきたんだ」

「ぼくも。だけど明日は出です。早めに帰る」

「だったらきょうは、仕事の話はなしだ」

「絶対に？」

「原則として」

「どういう場合が例外です？」

「緊急性か、話の面白さか。何かあるのか？」

「いえ、全然」津久井は上体をカウンターの上に倒し、佐伯ごしに百合の顔を見てから言った。「小島さんは、まだ仕事モードって顔ですね」

百合が言った。

「万引きで補導した子に逃げられて。家出してるんで、心配してるの」

「逃げられたって言うのは？」

百合が、経緯をかいつまんで言った。警察署から逃げられるとは、たしかにふつうなら考えられないミスだが、相手が少年であれば、百合の部下も油断する。警察署に連れて来られてなお逃走をはかろうとするのは、そうとうにすれた犯罪常習者だけだ。ふつうは署に一歩足を踏み入れた時点で観念する。取り調べや事情聴取には応じる気になる。たとえ手錠はかけられていなかったとしてもだ。

話を締めくくってから、百合が津久井に聞いた。

「男の子って、三日家出していても心配しなくていいもの？」

津久井が答えた。

「その子によるし、行っている場所による。母親とは連絡を取り合っているんだし」

「家出のあいだに、万引きもしている。性犯罪の被害者になりはしないかという心配もある」

「キャンピング・カーに乗ったテッちゃん、ということでしたね。そういう属性の性犯罪者、データベースには当たったんですか？」

「もちろん。該当なし。少なくとも道警管内では」

「万引きは精密工具ってことだし、何か工作をしたくて突っ走ってるってことじゃないのかな。カツアゲされているのとは違いますよね」

百合がため息をついた。

「男のひとたちには、その程度のことなのね。もしかしたら、その男ってのは、爆弾作りをやってる男かもしれないのに」

「爆弾？」

津久井が佐伯を見つめてきた。佐伯は、今朝の硝安の盗難の届けの件から、三人の自動車所有者の件を、固有名詞を出さずに要約して語った。

「そういうわけでひとりが、改造キャンピング・カーに乗っていて、鉄道に詳しい」

津久井は言った。

「その小学生との接点は、それだけでは見えませんね。キーワードがふたつ重なるというだけだ。ほんとうに爆弾を作ろうとしているかどうかも、判断できない」

全員が黙り込んだ。

安田が佐伯たちの前に立ち、津久井の前にミックスナッツの小皿を置いて言った。

「少し聞こえてしまいましたが、ＪＲ北海道はひどいことが続きましたものね。記録の改竄《かいざん》についてはは道警が捜査に入って、けっきょくはどうなったんでしたか？」

佐伯はその件を思い起こして答えた。

「関係者の書類送検で終わったんじゃなかったか。ＪＲは、道警の家宅捜索を受けたというだけで震え上がったようだ」

「大慌てで関係者を処分していましたね。そのときのことですか？」

「ひとりは、それだろう」

「でも、新幹線も延びる。ＪＲ東日本の豪華な寝台列車も、来年五月から運行ですよね。線路点検のごまかしなんて、やってられないはずです」

あの一連の不祥事については、社長ふたりが自殺している。その意味の重大さについては、当事者たちのほうがよく知っていただろう。事情通の中には、そもそもの国鉄分割民営化が無理だったのだと見る者もいる。ＪＲ北海道の鉄道網が長く、ほとんどが赤字路線で、満足な点検補修もできないくらいに予算不足、人手不足だからだと、ＪＲ北海道をかばう者もないではない。だからといって、補修記録の改竄や、記録装置の破壊なんてことが許されるものではないが。

「処分を受けた側にしてみれば」と佐伯は言った。「組織が黙認していたことなのに、どうして自分たちが、という思いはあるだろうな」

その組織体質については、佐伯にも多少は類推することができるのだ。

安田が言った。

「そういえば、ＪＲ北海道は、イメージ挽回《ばんかい》で近々、派手なイベントを開くんじゃありませんでしたか？」

「イベント?」

「あのグループ」

安田が、アイドル・グループの名を出した。芸能界のことには疎い佐伯だが、その名ぐらいは知っている。数十人の女の子たちが歌って踊るグループだ。もう十年以上、若いひとたちのあいだではたいへんな人気を博しているはずだ。例年、紅白歌合戦にも出場している。しかし佐伯は、メンバーの名も顔も、ひとりも知らない。頻繁に入れ替わるのだ、という話は耳にしている。

安田が続けた。

「中にむちゃくちゃに鉄道好きの子がひとりいるんです。そういうテレビの番組にも出ている」

「女の子で、鉄道好き?」

百合が横から教えてくれた。

「最近は多いのよ。鉄道好きの女の子を、鉄子、っていう。聞いたことない?」

佐伯は首を振った。

安田が続けた。

「その子を呼んで、夏の北海道を鉄道で回りましょうと呼びかけるイベントですよ。握手会もあるんじゃなかったかな」

百合が自分のスマートフォンを見て言った。

「明日、そのアイドル・グループのライブが札幌ドームであるわ。その鉄子ちゃんは、飛行機を使わずに、北海道新幹線とスーパー北斗を乗り継いで札幌駅にやってくる。そのスーパー北斗の指定席は一カ月前、売り出した瞬間に完売」

新宮が言った。

「ライブの便乗企画なんでしょうね。ＪＲ北海道が乗っかった」

百合が、ネット上にあるそのイベント告知について教えてくれた。

その子は、北海道新幹線で新函館北斗駅まできて、ここでスーパー北斗に乗り換える。スーパー北斗では、ＪＲ北海道の女性乗務員の制服姿になるという。札幌駅に着いたところで、駅前の広場で握手会。北海道を列車で旅行しましょうと呼びかけて、札幌ドームへ移動、本隊と合流して夕方からライブとなるのだという。

佐伯は首を振って言った。

「何か意味があることなのか？」

百合が言った。

「ＪＲ北海道にとっては、危ないとか線路の補修もしていないとか、そういう印象を拭《ぬぐ》うことができるかもしれない。あのアイドルだって安心して乗っているんだからって」

「あの会社に、そういう浮わついた企画をやってる余裕はないはずだ」

そう言ってから気づいた。同じことを思う者は、北海道にはほかにいないか？　とくにＪＲ北海道関係者の中に。かつてＪＲ北海道に在職していた者の中に。

「どうしたの？」と百合が訊いた。

「そのイベント、そうとう派手にやるのか？」

「ＪＲ北海道の広報は、目いっぱい利用するんじゃない？　テレビのニュースにも取り上げられるでしょう」

「ファンが駅の構内に殺到したら危ない」

「きっと入場規制でしょうね。握手会場までも、そうとうな混雑だと思うけど」

「ひとりが階段で転んだだけで、大事故だぞ」

安田が言った。

「札幌ドームも、一度、爆弾を仕掛けたといういたずら電話で、ライブ開始が遅れたことがありましたね」

新宮が首を振りながら言った。

「チケットを取れなかったファンの、いやがらせだったんでしょうね」

「悪質過ぎる」と百合。

佐伯はジャケットのポケットから携帯電話を取り出した。ここは音楽を聴かせる店だ。電話は必ず外でしなければならない。

立ち上がって入り口に向かうと、新宮もついてきた。

表の通りに出ると、新宮が訊いてきた。

「梶本にかけるんですか？」

それはやめたほうがいい、という声だ。

「いや」と佐伯は答えた。承知している。「密行がついているかもしれないんだ。それはやれない」

もし梶本がいま何かの嫌疑でどこかの部署の監視対象となっていたとしたら、警察からの電話は彼を警戒させる。監視がついている、逮捕が近い、と想像させてしまう。その結果、証拠隠滅をはかられたり、逃走されてしまうおそれもあった。伊藤から、関係者への接触を禁じられたいま、それはできない。

佐伯がかけようとしたのは、篠原から教えられたＪＲ北海道の職員だった。函館で梶本が親しかったという先輩。

「はい?」とすぐに相手は出た。中年男の声。不審げだ。「兼松です」

「札幌大通警察署の佐伯と言います。この番号は、函館保線所にいた篠原さんから教えていただきました」

「警察?」

「はい。大通警察署盗犯係の捜査員です」

「何か?」

警戒している、というよりは、敵意すら感じる声だ。

「じつは兼松さんの部下であった梶本さんと至急連絡を取りたいんですが、電話が通じなくて」微妙に嘘《うそ》ということになる。「新しい連絡先をご存じじゃないかと思いまして」

「梶本が何かやったの?」

「いいえ。ある盗難事件を目撃しているかもしれなくて、それでお電話した次第です」

「あいつはいま、札幌だよ」

「お住まい、どこかおわかりですか?」

「勤め先の寮に入ったと言っていた。あいつ、何もしていないんだね?」

「していませんが、何かご心配でも?」

「ううん、ちょっとな」

「お仕事探しで苦労されていたようだとは、篠原さんからも伺いましたが」

「ああ、たいへんだったようだ。だけど、もう再就職は決まった。いっときは完全に食い詰めるところまで行ってたようだけど」

「食い詰める、というのは?」

「ほんとに梶本は、何もしていないの?」

「していません。梶本さん、困ってらしたんですか?」

「このご時世で懲戒解雇だからな。おふくろさんの入院と葬式もあったんだし。カネにも困るさ」

「何がありました?」

「二週間ぐらい前に、カネを貸してくれないかと電話があったんだ。電話料金の引き落としに必要なんで、一万円だけ振り込んでくれないかと」

「一万円ですか」

「そうとうに切羽詰まっているってことだろう。大丈夫かと訊いたら、次の日に面接を受けるということだった。ハローワークを通じて探したそうだ。そのあと、採用されたという電話があった。給料日まで、一万円の返済は待ってくれということだった。実家のほうでもたいへんだったようだから、心配はしていたんだ」

「再就職先は、札幌なんですね?」

「ああ。建築資材関係の会社で、機械のメンテナンスをやるとか言っていた」

「建築資材の会社?」

「そう言っていた。自分の経験と技能が生かせる仕事だと喜んでいた。とりあえず仮採用ということで、そこの寮に入ったはずだよ」

「なんという会社です?」

「ええと」次の言葉がなかなか出てこなかった。「ええと、ホクソウ、いや、ホクヨウだったかな」

「ホクソウか、ホクヨウですか」

「ホクユウ。ちがうな、そういう音だったとは思うけど、きちんと覚えていない。落ち着いたら手紙もくれるということになっていたんだ」

「それが二週間前ですか？」

「十日前かな。そのくらいだ。ほんとうに梶本は、何もしていないね？」

「ええ」

「おれ、梶本の個人情報を言ってしまったことになるのかな。大通警察署の何課のひとなの？」

「刑事三課。窃盗犯を担当している部署です」佐伯はそれ以上質問される前にと、やりとりを切り上げた。「ありがとうございました。週明けまで電話がどうしてもつながらないようなら、会社のほうにかけてみます」

「通じるといいけどな。会社って、たとえ犯罪とは無縁だということであっても、警察からの電話には敏感になるだろう」

「そうですね。注意します」

「本音で言えば、目撃していたかどうか程度のことで、勤め先まで電話して欲しくないな。誤解される」

「なんと誤解されるんです？」

「ゴリゴリの組合活動家で、警察に目をつけられていたってね。あいつが函館で再就職できなかったのも、そういういやがらせ情報を相手の会社に吹き込むやつがいたせいじゃないかと思うのさ」

たしかにむかしは、企業によっては、社員の採用にあたって応募者の組合活動歴を気にしたようだ。大きな企業であれば、興信所も使ったという。道警を定年退職したあと興信所に勤めた先輩から、そんな話を聞いたことがある。でも、いまでもそうなのだろうか？

兼松が、通話を打ち切りたいという調子で言った。

「話は、十分かな?」

「助かりました」

通話を切ると、新宮が自分のスマートフォンを手にして、佐伯を見つめている。

「ホクソウかホクヨウという建築資材の会社ですね?」

「ああ」佐伯は答えた。「寮に入っているそうだ」

「交替制の会社なんでしょうかね。平日深夜に出歩いていたなんて」

「本人が夜行性というだけか」

「それらしい会社、ググッてみます」

「やめろ。電話番号がわかっても、会社の寮住まいとなれば、警察から電話があったことは、たちまち通じておかしくない。よその密行を妨害してしまうことになる」

「放っておきますか?」

「解除になるまでは」

カウンター席に戻ると、こんどは百合が立ち上がった。スマートフォンを手にしている。彼女も電話をかけるのだろう。

津久井が、どうしましたという目を向けてくる。

佐伯は答えた。

「もとJR職員、一応再就職はしているようだ。勤め先の名前がちょっとはっきりしないが、調べられるだろう。だけど、ここから先は今夜はやめておく」

店に三人の若い男が入ってきた。ひと目見て、ミュージシャンとわかる青年たち。これが安田の推していたピアノ・トリオの面々なのだろう。ひとりは、ハットをかぶっている。彼がピアノだろうと想像した。彼らはステージ前のテーブル席に着いた。

ついで百合が外から戻ってきた。

「まだ男の子とは連絡がついていない」と、百合が言った。「母親は仕事中で、もうこちらの心配など取り合うつもりもない」

佐伯は、グラスに手を伸ばして言った。

「一時間、仕事を忘れよう。そろそろ始まる」

そうね、と百合が同意して、安田にモヒートを注文した。夏のあいだ、彼女はこれを飲むことが多い。この店のモヒートのミントは、安田が自分のうちのベランダで栽培しているものだ。

佐伯は腕時計を見た。午後七時四十二分。妙に消化不良という気分を感じる宵だった。

4

携帯電話の振動音で佐伯は目を覚ました。

というか、さっきから半覚醒《はんかくせい》のままトップシーツにくるまっていた。起き出すタイミングだった。台所のほうからは、何か調理をする音が聞こえてくる。小島百合が、フライパンで朝食のひと品を作っているのだろう。

サイドテーブルから携帯電話を取ると、ふたつのことが目に入った。時刻は八時四十五分であること、電話の発信者は部下の新宮昌樹であることだ。ずいぶん怠惰に土曜日を始めたことになる。

それにしても、休みの日の朝に、新宮から電話？

上体を起こして携帯電話を耳に当てた。

「どうした？」

新宮は、不安そうに言った。

「いま大丈夫ですか？」

「電話してしまったんだったら、心配するな」

「今朝、あのＩＴエンジニアが逮捕されました。密行されていたのは、あいつだったんです」

「西脇伸也か？　罪状は？」

「著作権法違反幇助《ほうじょ》容疑」

「何だって?」

「あの西脇、ファイル共有ソフトを組み込んだ自作パソコンを」そこまで言ってから、新宮が訊《き》いた。「ファイル共有ソフトってわかりますか?」

「馬鹿にするな。それがどうしたって?」

「西脇はそれをインストールしたパソコンを、希望する客に作って売っていたんです。買った客はだいたいが違法ダウンロードした映画とか音楽ファイルを、共有ソフトで流してた。つまりそれは著作権法違反で、西脇はその幇助犯なんです」

「昨日、係長が言っていたのは、それか?」

「たぶんそうだと思います。京都府警のサイバー犯罪対策課との合同捜査だったそうです。ですから、捜査中断指示は解除のはずです」

台所のほうから、小島百合の声が聞こえてきた。

「起きた?」

佐伯は電話をいったん耳から離して言った。

「ああ。新宮から電話なんだ」

新宮が言った。

「すいません。お邪魔でしたね」

「うるせえ。それより、どうしてお前、それを知ってるんだ?」

「いま署に出てるんです。それで知りました」

「いい若い者が、金曜の夜も羽目をはずさなかったのか?」

「十二時まで一緒だったじゃないですか。三人でソバを食べたの覚えていますか?」

覚えている。でも三人だったのか? 津久井はいなかったか?

「署に出て何をやってるんだ?」

「パソコンを使いたくて、出てるんです。昨日の梶本の再就職先、なんとか調べてしまおうと思って」

百合が言った。

「シャワー浴びない?」

「すぐに」と返事をしてから、佐伯はまた新宮に訊いた。「社名もはっきりしないところだったな」

「建築資材会社では、ホクヨウもホクユウもホクレイも見つからなかったんですが、土木資材で調べてみると、ホクヨウサイセキコウギョウという会社が、西区にありました」

北要採石鉱業、という字を書くのだという。採石鉱業。気になる業態だ。

「砂利を掘り出して売ってる会社ってことか?」

「ええ。本社は西区宮の沢で、採石現場が西区の山の奥にあります。西区福井」

「採石現場ってことは」

「発破《はっぱ》作業があるんじゃないでしょうか?」

つまり、ダイナマイトを使う事業所ということか。従業員なら、盗むことはそんなに難しいというわけでもないだろう。そしてダイナマイトのある事業所なら、素人には手作りの難しい信管か雷管が手に入る。硝安三十キロと、信管か雷管。次に出てくる言葉は一語だ。爆弾。

佐伯はベッドから降りて立ち上がった。

「もうそこには、電話したのか?」

「いえ。ここまで調べたんで、佐伯さんに報告したほうがいいだろうと」

「三十分。いや四十分くらいで出る」

「無理をしないでください」

ひやかす調子はあったろうか？　新宮は本気でそれを言ったか？

「行く」

1LDKのリビングルームに出ると、百合がテーブルの上に料理を並べているところだった。Tシャツに、薄手のスウェットパンツ姿。彼女は苦笑を佐伯に向けてきた。

「朝は食べて行ける？」

「ラップして冷蔵庫に入れておいてくれたら、明日の朝に食べる」

「いいわ、ひとりで食べる」

「ふくれないでくれ。昨日の硝安盗難が、冗談じゃなくなった雰囲気なんだ」

「どんなふうに？」

「硝安の盗難現場近くにいた男が、採石場で働いているとわかった」

「例のJR北海道を解雇になったという男のこと？」

「そうだ」佐伯はその名を口に出した。「梶本裕一という男だ。雇われた採石場では、たぶんダイナマイトを使っている」

「それって、わたしとの朝食を捨てるほどの情報？」

佐伯は咳払《せきばら》いした。

「捨てるつもりはない。あとにするだけだ。無関係だとわかれば戻ってくる」

「オムレツは冷めてしまう」

「昼飯を一緒に食うのではどうだ？」

「わたしたちは、何の取り引きをしてるのかしらね」

「すまない」

「食事は、夜にしましょう。わたしも出る。先に出て。急いでいるんでしょう」

「すまない」ともう一度謝ってから、佐伯は浴室に向かった。


佐伯が盗犯係のフロアに入ると、新宮が自分のデスクで立ち上がって目礼してきた。土曜日の午前九時三十分、刑事課のこのフロアにいるのは、各課数人ほどの捜査員だけだ。課長以上のデスクには誰もいない。電話している声がひとつあるが、あとは静かなものだった。手持ちぶさたに、テレビのワイドショーを見ている者もいる。

佐伯が新宮の隣りの椅子《いす》に腰を下ろすと、彼はプリントアウトした紙を数枚、佐伯のデスクに滑らせてきた。

「札幌市内で、可能性のある名前の建築資材会社を出してみました」

一枚目のプリントには十社ほどの会社名がある。

新宮が言った。

「ホームページを見ていくと、ほとんどが商社だったんですが、建築資材の意味が石材とか砕石のことだとすると、こういう会社があるんです。札幌市内に採石の現場を持っている会社です」

新宮がべつのプリントを見せた。

北要採石鉱業
昭和砕石工業
野田産業
北菱産業埠頭《ふとう》

「名前が近いのは、この北要採石鉱業だな」

「北要のホームページに、従業員採用情報のページが残っていました。採石現場作業員、採石現場技師急募です。たぶんハローワークにも同じ内容で求人がはいっていたと思いますが、この広告は二十日前にアップされたものです」

「まだ採用していないなら、梶本が入社した会社じゃない」

「このホームページ、ろくに更新されていません。二十日前が最後なんです。じっさいは採用してしまっても、募集のページはそのまま残っているんじゃないでしょうか？　小さな会社なら、そういうことはままあります」

新宮が自分のデスクのパソコンを操作して、北要採石鉱業のホームページを画面に呼び出した。

へたくそな、というか、無骨なデザインのホームページが出てきた。トップにあるのは、本社の建物の画像。二階建ての、倉庫のような造りの建物が表示されている。さほどの規模の会社ではない。同じページの下のほうに、社長の顔写真。スーツを着た、肥満した五十男だ。ゴルフ灼《や》けとも酒灼けとも見える顔の色だが、これは単に素人の撮った写真だからということかもしれない。写真の下に、代表取締役・要門範夫《ようもんのりお》、とあった。

新宮がマウスに触れて、べつの画面を表示した。業務内容が記されている。要するに、建築用、土木用の砂利を採り、販売している会社ということだ。

その画面には、山の中の採石現場だという写真も映っていた。山の斜面が削られて岩肌がむき出しとなっており、中腹の平坦地にはユンボが置かれている。斜面の下には道路や駐車スペースがある。ダンプカーのほか、名前のわからない大型重機が何台も停《と》まっていた。

新宮がその写真の隅を指差した。

「ここに写っているのは、移動式のホッパーというやつですよね。こちらがベルト・コンベア。こっちの機械は、スタッカー・コンベアって名前のものじゃないでしょうか。この会社が必要としていたのは、こうした設備の整備保守の技師なのでは？」

佐伯もそのホッパーやコンベアの写真に目を凝らした。これらは大型重機のひとつなのだろうが、石を運ぶ細く長い機械部分の整備点検の仕事なら、自動車整備工よりも保線の技術屋のほうが慣れていそうだった。

「たしかに、保線所で働いていた技術屋なら、経験を生かせる仕事だろうな」

「北要採石鉱業に、電話してみますか？」

伊藤に指示を仰ぐか、一瞬だけ考えた。しかしきょう、他府警との合同捜査で、西脇伸也が逮捕されている。昨日名前の出た関係者の中で、ほかにもうひとり捜査の対象となっている者がいる偶然はあまりないことだろう。この北要採石鉱業に電話することで、どこかの捜査を妨害してしまう心配はない。

「おれがする」

きょうは土曜日だが、どうだろう。土木関連の事業所では、完全に週休二日というところは少数派だろう。月二回は土曜日も休み、という程度の労働条件ではないだろうか。きょうがその休みの日に当たっていなければいいのだが。

佐伯は自分の携帯電話を取り出し、新宮がまとめたプリントから、北要採石鉱業の代表電話を入力した。

最初に出たのは、中年と思える女性だった。「北要採石鉱業です」

佐伯は言った。

「札幌大通警察署の者です。ちょっとうかがいたいことがあってお電話しました」

「大通警察署?」

「はい。佐伯と言いますが、人事か総務の方をお願いします」

「経理じゃないんですね。わたしでわかるかもしれません」

「そちらに、梶本裕一さんという方はお勤めでしょうか。寮に入っている、と耳にしたんですが」

「梶本?　ああ、梶本ね」

「最近入社と聞きましたが」

「ええと。その梶本はいまいないんです」

「いまいない?」

そのとき、相手の女性のそばで誰か男が大声を出したのが聞こえた。よこせ、と言っていた。

すぐに、電話代わりました、と野太い男の声。

「ヨウモンです。代表ですが」

あの肥満の社長だ。佐伯はもう一度名乗り、梶本裕一が在職しているかどうかを訊《たず》ねた。

「すいません、大通署のどこと言いました?」

「刑事三課。盗犯係です。梶本さんが、事件の目撃者の可能性があって探してるんです」

「いま、うちにいないよ。というか、一週間前に辞めてもらった」

佐伯は驚いた。解雇？　一週間前ということは、先週の土曜日に？

「採用されたばかりではありませんでしたか？」

「二週間前に試験採用。だけど、問題がわかって、試用社員としても無理なんで辞めてもらった」

「何かトラブルでも？」

「いや、前歴」要門はあっさり言った。「ＪＲ北海道を馘首《くび》になってるぐらいのことはいいんだけどさ、うちはアカは駄目なんだ。組合の役員やってたって言うじゃないの。そういうの、うちは採らないんだ」

「ああいう職場だと、社員はみな組合には入るものでしょうけど」

「ほら、ＪＲ北海道には組合がいくつかあるんでしょ。いちばん過激な組合の役員だったと聞いたらさ、うちみたいな会社は無理だよ。ここでも組合なんか作られたら、うちはつぶれる」

「先週土曜日に解雇通告ですか？　いまは寮にはいないんですか？」

「お情けで、月曜まではおいてやったよ。月曜に出ていった」

「現在の連絡先は？」

「何も聞いていないよ。身上書には、携帯電話番号ぐらい書いてあったかな」

佐伯は、新宮がまとめたプリントで本社所在地を確かめた。西区の宮の沢だ。三十分弱で行けるだろう。

「ちょっとお伺いしてかまいませんか？」

要門が言った。

「あいつ、何かやったの？」

問い合わせれば誰もが同じことを訊く。やむをえないが。

「事件の目撃者かもしれないというだけです。寮は、本社のお近くですか？」

「いいや。現場が福井のほうなんで、ここからもう少し南。西野のほうだ」

西野は、手稲山と藻岩山とのあいだの谷に拓《ひら》かれた住宅地だ。採石現場だという福井は、その住宅地のはずれからさらに山の中に数キロ入っていったところになる。

佐伯は、およそ三十分後に本社を訪ねると伝えて、通話を終えた。


小島百合は、昨日も訪ねたそのアパートのチャイム・ボタンを押した。

中でチャイムが鳴ったのは聞こえた。さほど広くはないはずの家なのだ。シャワーを浴びている最中でもない限り、チャイムの音は聞こえる。その場合でも、一分待てば、応答がある。

しかし一分待ったけれども、何も反応はなかった。時刻は十時十五分。水野麻里奈のスナックでの勤務は、せいぜい一時までだったはず。二時に帰ってきて就寝したとしても、もうなんとか目を覚ましていてもいい。早すぎる、非常識な時刻ということはなかった。いや、そう思いたいところだった。

さっき佐伯があわただしく自分の部屋を出ていったあと、百合はひとりで朝食を取り、佐伯の部屋を後にしてきたのだ。合い鍵《かぎ》はもらっている。施錠して佐伯の部屋から去ることができた。

部屋を出る前に思いついた。佐伯の住んでいる集合住宅から、あの水野麻里奈母子のアパートはさほどの距離ではなかった。歩いても十分ぐらいだろう。直接あのアパートを訪ねて、水野大樹が戻っているかどうか確かめるのはどうだろう。昨夜からずっと、麻里奈への電話も、大樹の電話も、つながっていない。着信拒否されているのかと疑えた。たぶん大樹は確実に、知らない番号からの電話には出るなと、母親から言い含められているだろう。麻里奈は麻里奈で、仕事中を理由に百合からの電話に出ることを拒んだ。母親として無責任すぎると、なじり過ぎたかもしれない。百合の言葉などもう聞きたくないという気持ちになっていてもおかしくはなかった。しかし百合は少年係の警察官として、一度はあの子を補導した。あの水野大樹が非行に走らぬよう、見守り指導する義務と責任がある。この先ずっと、というわけではないけれど、少なくとも夏のあいだ、少年係警察官の職務としてやれる範囲では。

もう一度、チャイム・ボタンに手を伸ばしたときだ。後ろから声がかかった。

「水野さんは、昨夜も帰ってこなかったみたいだよ」

百合は振り返った。昨日も少し言葉を交わしたお年寄りの女性だ。自宅の玄関前に出てきている。

「昨日はありがとうございました」と百合は礼を言った。「ふたりともですか?」

「うん。今朝、宅配便が来てたんだけど、誰も出なかった。ふたりとも帰ってきていないんでしょう」

どういうことだろう。麻里奈は、おそらくはつきあっている男のところに泊まった。そこに、大樹を連れていったとは考えにくい。自分だけ自宅に帰りなさいと、麻里奈は大樹に指示したか。でも、大樹は母親の指示を無視した。そういうことだろうか。母親のいない家に帰るくらいなら、あの鉄道好きの男と一緒にいたほうがいいと。

それとも、大樹のほうが母親に言ったか。自分はまだあの男のひとと一緒にいたい。だからきょうは帰らないよと。それをいいことに、麻里奈は男のところに行ったのだ、とも考えられる。

答えを出しかねていると、そのお年寄りは言った。

「何かそうとうに切羽詰まったことがあるんでしょ？」

百合は笑みを見せて首を振った。

「違うんです。ただ、とにかく大樹くんが麻里奈さんと一緒にいないのはまずいと思って」

「お仕事なの？」と、彼女の目は百合の着ているものに移った。

昨日は黒っぽいパンツにシャツ姿だった。制服ではないが、何か硬い職業の仕事着と見える私服だった。きょうは着替えとして佐伯の部屋に持っていった、白っぽい七分丈のパンツに、Tシャツだ。完全に休日のファッション。お年寄りがいぶかるのも無理はない。

「土曜日ですけど」と百合は言った。「気になるものですから」

「ほんとにねえ」

百合は頭を下げて、水野のアパートの前を離れた。

5

　要門範夫は、体重は軽く百キロは超えているだろうと思える体型の男だった。歳《とし》は五十代半ばあたりか、ごま塩まじりの髪を短めに刈っている。顎《あご》だけではなく、頬《ほお》全体が二重だった。スーツのズボンに、白いシャツの腕まくり姿だ。

　佐伯の名刺から顔を上げると、要門が訊《き》いた。

「経緯ですか？」

「ええ。ハローワークから応募とのことでしたね」

「ええ。採石現場のホッパーとかコンベアを見る人間が急に倒れてしまって、急ぎで必要だったんです。梶本はまだ歳が三十五だし、室蘭《むろらん》高専の機械工学科出でしょう。ＪＲ北海道で十年以上仕事してきたんだし、うちにはこれだけの経歴の男はなかなか来てくれるもんじゃないですよ」

「組合活動を心配していたとか」

「解雇されたって面接で言われて、あのデータ改竄《かいざん》だって知ったときはちょっとびっくりしましたけどね。自分ひとりでできることじゃない、組織で長いこと習慣でやっていたことで、自分はしっぽ切りだったんだって言われればそうだと思いますよ」

「入社が、先週の月曜でしたか？」

「そうです。その前の金曜に面接して、いちおうは役員にはかって試用社員ってことで。寮に入りたいっていう希望なんで、月曜に採用を連絡して、その日からです」

「寮は、西野といいましたか？」

「現場まで十分かからないとこに、飯場《はんば》持ってます。なんせこういう採石場で働く男たちって、背中にカラフルな模様入れた者もいますしね。風呂《ふろ》のある社員寮が必要なんですわ」

「寮には何人？」

「七人。みなひとり部屋ですよ」

「梶本さんは、家財道具なんて持ち込みました？」

「いや。テレビさえ持ってなかった。寝具もテーブルも。ノートパソコンと、プラスチックの衣類箱ぐらいのもので。部屋よりも、あいつの車のほうが充実していた」

「改造していたそうですね」

「泊まれるようになってましたよ。釣りに行くときなんかにいいなって思った」

「仕事は、月曜からすぐに？」

「ええ。ひととおりやることを伝えたら、すぐに呑《の》み込みましたよ。重機の免許持ってないのが残念だったけど、ま、おいおい取ってもらえればいいかと思った」

「でも、一週間で解雇した」

「試用期間中ですからね。解雇とは違う」

「理由は組合活動ってことでしたね」

要門はおおげさに首を振った。

「アカは駄目。過激なほうの組合の活動家だとなれば、反抗的だろうし、何かあったらすぐにビラ撒《ま》いて、応援頼んで、組合作って、現場を封鎖するでしょ。それやられたら、うちは三日で倒産だ」

「そういうことをしそうな男でした？」

「そういう活動家だった、と聞いたんですよ。うちもいちおうは、身元照会しますからね。ＪＲ北海道の函館支社に、こういう人間を仮採用したけど、どういう男だと。そうしたら、人事の担当という幹部が出てきて、梶本と組合がやったことをよくしゃべってくれましたわ。仕事はさぼる、手を抜く、上役の指示はきかない、何かといえば数を頼んでつるし上げ、あげく記録改竄だったってね」

佐伯には、その相手の言葉が梶本裕一について語ったことなのか、組合活動一般の非難だったのか、区別がつかなかった。要門にとっては、それはどっちでもよいことだったのかもしれないが。

また、組合活動の経験を理由に不採用とすることも、厳密には違法だろう。それが理由だと公言して訴えられたら、確実に敗訴だ。しかし、世の中の叩《たた》き上げの経営者などには、この手の男が多いことも事実だった。

要門は続けた。

「とてもじゃないが、うちで使える人間じゃない。解雇を決めました。経験は惜しいとは思ったんですがね」

「解雇通告が金曜日ですか」

「仕事が終わったところでね。いちおうわたしの横に、腕っぷしの強いのをふたり置いて言い渡した」

「どういう反応でした？」

「一瞬だけ、ぞっとするくらいに恐ろしい目になりましたよ。こっちも身構えたくらいだった。だけど、そのあとは素直に、わかりましたって言って、寮には月曜の朝までいさせてくれませんかってことだった」

「どう返事されました？」

「まあ、仕方がないなと思ってね。オーケーした。おれも、鬼じゃないからさ。出ていくところを見たわけじゃないけど、月曜の昼にはいなかったよ」

「寮を出たあと、どこに行くか、話していませんでしたか？」

「何も。こっちも、へたに聞いて同情したくもなかった」

「都合一週間働いたわけですよね。賃金はいくら支払っています？」

「試用期間中の給料の日割りで、そこから寮の家賃と飯代引いて、一万五千ぐらい渡した」

一万五千円。梶本はこの北要採石鉱業に採用される直前、携帯電話料金の支払いにも窮していた。手持ちのカネはほとんどなかったろう。それから一週間後、解雇されたときに受け取った賃金は一万五千円。いまはもうほとんどカネを持っていないのではないか。新しい就職口が決まっていなければ、もう最後のところまで追い詰められている。札幌岳登山口での車上狙いが梶本の犯行だとすれば、もう少し余裕はあるだろうが。

佐伯は訊いた。

「梶本さんのいた部屋には、もう誰か入っています？」

「いや、誰も」

「部屋を見せてもらっていいですかね？」

「いいけどさ。ほんとうにあいつ、何もやっていないの？」

「やっていません」

現時点でわかっている範囲では、という限定的な意味ではあるが。

「現場に行くから、案内するよ。途中だ」

「応募のときの履歴書など残っていますか？　写真があれば借りたいんですが」

要門が事務所の女性従業員に合図した。従業員が、事務所奥の書類ロッカーから、一通の書類を持ってきた。履歴書と身上書だ。佐伯は、同時に渡された透明の書類入れにそれらをはさみ、新宮に渡した。

駐車場に出たとき、自分の四輪駆動車に向かう要門に、新宮が訊いた。

「社長のところの採石現場では、発破なんかもよくやってるんですか？」

要門は歩きながら答えた。

「ああ。岩盤砕くのに、ときたまやるよ。なんか苦情でも出てるのかい？」

「いえ。そういうのって本物見たことはないから、興味があって」

「山奥だから、一応サイレン鳴らして、従業員も退避させて、ドン、だ。ボコっと地面がふくらむだけだな。映画の中みたいに、炎が舞い上がるような爆発とは違うよ」

「ダイナマイトとかも現場にはあるんですね」

「ダイナマイトなんて使ってない」

「使ってない？」

「うちはスラリー爆薬ってやつだ」要門はふいに立ち止まり、新宮を見つめた。「もしかして、そっちのことを心配してるのか？」

佐伯が訊いた。

「そっちというと？」

「爆薬の盗難」

「可能性はありますか？」

「ない」と言いながら、要門は自分の四輪駆動車のドアに手をかけた。「ついてきてくれ」

北要採石鉱業の本社から五分ほど南西方向に走った。北海道道八二号線、通称手稲左股《ひだりまた》線という幹線道路を、山に向かうようにだ。ここは札幌の西側に広がる山地のはずれにあたり、谷間の勾配《こうばい》の緩やかな部分が、住宅地として開発されていた。八二号線はやがて盤渓《ばんけい》峠を越えて、札幌の南部、豊平川の作る谷の方向へ出る。佐伯の記憶ではこの八二号沿いには、たしか三カ所か四カ所、採石の現場があるはずだった。

その谷もかなり奥まってきたところに、北要採石鉱業の看板が見えてきた。進行方向への矢印の下に、二キロ、と表示されている。要門の乗った四輪駆動車は、その看板を通り過ぎたところで右折した。

八二号線から五十メートルばかりも入ったところに、その飯場があった。鉄骨の筋交いがむき出しの簡素な二階建てだ。道路寄りの駐車スペースは舗装されている。駐車場はざっと見て十台くらいの車が停められそうだが、いまは一台の軽自動車があるだけだ。

要門が四輪駆動車を駐車場に入れて、降りた。左手に携帯電話を握っている。

「いま、倉庫を確認させてる」と要門は佐伯に言った。「ここが社員寮だ。二階の北向きの部屋が梶本の部屋だった。すっかり空だとさ」

佐伯は訊いた。

「みなさん、きょうも現場なんですね？」

「ああ。宿舎の管理人夫婦はいる」

そのとき要門の携帯電話が鳴った。

要門は携帯電話を耳に当てると、少しのあいだ無言のままだった。顔がすっと曇った。

「わかった」要門は言った。「すぐ行く」

佐伯が見つめていると、要門が佐伯に顔を向けて言った。

「電気雷管が盗まれてる」

佐伯は言った。

「さっきは、盗難の心配はないと言ってましたよ」

「それは爆薬のほうだ。管理は厳重だ。ただ、うちの馬鹿は、電気雷管のほうは、機械庫のロッカーの中に入れてた」

「施錠は？」

「してるさ。だけど事務所を知っている人間なら、鍵のあり場所はわかる」

佐伯は、警察官としての知識を思い出した。電気雷管も火薬類取締法や関連の法律の規制を受ける。簡単に解錠できるところに保管するなど、ありえないはずだ。ただ、じっさいに使う立場の者からすれば、爆薬と雷管とでは扱いの緊張感は違ったのかもしれない。

要門が訊いた。

「これ、梶本のやったことなんだな？」

顔が険しくなっていた。この盗難には警察の責任もあるのではないかと言っている。爆薬や雷管を狙《ねら》っているような男を、事前に逮捕もできなかったのかと。それを説明するのはあとだ。

「現場に、案内してください」と佐伯は言った。

その採石現場は、八二号線を右にはずれて、山道を一キロ以上も走ったところにあった。右手に沢があり、その奥、かなり広い平坦地の向こうの山の斜面が、数段の階段状に削られている。薄茶けた岩がむき出しになっていた。画像で見たものとほぼ同じ風景だ。大型の機械のある位置は、それぞれみな違っている。

削られた斜面の高さは百メートル以上だろうか。採石現場の左右の距離は三百か四百メートルはあるだろう。じっさいに北要採石鉱業が所有している土地はもっと広いはずだが。

沢には長さ二十メートルほどの橋がかかっている。橋の向こう側に、昔の電話ボックスのような建物があった。橋のたもとの両側には、高さ一メートルほどの黄色と白の縞《しま》模様の柱が二本立っている。夜間はこの柱のあいだにチェーンでも張られるのだろう。

沢の向こう岸には、金網を張った塀が続いている。徒歩で沢を渡って採石現場に近づくことも難しそうだった。

橋を渡るとすぐ正面にプレハブの事務所らしき建物がある。その右手には、機械類の車庫だろうか。鉄骨造りの建物が三棟並んでいた。要門の四輪駆動車は、左手に曲がってから、その事務所らしき建物の前に停まった。

入り口に中年の男が現れた。グレーの作業着を着て、タオルを頭に巻いている。

佐伯たちも車を停めて、要門を追いかけた。

タオルを頭に巻いた中年男が、うなだれて要門に言っている。

「すいません。ほんとに先週水曜からなんです。初めてです。ついロッカーのほうに置いてしまって」

彼は発破技士なのだろうか。それとも危険物取扱の責任者か。両方を兼ねていることも考えられるが。

要門がちらりと佐伯を見ながら、タオルの男に言った。

「初めてなんだな。先週水曜が初めてなんだな?」

「はい」

佐伯たちが近づくと、要門がタオルの男を発破技士の西島《にしじま》だと紹介して言った。

「たまたまロッカーに保管したときに、ああいう手合いの解雇と重なってしまった。最初から雷管や爆薬狙いだったんでしょうね」

同意はできなかった。佐伯は要門に言った。

「ロッカーはどこなんです?」

西島が、恐縮しきった調子で言った。

「機械庫です。発破関連のツール類は、そっちにまとめてあるんです」

「爆薬は?」

「はずれの、専用の倉庫です」

「頑丈です」と要門が横から言った。「開けるには爆薬が必要だ」

その機械庫へ行ってみた。鉄骨造りで、壁もスチールのパネル張りだ。かなりの大型土木機械を格納できるだけの大きさで、その奥の一角に、建築現場用のプレハブ式ユニット住宅、いわゆるスーパーハウスが設置されていた。そこが発破用ツール類の専用倉庫なのだという。

要門がスーパーハウスの入り口のドアを指差して言った。

「まずここに錠があります。毎日この男が施錠します」

要門と西島がスーパーハウスの中に入った。佐伯たちも続いて入ると、そこは三方の壁をスチール製の棚で埋めた物品庫となっていた。ひとつだけ、扉のあるロッカーがある。

要門が、そのロッカーを示して言った。

「電気雷管はここに保管してある。昔の雷管は静電気で爆発することがあったんで、爆薬とは別に保管するようになった。いまのは静電気の心配はないんですけどね」

要門が扉を開くと、もっとも下の段に段ボール箱が三つ並べてある。段ボール箱は、テレビで見る千両箱ほどの大きさだった。

西島が真ん中の段ボール箱を開けて、中を見せた。茶色の葉巻にも似た、棒のようなものが収められている。棒の片側からは白いケーブルが伸びて、束ねられていた。

西島が言った。

「社長の電話で確かめてみたら、この箱から少しやられていました。瞬発電気雷管です」

要門が怒ったように言った。

「少しって、どれだけだよ」

「まだはっきりわかりません。五本から十本。ぱっと見ではそのくらいです。あとで帳簿で確認しますが」

佐伯は要門と西島のふたりを見て訊いた。

「鍵の管理は？」

「おれが」と西島が、鍵の束を持ち上げて見せた。「ロッカーの鍵、この物品庫の鍵も一緒についてます」

鍵にはひとつひとつプレートがついてあり、何の鍵かサインペンで記してあった。「物品庫」「危険物ロッカー」というプレートが見えた。

「この機械庫は、施錠はするんですか？」

要門が答えた。

「夏のあいだは、ここはしない。シャッターがでかいからね。雨の日も、せいぜい半分下ろすぐらいだ」

「このキーの保管場所は？」

「事務所のキーロッカー」

「キーロッカーは、施錠しているんですか？」

要門と西島が顔を見合わせた。

「いや」とけっきょく要門が言った。「そこには重機のキーも掛けることになっているんで、じっさいには錠はかけていないことのほうが多い」

「先週は？」

「かけて、いなかった」

佐伯は自分の質問が、ねちねちと厭味《いやみ》な調子になってきたのを意識した。

「事務所の出入り口の鍵を持っているのは？」

「おれと、所長と、ここの夜警。宿舎にいる班長」

「先週、事務所に誰か侵入した形跡などはなかったんですか？」

「なかった。気がつかなかった」

「敷地内に侵入するのは、難しいことですか？」

「その気になれば、できないわけじゃない。敷地全体を完全に金網で囲んでるわけじゃないんだ。沢の上のほうからとか、山の上から降りることも不可能じゃない。金網だって、しょっちゅう点検はしてるけど、隙間《すきま》もあるかもしれない」

佐伯は西島に言った。

「梶本という男が先週だけ働いていたと思うんですが」

西島がうなずいた。

「ああ。コンベアの整備なんかは、すぐに呑み込んだね」

「爆薬のことに興味を示したりしていました？」

「いや、全然」

要門が西島に訊いた。

「保管場所とか、鍵のあり場所とか、訊いてこなかったか？」

「おれにはなかったですよ。わりあい一緒にいる時間は多かったけど」

「何かおかしなこと企《たくら》んでる様子は？」

「これって、あいつがやったんですか？」

佐伯がふたりのあいだに割って入って言った。

「まだわかりませんが、その雷管を盗んだ可能性が出てきました」

要門が額に手を当てて舌打ちした。

機械庫の外に出たときだ。遠くでどおんという鈍い音がした。さほど大きかったわけではないが、爆発音のように聞こえた。

西島が怪訝《けげん》そうに眉間《みけん》に皺《しわ》を寄せ、南西方向に目をやった。佐伯も同じ方向に目を向けたが、谷の反対側の山が見えるだけだ。要門も、同じ方向に目をやった。

「いまの音は何です？」と、佐伯は要門に訊いた。

「発破だろう」と要門が答えた。「昭和か、北菱の採石場かな。いつものことだ」

「稲積《いなづみ》警察署に、盗難被害を通報してください」

「うちは、何か罰を食らうかい？」

「それはあとの話です。いまは、雷管が悪用されないよう、対応していくだけです」

西島と目が合った。彼はすぐ視線をそらし、うつむいた。


道警本部機動捜査隊の二号車が、国道五号線と札樽《さっそん》自動車道との立体交差に差しかかったときだ。道警本部の通信指令室から、二号車に指令が入った。

「西区盤渓付近の山中で爆発音のような物音との通報あり。爆発音があったのは、道道八二号、ばんけいスキー場南側と思われます。ばんけいスキー場入り口あたりから、ゲレンデ左手側の稜線《りょうせん》の向こうに煙が上がったのが見えたとの通報です。二号車は現場に急行してください。ばんけいスキー場前で、通報した男性が待っています」

助手席で、その本部系無線を聞いて、津久井卓巡査部長は返答した。

「了解。二号車、現場に向かいます」

津久井は運転席の滝本浩樹《たきもとひろき》巡査長を見た。

彼は津久井にうなずいて言った。

「西野から右折ですね」

「そうだな」

津久井は少しだけ胸騒ぎを覚えた。昨夜、狸小路のバーで同僚たちと会ったとき、先輩の佐伯が言っていた。昨日、硝安の盗難があったと。何か関係のあることだろうか。

赤色警告灯をルーフに出し、サイレンを鳴らした。滝本が三千ccエンジンのセダンを加速して、中央車線に出た。前を走行中のトラックが、あわててウィンカーランプをつけ、左側車線に寄った。

加速しながら、滝本が言った。

「あのあたりって、採石場が三つか四つありましたね」

「固まってるな。いい石が出る山なんだろうか」

「そこの発破作業ってことはないですか?」

「いつもの発破とは違うようだから、近所のひとが気にして通報してきたんじゃないのか」

捜査車両はこんどは国産のミニバンに追いついた。この車もすぐに左車線によけた。

佐伯たちが要門の採石現場からちょうど八二号線に出るところで、警察車両が赤色警告灯を回転させて盤渓峠方向へ走っていった。機動捜査隊の捜査車両だった。

ついさっきの爆発音に関連することだろうか。それともまったく無関係の事案の発生か?

いずれにせよ、土曜日だが、係長の伊藤には報告しておくタイミングだ。

「なんだ」と、伊藤が出た。呼吸が荒い。

「どうかしましたか?　呼吸が苦しそうですが」

「ウォーキング中なんだ。話せ」

伊藤は何度も健康管理センターから減量を命じられているのだという。これまでさまざまなダイエット法を試してきたが、まだ成功した例《ためし》がない。休日のウォーキングも、かなりの期間続けているはずだ。そろそろ成果は出てきているのだろうか。外見ではこの数年、まったく変わりはないのだが。

佐伯は言った。

「今朝、西脇伸也がうちと京都府警に逮捕されたことを知りました。それで梶本についての捜査禁止は解除されただろうと判断して、今朝からまたこの数日の動静を追いました」

「要点は？」

「梶本が先週いっぱいで解雇された採石事業所で、電気雷管が紛失しています」

「盗難ということか？」

「おそらく。タイミングが、梶本の解雇と合致しています」

「片一方で硝安盗難。その近くにやつの車。解雇された会社では電気雷管紛失。偶然じゃない。危ないことになりそうだな」

「入社の経緯を訊くと、雷管目的で潜りこんだようではないのですが」

「所在、つかめそうか？」

「まだなんとも」

「署に出る。詳しく報告してくれ」

ウォーキングを途中で切り上げることができて喜んだなと、佐伯は思わず微笑した。

ばんけいスキー場への進入路前で、通報したという男性が待っていた。近所の農家の男だった。音がした直後はうっすらと煙が見えたというが、もう見えない。たぶん、と男は道を教えてくれた。スキー場の裏手に回り込む林道がその先にある。その上のほうでの爆発ではないかと。

津久井たちは彼に礼を言って、その林道を目指した。

林道の入り口はすぐにわかった。八二号からいったん右折、山中の寺に通じる市道を少し進んだところで、道が分岐していた。右手の斜面に拓かれているのは林道だが、チェーンも張られておらず、整備もされているように見えた。近隣のひとが山菜採りなどによく入っていっている林道のようだ。道が整備されているということは、ゴミの不法投棄のような目的で入る不届き者もいるかもしれない。

その林道を五百メートルほども走ると、勾配がなくなった。林道は等高線に沿う形で、山の斜面に拓かれている。八二号との分岐からここまで、すれ違う車はなかった。

周囲は広葉樹の林で、周囲の見通しはあまりよくない。右側は山で、左側が沢だ。林道はそこから先はまた勾配がついて、もっと標高の高い地点まで延びているようだ。しかし路面が崩れていて、二輪駆動のセダンではこれ以上進めなかった。また、切り返して戻るためにも、なんとか左右にスペースのあるこのあたりで停まるのが正解だろう。

津久井たちは車を停めて降り立った。

空気にかすかに、何か焦《こ》げたような匂《にお》いがする。爆発という通報は、勘違いではなかったようだ。このあたりで何かしらの爆発があったのは確実だ。

滝本もあたりを見渡してから言った。

「何か燃えていますか?」

林道脇の下草の中に、津久井は白い金属片のようなものを見つけた。降りるときグラブボックスから出した軍手をはめると、津久井はその金属片のそばにしゃがんだ。金属片は、何か機械のパネル部分のように見えた。大きさは、二十センチ四方ぐらいか。白い塗料の部分に焦げた跡が見える。それ自体は、爆発物の一部のようではなかった。

滝本が津久井の横にしゃがみこんで言った。

「冷蔵庫か何かでしょうかね」

津久井は立ち上がり、沢の方向に目を向けた。斜面の下、木立の奥に粗大ゴミが捨てられている。灯油ストーブ、ベッドのマットレス、タンスや本棚などが見えた。冷蔵庫もある。正確には、もとは冷蔵庫であったらしい金属の固まりがある。背面を下にして、放置されていた。扉は見当たらず、左右上下のパネルが半分なくなっている。扉もパネルも、巨大な力で千切り取られたように見えた。内側の、本来白い部分には焼け焦げの跡。うっすらと冷蔵庫のどこかから煙が立ち上っていた。

「あれですね」と滝本が言った。

「中に仕掛けられていたんだ」

「捨てたやつが、粉々にしようとしたんでしょうか?」

「ゴミを捨てたのは、もっと以前だ。捨てられた冷蔵庫の中に、爆発物を仕掛けたんだ」

「どうしてまたそんなことを」

試験だ、とは直感が働いたが、それは口にしなかった。どうであれ、爆発物取締罰則違反だ。犯罪である。

滝本が斜面を下ろうとしたので、津久井は止めた。

「まだ爆発物が残っているかもしれない。まず、報告しよう」

車に戻って、通信指令室に現場到着を報告した。

「スキー場裏手の林道の奥で、爆発の現場を見つけました。ばんけいフォレストという遊園地のすぐ手前で右折する道の奥です。途中妙福寺との分岐があって、その右手の林道、奥に進んで五百メートルくらいのところです」

「何かの自然爆発ですか?」

「判断できません」

「火災などは?」

「ありません。粗大ゴミが不法投棄されている場所で、冷蔵庫の中で爆発した様子です。冷蔵庫は、扉やパネルが吹き飛んでいます」

「了解。妙福寺との分岐まで戻り、そこで応援を待ってください。進入車両があれば制止。地域課と、本部鑑識係が行きます」

報告を終えてから、津久井はまた昨日の佐伯の言葉を思い出した。

硝安の盗難。

爆薬の材料にもなる肥料が、昨日盗まれ、きょうは山中で何かの爆発があった。偶然だろうか?

津久井は隊内無線をオンにした。

機動捜査隊班長の長正寺が出た。

「聞いた。爆弾なのか?」

「わかりませんが、気になることがあります」

津久井は昨夜佐伯が言っていた硝安の盗難事件のことをかいつまんで話した。

話し終えると、長正寺が言った。

「偶然じゃない。一日でそいつが硝安爆弾を作り、いま試験したんだ。次に、本物が爆発する。対応する」

通話を終えると、滝本が言った。

「あの現場からここまで、二分ぐらいでしょうか。八二号に出るまでまた二分。おれたちは指令を受けて十二分か三分で現場に到着しました。現場を離れる車と、八二号ですれ違っているかもしれません」

「ドライブレコーダーに、映っているか」

たしかに、西野からここまで、道は八二号一本だけ。爆発犯が南に逃げていない限り、自分たちの車とすれ違っていた可能性は高い。ただし、ばんけいスキー場入り口の反対側に折れて、宮の森に出る道もある。スピードを出せる道ではないが、札幌市街地とはショートカット・ルートだ。爆発させた犯人が、そっちを使って現場から離れてもおかしくはなかった。

津久井はドアポケットから札幌周辺の詳細な道路地図を取り出した。

このあたり、札幌市街地とつながっているのは、八二号線と、宮の森に抜ける道と、二本だけでよかったか？　ほかに抜け道はなかったろうか。

もう一本あった。

あのばんけいフォレストという遊園地の前から、円山西町《まるやまにしまち》に抜ける道がある。地図で見るかぎり、走りにくそうな曲がりくねった山道だ。自分は走ったことはない。

佐伯たちの捜査車両は、北一条宮の沢通りに折れた。あとは道なりで、大通署脇に出る。その交差点を曲がりきったところで、佐伯の携帯電話が鳴った。機動捜査隊の長正寺からだった。なんだ？　土曜日の午前中とはいえ、この電話は仕事の用件以外ではありえなかった。

「はい」

長正寺はあいさつ抜きだった。

「お前、硝安の窃盗犯を追っているって？」

「ええ」伊藤から伝わったのだろうか。まだ伊藤は署に着いていないはずだが。「誰から？」

「津久井からだ。ばんけいスキー場の裏手で、爆発があった。通報で津久井たちが行って、爆発跡を見つけた」

やっぱり。佐伯は驚かなかった。

ばんけいスキー場の裏手、ということは、西野の奥の採石場にもその音は届くはずだ。自分たちはたしかに爆発音を聞いていたのだ。いましがた自分たちの目の前を通り過ぎていった機動捜査隊の車は、津久井たちが乗っていたものだったのだろう。

「津久井の報告じゃ」と長正寺が言った。「冷蔵庫をひとつ、内側からぶっ飛ばしていたそうだ。その梶本って男、爆弾作りそうな様子があるのか？」

「じつはいま、彼が勤めていた職場で、電気雷管の紛失がわかったんです」

「あらら」と、長正寺が悔しげな声を出した。「そいつ、もう作ってしまったんだ」

「昨日作って、いま試したんでしょう」

「そうしたら成功した。そいつはかなりの威力の爆弾を作れる」

「雷管は複数紛失しています。爆弾はまだある。残っているものが、本番用です」

「本気でやらかしそうなのか？」

「仕事も家もカネもなくて、追い詰められています」

「所在は？」

「わかっていません。勤め先の寮を出たのが、今週月曜なんですが。バンに乗っています」

「車の情報を寄こせ。うちが確保する」

「爆弾を持ってる。そうとうに危険ですよ」

「だからうちがやるんだろうが」

機動捜査隊の隊員たちは、私服勤務であるが、拳銃《けんじゆう》携行である。最初に現場に急行し、もっとも危険な場に突っ込んでゆく、という任務を持った警察官たちだ。ほかの捜査員や職員とは比較にならないほどの訓練も、日頃から受けている。

佐伯は、梶本の乗っているバンの車種とナンバーを教えてから言った。

「これから係長に報告なんです。大きな事案になりそうです」

「わかってる。そいつの爆破目標は何か、想像はついてるのか？」

「皆目見当もつきません。梶本を馘首《くび》にした採石会社には、警戒と、何かあったときの即時の通報を頼んできましたが」

「よし」

通話が切れた。

「何か？」と新宮が訊いてくる。

「ばんけいスキー場の裏手で爆発があった」

「やっぱり」

「いろいろつながってくるな。機動捜査隊も梶本の車を探す」

佐伯は長正寺の質問を反芻《はんすう》した。梶本が爆破したいものは何だ？　梶本は爆弾を使って何をやろうとしているのか？

社会的な生存がぎりぎりのところまできている男だ。やっと就職した先でもあっさり解雇された。それも、前の勤め先での組合活動が理由で。だからひとつ、自分を解雇した北要採石鉱業に恨みを持ち、施設を爆破すると計画するのはありうる。

しかし、解雇の直接の理由となったのは、ＪＲ北海道への身元照会、仕事ぶり照会の結果だ。ＪＲ北海道が梶本をかなりひどく言っていたことは、要門の言葉からも明らかだ。つまり、梶本にとって恨みの対象はＪＲ北海道ということになりはしないか？　保線記録の改竄《かいざん》で梶本は処分も受けている。責任を現場に負わせた、という見方もある解雇処分だ。保線所の副班長という立場にかけられた処分としては重すぎるし、理不尽という想いも、梶本にはあるだろう。

新宮が運転しながら佐伯に訊いた。

「何か気がかりでも？」

佐伯の沈黙が気になったようだ。

「ああ」佐伯は答えた。「梶本は何に爆弾を仕掛けようとしているのか、考えていた。自分を馘首《くび》にして、再就職まで妨害するＪＲ北海道を恨んでいるとも想像できる。だとすると、ＪＲ北海道の何かの施設とか、誰かＪＲの個人ということになる」

新宮が言った。

「ＪＲ北海道の面子《メンツ》とか、大事な行事とか」

そう言われて思い出した。昨日小島百合が言っていたイベントの件。アイドルが列車で札幌にやってきて、北海道を列車でまわろうと呼びかけるという企画。握手会が札幌駅前の広場であるのではなかったろうか。

　佐伯は言った。

「アイドルを呼ぶイベントがきょうだったな。どこかの馬鹿が、爆弾を仕掛けた、と電話してきてもおかしくない催しだ」

「梶本が硝安を盗んだのは昨日。それできょう実行というのは無理じゃないですか？」

「きょうのそのイベントが狙いかどうかはわからない。だけど、一日で試験用の爆弾を作って実験もした。本番は、そう先じゃない」

「雷管がなくなったのは、少なくとも一週間は前です。そのときにはもう計画していたということですよね」

「たぶん、解雇されたとき、爆弾作りがひらめいたんだ。どこで爆発させるか、そっちのほうは決めていなかったにせよ、雷管さえ手に入れば、爆弾作りはさほど難しくない。あとから考えたっていい」

「誰かを恨むにしても、いきなり爆弾まで行きますか」

「彼は社会的には死んだも同然という気持ちかもしれない。何かに恨みを晴らすのに、じっくりやっている余裕はないんだ」

　赤色警告灯を回転させたワゴン車が近づいてきた。すれ違うとき見ると、道警本部の鑑識係の車両らしかった。盤渓の爆発現場に向かうのかもしれない。道警全体が動き出したようだ。

6

伊藤が大股《おおまた》にフロアを横切って自分のデスクに戻ってきた。佐伯と目が合うと、来い、と指示している。佐伯は新宮の肩を叩《たた》いて伊藤のデスクの前に向かった。

伊藤が、二枚の写真をデスクの上に滑らせてきた。北要採石鉱業に残っていた梶本の履歴書の写真だ。

真正面を向いた、生真面目《きまじめ》そうな顔。細い一重の目と、少し長めの鼻。薄い唇。前髪が額を隠していた。顔だちのひとつひとつは、さほど特徴があるものではない。特別な男前ではないし、かといって醜男《ぶおとこ》でもない。ひとことで言えば、平凡な、そして少し根暗そうな三十男だった。

伊藤が言った。

「まず、盤渓の爆発現場からは、硝酸アンモニウムが採取された。硝安油剤爆薬だ。爆薬は登山用魔法瓶に詰められ、アナログ時計を使った時限装置で雷管に点火、爆発している。ひらたく言えば、爆弾だ」

もうそこまでわかったのだ。佐伯は本部鑑識係の仕事ぶりに感嘆した。

伊藤は続けた。

「梶本のバンは昨日からNシステムには引っかかっていない。捜査本部設置は見送り。明日朝まで様子を見る。それまでは本部捜査一課長が、関係部署に対して指揮を執る。機動捜査隊は、梶本裕一を爆発物取締罰則違反容疑で追う。やつの車の発見と身柄確保を受け持つ。札幌中心部の主要施設では、不審者への職務質問を強化する。携帯電話のＧＰＳによる捜索の許可を、札幌地裁に求めた。こういう事案だ。オーケーは出る」

梶本が携帯電話に電源を入れていたら、携帯ＧＰＳによる捜索は有効だ。しかし、彼は必要最小限にしか携帯電話を使っていないようだ。彼の携帯電話のＯＳが、ＧＰＳによる捜索を本人に通知する古いバージョンのままかもしれない。期待どおりに使えるかどうかはわからない。

伊藤は、ひとつ息をついてから続けた。

「梶本が触発性の爆弾を所持している可能性があるので、刑事課捜査員や地域課警官は、身柄確保で無理をしない。もし梶本が爆弾を使用する様子を見せたときは、警告の後の発砲を躊躇《ちゅうちょ》しない。ただし市民に被害が及ぶと判断されたときは、梶本の逃走もやむをえないものとする。要するに」

伊藤の顔はいつになく真剣なものだった。

「爆弾の爆発を防ぐことが最優先だ。梶本の身柄確保は、次の課題だ」

伊藤の言葉が途切れたので、佐伯は質問した。

「わたしたちは？」

伊藤は少しだけ口元をゆるめた。

「昨日からうちが、というかお前たちが梶本を追っていた。引き続き追え。うちのほかの捜査員を、手駒《てごま》として使っていい。佐伯の情報と指示で、ほかの捜査員が動く」

それはありがたい方針だった。佐伯は小さく頭を下げた。

「ただし、梶本の携帯電話に電話することは禁止。不用意なやりとりでやつが警戒し、完全に潜ってしまうことを避ける。梶本との電話による接触は、本部の専門捜査員がやる。いいな？」

「承知しました」

「やつの狙《ねら》いを探ることも、お前たちの仕事だ。爆弾を作った目的、爆破の目標は何か、情報の確度は問題にしない。少しでも予想できるものが見つかった場合は、すぐにおれに上げろ。おれから捜査一課長に伝える」

「はい」答えてから、もうひとつ訊《き》いた。「子供の件は、検討されました？　水野大樹という小学生を、梶本は連れ歩いている可能性があるんです」

「少年係の情報とはつながらない。そのことを、手配では強調しない。機動捜査隊は、その情報があることを承知して任務に当たる」

「もし小学生が一緒だった場合、梶本の身柄確保よりも小学生の保護が優先ですね？」

「そうだ」

伊藤の視線が、佐伯の横に立つ新宮に向いた。伊藤が訊いた。

「何だ？」

新宮が答えた。

「やつの行動範囲です。Ｎシステムに引っかかっていないということで思いついたんですが、ひとつ傾向があります」

「話せ」

新宮が伊藤のデスクの後に貼《は》ってある札幌市内地図の前に歩いた。佐伯も続いた。

新宮は、地図を指差しながら言った。

「硝安の盗難が、藻岩山麓通りのこの店。脇の道に車を停《と》めておいたとして、ここから環状通りに出るのは自然です。そして犯人は、環状通りを北に折れて逃げた。でも、主要な幹線道や交差点は通っていない」

新宮は地図の隅の札幌全域図を指差した。それは札幌西側の山岳部も含めた広域地図だ。

「採石現場の雷管盗難現場はここ。爆弾をテストしたのも同じ道路の途中。登山口の車上狙いは南区のここ。道道八二号線、西野盤渓通りでつながっています」

「勤め先も、計画的に選んだと言っているのか？」

「いえ。ただ、梶本は自分の生活の範囲でその計画を進めていっているように思います」

「西野盤渓線と藻岩山麓通りは、あいだに山があるぞ。つながっているとは言いにくい」

「宮の森と通じる道路が一本。それにもう一本、山道ですが円山西町に通じる道があります」

「円山西町から山奥に入っていく道路は、冬季間は通行止めになるような山道だぞ」

「ええ。なのでひと目に触れにくいし、身を隠しやすい。脇の林道に入るとか、もし離農農家などがあったら、そこを使えます。車泊もできるし、きっとテントを張ることもできるでしょう」

伊藤が大きくうなずいた。

「この分析は、共有しなきゃならん」

伊藤が椅子《いす》をくるりと回して、デスクの上の電話に手を伸ばした。

それを合図に、佐伯たちは伊藤のデスクのそばを離れた。もう一度署の外に出なければならない。

大通署地下の駐車場で捜査車両に乗り込んだとき、小島百合から電話があった。

「梶本裕一が、山の中で爆弾を使ったんですって？」

佐伯は新宮に、発進はちょっと待てと合図してから百合に言った。

「いまどこだ？」

「署よ。自分のデスク」

「大樹は?」

「まだ見つからない。母親とも電話がつながらない。爆弾の件、ほんとう?」

「さっき爆発があった。盤渓の山の中だ」

「何を爆破したの?」

「何も。試験だろう。梶本は採石場を解雇になったとき、どうやら電気雷管も盗み出した。本格的な爆弾を作れる。指名手配になった」

「解雇になったのは、いつ?」

「先週末。寮を出たのが、今週月曜だ」

「水野大樹が万引きした精密工具は、その爆弾作りのためだったのね」

「大樹が梶本と一緒にいるかどうかは、わからない」

「これだけ状況証拠が揃《そろ》っているのに」

「梶本を追っていっても、いまのところ小学生の影は出てこない」

「梶本は、大樹をうまく使っている。昨日は工具を万引きさせた。次は爆弾を運ばせるわ」

その言葉に、佐伯はひとついやなことを想像した。

「自爆させる、という意味か?」

「違う。爆弾を作れる男なら、リモートスイッチだって作れるでしょう」

いま、そちらは想像しなかった。ありえないな、と言おうとして、百合は梶本のキャラクターと境遇をほとんど知らないことに気づいた。彼女にとっては、梶本は、というか、水野大樹が何日も一緒にいる男は、大樹に万引きさせており、性犯罪者かもしれないのだった。彼女の持っている情報の範囲では、その想像も飛躍し過ぎというわけではないのだ。

佐伯は言葉を抑え気味に言った。

「いままでの聞き込みでは、そういう種類の男じゃないようだ。かなり自暴自棄になっているんじゃないかと想像はできるけど、子供を利用して爆弾を爆発させるようなことはしないと思う」

「無理にわたしを安心させようとしている？」

「いいや。正直なところを言っている」

「大樹を助けて。もとはと言えば、わたしたちが」百合が言いなおした。「わたしが保護できなかったせいだけど」

「人命最優先が指示されてる。たとえ梶本を取り逃がしてでもだ。小島のほうも、大樹の居場所について何かわかることがあったら、連絡をくれ」

「いいわ」

通話を終えると、佐伯は新宮に指示した。

「手稲《ていね》に向かってくれ」

「具体的には？」

「手稲駅。あの篠原ともう一度会いたい。たぶんあの近所に住んでいるはずだ」

新宮が車を発進させた。


小島百合は、北海道庁前のオフィスビルの中にあるフードコートで、昼食をとっているところだった。ウィークデイはこのビルの中で働く従業員で満員となるフードコートだけれども、週末は空いている。観光客の多い時期だったが、観光客たちの多くはフロアの窓側に独立した店舗を構える店に入る。フードコートは狙い目なのだ。相席にならずにテーブルに着くことができた。いま百合の前にあるのは、ミネストローネとホットサンドだった。もうスープカップはほとんど空だ。

　スマートフォンが震えて、発信人を見ると、水野麻里奈だった。

　やっと電話する気になったか。

　百合は、わざわざ女性警官にかけてきたこの電話が、吉報と悪い報せと、両方考えられることに気づいた。口の中のものを呑《の》み込んでから、百合は受信ボタンを押した。

「帰ってくるわ」水野麻里奈の声だった。「元気だから、もう心配しないで」

　帰ってくる！　おそらくは梶本と別れて、という意味だろう。でも、どうしてそれは、いま、なのだ？

　百合は訊いた。

「どこにいたか、誰と一緒だったか、言ってる？」

「聞いていない。無事なんだから、もうぐちゃぐちゃ言わなくてもいいでしょ。ね、連絡したからね」

「待って。大樹くんは、万引きしたんだって教えたでしょう」

「未遂でしょ。何か問題あるわけ？」

「いいえ、万引きしたの。したところを、わたしにとっつかまった。そのことについて、決着はついていないのよ。連れてきて。大通署に」

「まだ戻っていないのよ」

「帰ってくるんでしょ？」

「これから。街で会おうって約束した」

「家で待たないの？」

「わたしも出先なのよ。それに、買い物もしたいから」

「大通署に連れてきて。落ち合ったらすぐに」

「どうしてもきょうなの？　明日じゃだめ？」

「だめ」百合は、厳しく叱責《しっせき》する口調となった。「会ったらすぐに連れてきて。大通警察署はわかってるでしょ」

「ちょっと親子の時間ぐらい頂戴《ちょうだい》よ。お腹空《なかす》かしてるかもしれないんだから」

「会うのはどこ？　わたしもそこに行く」

「場所はまだ決めてないのよ。あ」とつぜん声の調子が変わった。「失礼」

誰かそばにいるひとに通話を注意されたか？　それとも演技か。彼女ならやりかねないが。

麻里奈が声の調子を戻して言った。

「すいません。地下鉄の中なの。降りてからまた」

返事をしないうちに、通話は切れた。おそらくはまたしばらくは、着信拒否状態だろう。百合からの発信とわかったら無視してくるのだ。

百合はため息をついた。

でも、水野大樹が母親のもとに帰る、というのは朗報だ。佐伯に伝えるべきだった。

スマートフォンを持ち直して佐伯の番号を呼び出した。

「いま大丈夫？」

「ああ」と短く佐伯の声。

「水野大樹が、帰ってくる。街で、母親と待ち合わせてる」

「帰ってくる?」佐伯の声は、意外にもかすかに怯《おび》えたように聞こえた。「解放されたってことか?」

「だと思う。母親のところに連絡があったようなの。いま母親から、帰ってくるって電話があった」

佐伯が黙ったままなので、百合は訊いた。

「何かまずいことでも?」

「梶本は本気で爆弾を使う」と佐伯が答えた。「だから、大樹を帰したんだ」

そのようには考えなかった。大樹が自爆させられる心配はなくなった、と自分は喜んだのだが。

「もうどこかに仕掛けられたってこと?」

「いよいよ仕掛けられるってことだ。母親と大樹はどこで会うんだ?」

「街で、としか言っていなかった」

札幌の住人は、市街地、の意味で、街、という言葉を使う。その範囲は、おおよそ駅前通り周辺と言っていい。札幌駅から、大通公園をはさみ、ススキノのあたりまで。もちろん文脈次第で、それがもう少し広い範囲を示すときもある。しかし、いずれにせよ住宅エリアではない。オフィス街、商業ビル街、繁華街の一帯を言う。麻里奈はどのあたりの意味で、街、と言っていたのだろう。

佐伯が言った。

「なんとか大樹から聞き出したい。梶本は何をやる気なのか。いつ、どこで爆発させる気なのか。爆弾はどんなものか」

「梶本が、大樹にそういうことをいちいち説明していたとは思わない」

「推測できることはあるはずだ」

「わかった。なんとか、できるだけ早く、わたしが大樹と直接話す。そちらはどう？」

「ひとを待っている」と佐伯が言った。「梶本の知り合いだ」

「切るわ」

通話を終えてスマートフォンをバッグに戻してから思った。

いよいよ仕掛けられる。その梶本のひととなりがまったくわからないが、大樹になつかれたのだし、無事に帰したのだから、ひどい悪人ではない。粗暴であったり、性的ないたずらをする男ではないのだろう。ただ、失職している。もしかしたら、絶望しきっているのかもしれない。そんな男が爆弾を破裂させるとしたら、場所はどこだろう。どんな施設だろう。

百合は自分が北海道庁前のオフィスビルにいることを意識した。まだ自分が生まれてもいないころ、北海道庁のビルで爆弾が爆発、ふたりが死亡している。消火器に爆薬を詰めた爆弾だったという。容疑者は逮捕されたが、犯行を否認した。自供のないまま最高裁でも死刑が確定した。被告は再審請求中のはずだ。さらにこれと近い時期にもう一件の爆破事件がある。北海道庁と隣接している北海道警察本部三階のロッカーで爆発があったのだ。こちらはピース缶を使った爆弾で、未解決である。どちらも、警察学校で教えられた事件だった。

要するにこのオフィス街、官庁街は、誰かが爆弾を仕掛けてもおかしくない場所なのだ。爆弾犯にとっては、爆破することに何かしらの象徴的な意味があり、じっさいに標的にされてきた歴史もあるエリアということだ。

百合は立ち上がると、バッグを肩にかけ、トレイを持ち上げた。署に行こう。麻里奈となんとか連絡をつけよう。

篠原は、昨日と同様にその巨大なショッピング・センターのフードコートにやってきた。

昨日と違い、家族が一緒だ。男の子と女の子がひとりずつ。どちらも小学生だろう。ふたりは、母親らしき女性と一緒で、フードコートの外から篠原の姿を見つめている。これからどこかに行く雰囲気だ。遊園地か、映画か。

篠原が振り返り、夫人に言った。

「たぶん五分ぐらいで済む。ゲームコーナーにいて」

佐伯は目の前のテーブルを示して言った。

「掛けてください。お飲みものはどうです？」

「けっこうです」首を振った篠原は、昨日の別れ際同様に不服そうだ。「家族サービスの日なんです。短く」

「梶本さんが、爆弾を作りました」

篠原は目をみひらいた。

「爆弾？」

「ええ」

「裕一さんは何もやっていないと言ってたじゃないですか」

「昨日の段階では。そのあと、爆薬の材料と、雷管を盗んだのがほぼ確実になりました。午前中に、小型の爆弾を山の中で爆発させています」

「何を爆破したんです？」

「粗大ゴミの冷蔵庫」

篠原は、自分は冗談を言われたのかという顔になった。

「誰か怪我《けが》でもしたんですか？」

「いいえ。でもその爆発は、おそらくテストです。次にもっと威力の大きな爆弾が爆発する」

佐伯は、二週間前に梶本が採石現場の仕事を見つけたこと、しかし一週間で解雇されたこと、きょう確認したら、採石現場では電気雷管が紛失していたとわかったと伝えた。

篠原は佐伯の言葉を吟味するように、二、三度まばたきして言った。

「それで、ぼくに何を聞きたいんです？」

「梶本さんが狙うものは何か。何を爆発させようとしているか、思いつくようなことがあればなんでも」

「思いつくわけないでしょ。爆弾作ることだって、想像しなかった」

フードコートの外から女の子が篠原を呼んだ。篠原は振り返って、すぐだから、と返事をしてから言った。

「ほぼ同期だけど、ぼくは早くに結婚しました。だけど裕一さんは、両親に仕送りしていたんで、ずっと独身寮住まい。あのひとも結婚したかったでしょうね」

「つきあっていたひとはいたんですか？」

「いや。まったく女っ気のない生活でしたよ。ぼくの家庭のことを、なんとなくうらやましそうに見ていたのは覚えています」

「梶本さんは、先週、せっかく採用になった会社を解雇されました。身元照会したら、ＪＲ時代の組合活動家だったとわかったからとのことです」

「解雇された直後から、あのひとはたくさん応募書類を送っていましたよ。だけど、面接まで行って落ちる。会社は、ぼくらの組合の活動家に恨みがある。いったん解雇した職員については、人生破壊してやるってぐらいの勢いで、あることないこと伝えますよ。倶知安《くっちゃん》駅で自殺した男のこと、覚えています?」

「いいえ」

篠原が、職場に伝わっている話として教えてくれた。民営化直後、JR北海道に採用にならなかった職員は、再就職がどうしてもうまく行かず、倶知安駅の構内で首を吊《つ》ったのだという。一文なし、餓死寸前の身体《からだ》だったそうだ。やはりJR北海道が、身元照会に対して過激な組合活動家だったと回答していたからだと噂《うわさ》されている……。

篠原が続けた。

「そもそもこんどの、現場にだけ責任を負わせた解雇処分が不当なんです。それに加えて、再就職妨害が裕一さんにもやられていたら、彼がJR北海道を恨むことはありえますね。その採石場じゃない」

「その場合、爆発させようとするのは、函館保線所の何かの施設でしょうか。それとも支社のビル?」

「見当もつかないですよ。保線の仕事の関連で考えれば、線路に仕掛けて貨物列車を脱線させるようなことでしょうかね」

「理由でも?」

「自分の記録改竄《かいざん》は、こういう故意の犯罪とは別物でしょう、とアピールできるかもしれない。飛躍した想像ですけど」

「そういうことを、梶本さんは冗談めかしてでも話したことはありますか? あるいは、爆弾で何かを爆破してみたいとか」

「いいえ」

またフードコートの後から声がした。こんどは男の子が、篠原を、おとうさん、と呼んだのだ。

いま行く、と答えてから、篠原は言った。

「じつは、正直に言いますと、最後の電話のやりとりのとき、お母さんが亡くなったあとは札幌に出て仕事を探すつもりだと言っていたんです。そのときはしばらく泊めてもらえないかと言われたんですが、ぼくには家族もいます。それは無理だと断ったんですが、経済的にも苦しそうでした。それが、最後のやりとりなんです」

仕事を探すための居候の頼みを断ったのだから、昨日は言いにくかったのだろう。

「力になれなくて、すまない気持ちでいますよ。彼、ほんとうに自棄《やけ》になっていておかしくないですね」

「おとうさん」と、こんどはまた女の子のほうだ。

「そろそろ、これで」

立ち上がりかけた篠原に、佐伯は言った。

「最後にひとつだけ。梶本さんが爆弾を使うとして、その方法は自爆だと思いますか?」

篠原は中腰のまま少し沈黙してから答えた。

「いや、自爆はしない」

「何か根拠でも?」

「彼、基本的に技術家気質です。自分が作ったものは、きちんと動くか、作動するか確認する。それが喜びですよ。自爆ではそれがわからない。自殺する気があったとしても、自分で作った爆弾で自殺はしない」篠原は言葉をいったん切ってからつけ加えた。「と思う」

篠原は目礼すると、佐伯たちのテーブルから離れて、家族のほうに歩いていった。


水野麻里奈からのきょう二度目の電話が入った。

「さっきはすいません。お巡りさん、いま街に出てきてます。大樹と待ち合わせです」

小島百合は言った。

「一緒に会います。場所はどこですか?」

「札幌駅。東改札口で待っててって言った」

「どっちが?」

「え?」

「そこで待てと言ったのは、あなたなの? 大樹くん?」

「わたし。わたしも街で用事があるのよ」

「大樹くんは、JRで札幌駅に来るということ?」

「そう言ってた。だから、改札口で会うことにして、お巡りさんにこうして電話したんです」

「一緒に署に来るのよ」

「きちんとその場で叱《しか》るから。そして、警察ではあなたにもみっちり叱ってもらう。そっちが一段落したところで、引き取りに行くから」

「ちょっと待って。あなたはどこに行くつもりなの?」

「仕事。生活がかかってるの。大樹をあなたに預けたら、大至急そっちの用事はすましてくるから」

「だめよ。警察を」

「あ、切るね。すぐに札幌駅東改札口に来て」

言おうとしたのは、警察を託児所みたいに使わないで、ということだった。言い切れなかったのは残念だが、すぐに札幌駅東改札口へ向かわねばならない。きょうは吉村俊也は出ていない。自分ひとりで行く。大通署から札幌駅東改札口までは、早足でおよそ七、八分か。

時計を見た。午後一時十分になっていた。

署の北側の通用口を出たところで、百合は佐伯に電話した。

「大樹がJR札幌駅に戻ってくる。母親が駅で待ち合わせた。わたしもいま駅に向かっている」

佐伯が訊いた。

「JRで戻ってくるのか?」

「そう言ってたみたい。どこかの駅で、梶本と別れたのね」

「時刻は?」

「母親は、いますぐ来てと言ってた。たぶんまだ札幌駅には着いていない。佐伯さんのほうは、どう?」

「まだ全然」

もう百合からの情報はないと判断したのだろう。それとも長電話できないタイミングだったか。佐伯のほうから通話は切れた。

百合はバッグにスマートフォンを収めると、歩道を北に向かった。正面は北海道庁の敷地であり、鉄製の塀が敷地全体を囲んでいる。敷地の中の、楡《にれ》を主体にした木立の緑が、目に鮮やかだった。日差しも舗道の照り返しも強かった。きょうはもう気温は三十度に達しているのではないか。札幌の盛夏だった。

報告すると、伊藤が言った。

「その小学生は、いま札幌駅に向かっていると」

「そうです」と佐伯は答えた。自分が少し早口になっていることを意識した。「いま列車に乗ったばかりか、これから乗るところですね。梶本が札幌市内にいるのであれば」

さっき、水野大樹が母親に帰ると連絡してきたことは、伊藤に報告ずみだ。つまり梶本は本気で何かの爆破の準備にかかったと考えてよいと。おそらくそれは半日以内に実行されるとも伝えた。

「それって、小学生をＪＲのどこかの駅で解放した、もしくはするってことだな？」

「おそらくは、そうです。全然別の場所で降ろされて、小学生が自分ひとりで歩いて駅に向かったとは考えにくい」

「このことを、お前はどう読む？」

「爆弾を仕掛ける場所は、札幌の中心部ではないのかもしれません。梶本は、車で市街地に入ることを警戒している。だから、小学生をＪＲの駅で降ろした、あるいは降ろそうとしている」

「本部と機動捜査隊にも伝える」

通話を切って、佐伯は車の窓の外を見た。

いましがたまで自分たちは、手稲駅北側のショッピング・センターで篠原と会っていた。そのあと、手稲を離れ、車を札幌市街地方向に向けて走らせている。道は北五条手稲通りで、ちょうど琴似発寒《ことにはっさむ》川を渡って五百メートルほどきたところだった。この位置だと、JR函館本線の琴似駅が近い。琴似駅には、小樽発の各駅停車の列車だけではなく、いしかりライナーや快速エアポートも停車する。隣りの発寒中央駅や桑園駅は、各駅停車しか停まらない。琴似駅の北側には、道警本部の琴似庁舎も、機動捜査隊の本部もあった。

佐伯は新宮に指示した。

「琴似駅に向かってくれ」

新宮はナビにちらりと目をやってから言った。

「栄町通りとの交差点を左に折れるでいいですね」

その交差点まではあと二百メートルほどだ。折れて北東に向かえば、琴似駅に着く。

「ああ」

それから気づいた。琴似栄町通りをJR琴似駅に向かう途中に、札幌市営地下鉄東西線の琴似駅がある。JR琴似駅はそこからさらに七、八百メートル先だ。

佐伯は言った。

「お前が推測するように、盤渓や円山の奥あたりがやつの根城になっていたとしたら、子供を解放するのにどうして地下鉄駅を使わなかったんだろうな。近いし、手頃だ。なのにわざわざ遠いJRの駅を使っている」

新宮が運転しながら答えた。

「札幌駅を母親との待ち合わせ場所にしたからでしょう?」

地下鉄東西線は、札幌駅にはつながっていないのだ。しかし。

「子供のほうが札幌駅に着くと言ってきたんだ」

「じゃあ、ぼくの推理が間違っていたんですね。JR線の北側に根城があるのか」

「爆弾のテストは盤渓だった」

「西野の奥で一週間働いたから、とりあえずあのあたりには土地勘があったということでしょうか」

交差点にかかった。新宮が車を左折させた。

時計を見た。午後の一時十七分になったところだった。


小島百合は、札幌駅ビルの壁面の大時計に目をやった。

午後一時十八分だ。

駅ビルの前の南口広場、左手のイベントスペースにはステージが作られ、自立型のポールと白い布テープで、誘導路が作られている。ステージ背後のパネルにはアイドルの名前が大書され、握手会と記されていた。もう百人以上と見える数の男女が、幾重にも折れた誘導路に並んでいた。日傘を差している者も多い。午後の二時半過ぎに、そのアイドルが函館からの特急列車で札幌駅に到着するのだ。JR北海道はファンの誘導に十分な人手や専門業者を使うだろうか。たしか東京駅でも、何かのノベルティ・グッズの売り出しで愛好家の数を読み違え、対策を誤って、大混乱を引き起こしたことがあったはずだ。

目の前、地面からは巨大なガラスのドームが突き出ている。このドームを右手によけて、タクシー乗り場の後ろへ向かうと、東改札口があるのだった。道警の鉄道警察隊の詰め所も、こちら東コンコースの中にある。

百合は、きょうひとりで署に出たことを悔やんだ。吉村は昨日トイレに行ったときに、水野大樹を逃がしてしまう、という失態を演じている。腹が立っていたし、それに土曜日でもあるわけだから、彼に大樹保護のために署に出てくれと指示する気持ちにはなれなかったのだ。でも、一緒にいる男が爆弾をじっさいに爆発させたとなれば、大樹の保護は自分ひとりの手には余る務めになってきた気がする。大樹の母親もあのとおりだし。

舗装された広場で、百合の靴音が少しだけ速くなった。

土曜日の東コンコースは、かなりのひとだった。週末の午後だから、通勤時の混雑ほどではないが、そこそこの混み具合だ。小学生、高校生と見える子供たちや、家族連れが多い。大きなキャリーバッグを曳《ひ》いた観光客が目につく。それに、コンコースのほうぼうにたむろしている、大きなカメラを持った青年たち。大半が小太りで、キャップをかぶっていた。

もしかして、あのアイドルのファンたちだろうか。

改札口はこの東コンコースの左手にある。百合はひと込みを縫うようにして、改札口の正面へと進んだ。改札口には十基ほどの自動改札機が並んでいる。

改札口の奥、右手のプラットホームへ上がるエスカレーターの前に、五、六人の警備員の姿が見えた。駅員らしき制服の男たちが、黄色いテープの規制線を設けようとしているところだった。アイドル到着を控えて、プラットホームへの入場規制が始まるのだろう。

水野麻里奈を見つけた。彼女はコンコースの自動改札機を全部見渡す位置に立っている。派手なスパッツにカットソー。トートバッグ。茶色の髪は、きょうもまとめていなかった。

麻里奈が百合に気づいて、笑みを向けてきた。

「お巡りさんよね？」

百合は麻里奈の前に立った。

「大樹くんは？」

「まだ。何時に着くかは、きちんと聞いていなかったの」

「どこから乗るとも言っていなかったのね？」

「口数の多い子じゃないのよ」

百合は改札口の内側、天井から下がった列車の発車、到着時刻の表示を見た。十三時十九分着で、小樽からの区間快速、いしかりライナーがある。その次が快速エアポート。新千歳空港からの列車で、十三時二十二分着だ。

大樹が乗車駅を言っていなかった以上、どちらの列車の可能性もあった。

さらにその次が手稲発のいしかりライナー。これは十三時二十七分着だ。その次は小樽発の快速エアポート。十三時三十二分着。麻里奈がすぐに来てと言っていた以上、さすがにこれらの列車ほど遅い到着ではないだろう。

ふいに改札口の内側にひとが増えてきた。列車が到着したようだ。右寄りのプラットホームから、降車客たちが降りてきている。ホームのナンバーで言えば、五、六、七、八のどれかに列車が停まったということだろうか。一階まで降りてきた降車客たちは見事に歩調を乱すことなく、機械仕掛けのように正確なテンポで改札口を抜けてくる。

そのひとの波が少し間延びしたと見えたころに、麻里奈が言った。

「いた」

麻里奈の視線の先を見た。ちょうど改札機に、少年が入ろうとしているところだった。視線は麻里奈に向けられている。百合が予想していたような表情ではなかった。母親のもとに帰ってきたことの安堵《あんど》ではない。喜びでもなかった。かといって叱られるかと不安になっているようでもなかったし、それらの思いがごっちゃになった照れでもなかった。強いて言うならば、うんざりという顔だろうか。面倒なところに帰ることになって、悔しく思っているようでもある。

改札機を抜けながら、大樹が百合に気づいた。さほど驚きは見せなかった。麻里奈が百合と迎えに行くと、電話で話していたのかもしれない。大樹は百合から視線をそらし、かといって麻里奈を真正面から見るでもなく、麻里奈のほうに近づいてきて、数歩手前で立ち止まった。大樹は、昨日と同じTシャツ姿だった。荷物は持っていない。

麻里奈が逆に前へと歩いて、大樹の両肩に手をかけた。

「心配したのよ。電話に出ないんだから」

大樹が何か言った。声は聞こえない。ごめんとでも言ったのだろうか。

目は百合に向いている。もしかすると、その謝罪の言葉は、百合に向けて発せられた？

百合は、大樹の目を覗《のぞ》きこんだ。大樹の身長は百五十センチ前後か。立って向かい合うと、百六十センチの百合は、少しだけだが大樹を見下ろす格好になる。

百合は言った。

「昨日の万引きのことはあと回し。いま、大事なことで、大樹くんに協力してほしいの。いい？」

大樹が質問した。

「おじさんのこと？」

「そう。梶本っておじさんとずっと一緒だったんでしょ？」

「あのひと、カジモトって言うの？」

「梶本裕一って言うの。自分ではなんて言ってた?」

「なんて呼んだらいいか訊いたら、カジさんでいいって言ってた」

「茶色のバンに乗っているひとよね」

大樹の頰《ほお》がかすかにゆるんだ。

「すごいキャンピング・カー」

改札機を抜けてきた数人の男女のグループが、迷惑げな視線を百合たちに向けてきた。ここは通路なのだ。ここでこんなやりとりを続けるのは無理だ。

「あそこに警察の詰め所がある。あっちで少し話を聞かせてくれる?」

麻里奈が言った。

「警察署に行くんじゃないの?」

「その前に、大至急大樹くんから聞きたいことがあるの」

「万引きのことは?」

「あとで。それより重大なことが起こっているの」

「じゃ、あたしはいないほうがいいんでしょ」麻里奈は大樹に顔を向け直した。「この婦警さんの言うこと、よく聞いてね。あとで迎えに行くから」

麻里奈はトートバッグを肩にかけ直した。

百合は驚いて訊いた。

「どうする気なの?」

「先に用事をすませる。二時間後でいい?」

言い終わらないうちに、麻里奈はコンコースを南の出口へと向かって歩き出した。

すぐに大樹の右腕をつかんだ。昨日の二の舞は踏めない。いま事態は予想もできなかったほどに深刻になっており、大樹は解決のための最重要のキーマンなのだ。

麻里奈は次第に足早となり、やがて完全に駆けるようにしてコンコースのひと込みの向こうに消えていった。大樹は、おとなしくしている。麻里奈を追おうとはしなかった。

大樹と視線が合った。

「びっくりした」と百合は思わずもらした。「きみを置いていくなんて」

「いいんです」と応《こた》えた大樹の声は、奇妙なまでに落ち着いていた。置き去りにされたことはこれが初めてでもない、とでも言っているかのように。

「一緒に来て。カジさんのことを教えてちょうだい」

手を引かれて歩き出しながら、大樹が訊いた。

「カジさんを、どうするんですか?」

「カジさんが何をしたか、しようとしているか、それ次第なの」

ひとの流れを突っ切って、北口寄りにある鉄道警察隊の詰め所に入った。ガラス戸の内側、目の前にカウンターがある。中には、デスクが十脚ばかり。四人の制服警官の姿があった。もっとも年長と見える警官が、カウンターの内側に立った。巡査部長だ。

百合は身分証を見せてから、早口で言った。

「大通署生活安全課の小島です。昼間の盤渓の件の関係で、奥を貸してもらえませんか」

その巡査部長が、露骨に迷惑そうな顔をした。

百合はたたみかけた。

「本部でも、刑事課でも問い合わせてください。盤渓の件、でわかります。聞いていません?」

巡査部長は目をみひらいた。

「あの爆発の?」

ほかの三人の警官が、みな百合に目を向けた。

「そうです。この男の子が、何かしらの事情を知っているんです。時間との勝負なんです」

「わかった」

その巡査部長は、冬沢《ふゆさわ》と名乗った。冬沢は、奥を顎で示した。壁際に、相談を受けるときのものだろうか、小さなテーブルがある。椅子は向かい合って二脚。

百合はその冬沢に小声で言った。

「梶本裕一という男が指名手配になったはずです。コピー、出してもらえないでしょうか?」

冬沢はうなずいて、デスクのひとつに歩いていった。

百合は示された椅子のひとつに大樹を腰掛けさせると、自分は向かい側に着いた。

百合は、大樹をまっすぐ正面から見つめた。彼は母親が言うとおり、口数は少ない。でも、昨日のやりとりを思い出してみても、ペラペラと大きな嘘《うそ》を何の葛藤《かっとう》もなしにつけるタイプの子供ではない。彼の短い言葉は、真実なのだ。真実を伝えてきた。

百合は、言葉を選んで言った。

「カジさんは、とても危ないことをしようとしている」

梶本裕一を非難する口調になってはいけなかった。彼の身を案じる、という姿勢で、大樹と話さなければならない。梶本を爆殺犯にしたくはない、という自分の気持ちに偽りはなかった。その男は、家出した小学生と数日間一緒に過ごしながら、いまのところその小学生を傷つけたりしてはいない。もしかすると万引きは梶本がそそのかしたことかもしれないが、最初案じたような深刻な被害を、大樹に与えてはいない。爆弾作りという行為はもちろん犯罪だが、いまのところ梶本はまだひとりの犠牲者も出していなかった。おそらくは何かしらの精神的な不安定さが彼を爆弾作りに走らせているのだ。でも、いまならまだ十分に罪を償える。

だから取り調べの技術としてではなく、梶本を救うという一点で、彼を本気で救おうとする思いを、大樹に理解してもらわねばならなかった。

大樹は黙って百合を見つめ返してきたが、自分たちは同志とならねばならなかった。

「止めなければ。カジさんのこと、好きでしょう?」

少し間を置いてから、少年はうなずいた。すぐに視線をそらしてうつむいた。

「カジさんが、爆弾を作ったのは知ってる?」

また少しの間の後に、首が縦に振れた。

「もしかして、カジさんは、もうひとつ爆弾を作らなかった?」

首は動かない。しかし、否定していない。

「お願い。話してくれる? カジさんが何をしようとしているか。爆弾を、どこで使おうとしているか。カジさんの爆弾で、多くのひとが死ぬかもしれない。カジさんは、そうしようとしているの? 爆弾でひとを死なせようとしているの?」

失敗した、と百合は意識した。質問を焦りすぎた。というか、自分の焦りをそのまま口にしてしまった。ひとつ質問して大樹の反応を見ないうちに、次の質問を繰り出してしまった。

大樹の心を少しでも溶かし、開く手はあるだろうか。

黙ったままの大樹が、ちらりと視線を横に向けたのがわかった。その視線の先で、警官がひとり、カップラーメンをすすっている。

「お腹、空いてる?」と百合は訊いた。

大樹が、カップラーメンに視線を向けたまま答えた。

「母さん、好きじゃない」

百合は、その言葉に面食らった。それが答? だとしたら、どの質問についての?

梶本は何をしようとしているのか、梶本がひとを殺傷しようとしているのか、という問いへの答が
それ? それとも、お腹は空いていないかと訊いたことへの答が、母親への憎しみの吐露《とろ》?

百合は素早く推理した。たぶん大樹は、百合の質問を立て続けに聞いて、いくつかのことを連想した。その連想は互いに照射しあい、反響して、大樹の頭にひとつの観念をともしたのだ。彼はそれを口にした。連続した質問への、もっともふさわしい答として。

自分は母親が好きではない。

そこに含まれた意味は、おそらくこうだ。自分は梶本が爆弾を破裂させようとしていることを知っている。梶本はその結果ひとが死んでもいいと考えており、自分もその計画に共感している。なぜならば自分にも、死んでほしいと願うくらいに憎んでいるひとがいるから。梶本が誰かを殺してやりたいと爆弾を作る気持ちがわかるから。

カップラーメンをすすっていた警官が、大樹に陽気な調子で訊いた。

「坊主、カップラーメン食うか? もひとつあるぞ」

大樹が戸惑いを見せた。

「遠慮しなくていいのよ。もらって」

大樹はその警官を振り返ってうなずいた。

「うん」

「待ってろ。お湯をわかす」

警官が立ち上がった。

大樹がまた百合に顔を向けてきた。かすかに頬の強張《こわば》りが消えている。

百合は訊いた。

「カジさんとは、どこで別れたの？」

大樹が答えた。

「琴似駅」

警官がロッカーの前から大樹に訊いた。

「塩味でいいな？」

大樹がもういちど振り返って答えた。

「はい」

最初に接してくれた冬沢が、ファクス用紙を持ってきてくれた。

手配写真だ。冬沢は写真の部分だけを切り抜いていた。余計な情報はその紙にはプリントされていない。

百合は、その髪を伸ばした三十代の男のファクス画像を大樹に見せた。

「カジさんって、このひと？」

大樹がうなずいた。

水野大樹少年と、佐伯たちが追っている硝安窃盗犯が結びついた。状況証拠としては、雷管窃盗犯、盤渓山中爆弾犯とも。

百合は、スマートフォンを持って立ち上がった。

前方に函館本線の高架が見えてきた。

佐伯たちの車はその手前、桑園発寒《そうえんはっさむ》通りで左折し、大きなショッピング・センターの手前から琴似駅前のロータリーに入った。左手に客待ちのタクシーが七、八台並んでいる。

佐伯は、茶色のバンがないか、周囲を探した。見当たらなかった。大樹を解放したのはここではなかったか、それともすでに梶本はこの場を立ち去っているかだ。

その脇を抜けて、駅ビルの正面に車を横付けした。客待ちのタクシーの列のさらに前方だ。佐伯は車を降りると、列の先頭のタクシーのドライバーに、身分証を見せて訊いた。

「男の子を降ろしたバンを見ていないかな。茶色のバン」車種もつけ加えた。

「いや、気がつかなかった」

「ここでどのくらい客待ちしています?」

「もう十分にもなるよ」

佐伯の携帯電話が震えた。小島百合からだった。

佐伯はドライバーから離れ、歩道に上がって携帯電話を耳に当てた。

「水野大樹を保護」と百合が言った。「十九分札幌着の区間快速。男は梶本裕一で間違いなかった。梶本と別れたのは琴似。まだほとんど何もしゃべっていない」

佐伯は言った。

「いま琴似駅前のロータリーにいる。この十分間、大樹もバンも目撃されていない」

「琴似からは、区間快速なら桑園駅経由で五分ぐらい？　わたしが母親から電話をもらったのは、一時十分。たぶんその何分か前に、大樹は梶本と別れている」

時計を見た。

午後一時二十五分だ。梶本が大樹を車から降ろしたのは、あのドライバーがまだこのロータリーに着く前なのだろう。

「大樹の言葉、全部教えてくれ」

「まだこれから」

通話を切ると、新宮が見つめてくる。

佐伯は答えた。

「札幌駅で、水野大樹保護。この琴似駅で梶本と別れたようだ」

新宮が悔しそうに言った。

「一瞬遅れたんですか」

佐伯の前に紺のジャケットを着た初老の男が立った。彼もドライバーのように見える。

彼が訊いた。

「茶色のバンって言ったかい？」

「見ています？」

「子供は見なかったけど、このロータリーのタクシー乗り場の前に停まっていて、クラクション鳴らされて出ていった」

「どのあたりです？」

ドライバーは、タクシーの列の五メートルばかり先を指差した。送迎の車は停まれても、駐車はできないスペースだ。

「ドライバーを見ました？」

「男ひとり。よくは見てない」

「それは何分ごろ？」

「十二、三分前かな。おれが列の一番後ろについたときだから」

そのとき、このロータリーから外の道路に出ていったのだろう。

高架の上のほうから、列車の走る音が聞こえてきた。停止しようとしているようだ。

「時刻表、もらってきます」と言って、新宮が駅舎に駆けていった。このビルは二階に改札口と切符売り場がある。そこからプラットホームには、階段かエスカレーターを使って上がるのだった。一階にはたしか、北口に通じる通路もあった。

佐伯は駅舎を背にして、ロータリー一帯に目を向けた。左手には駐輪場、ロータリーの左手側には大きなパチンコ店がある。駐輪場と背中合わせにパチンコ店の屋外駐車場があるが、そこにはバンはない。ロータリー中央は芝生となっており、その向こう側に車が一時停止できるスペース。ロータリー正面が巨大ショッピング・センターの建物で、右手にタワーマンションが建っていた。

梶本がこの琴似駅で少年を降ろした理由はなんだ？　何か意味があるはずだった。地下鉄駅でもなく、隣りの駅でもなかった理由が。

高架の上の鉄路を、列車が発進していく音が聞こえた。

新宮が戻ってきた。小さく折り畳まれた時刻表を手にしている。地元の商店街が作っているもののようだ。

新宮がその時刻表を広げて言った。

「ここを十四分に出て札幌方面に向かう区間快速があります。小学生が乗ったのはその列車でしょう」

「ここで解放した理由を考えている。このあたりに目標があるんだろうか？」

「北側には、道警琴似庁舎があります。機動捜査隊の本部も」

「梶本が道警や機動捜査隊を恨んだり、爆破のターゲットにする理由がない。もし梶本が警察嫌いだとしたら、本部庁舎を狙うだろう」

「国家公務員合同宿舎もありますね。道警本部琴似庁舎の北側だ」

「この周辺、回ってみよう」

佐伯たちは、捜査車両に戻った。

助手席に身を入れたところで、佐伯は伊藤に電話しようとした。つながらなかった。会議中なのかもしれない。


小島百合は、ソフトドリンクをごくごくと勢いよく飲む大樹を見つめた。カップラーメンもおそろしい勢いで食べたが、喉《のど》もそうとうに渇いていたようだ。

大樹に訊いた。

「カジさんは、きちんと食べさせてくれなかったの？」

ペットボトルを口に当てたまま大樹は首を振り、すっかり中身を飲んでしまってから言った。

「お昼は食べなかった。毎日、キャンプした」

やっとなんとか会話が成立してきた。

「それはよかった。場所はどこ？」

「わからない。山の中のほう」

「どんなものを食べたの？」

「カップラーメンや、やきそばを作ってもらった」

「キャンピング・カーの中で？」

「料理は外で」

「カジさんは、爆弾はどこで作ったの？」

大樹は横を向いて黙りこんだ。自分がいましゃべり過ぎたと思ったのかもしれない。

百合は言った。

「カジさんとは、どこで会ったの？　最初はカジさんが声をかけてきた？」

大樹が答えた。

「苗穂の跨線橋《こせんきょう》」

「ああ。車両基地にかかってる歩道橋ね」

「カジさんは、ＪＲ北海道で働いていたんだ」

「知っている。函館の保線所にいたのよ」

「すごく鉄道のことに詳しい」

「大樹くんも、跨線橋にいたの？」

「ぼくも跨線橋で列車を見るのが好きだから、夏休みの最初の日だった」

「それから一緒にキャンプしたりしたのね」

「手宮の鉄道博物館にも行った」

「何か工作みたいなこともした?」

返答なし。

「きょう、大樹くんと別れた理由は何? 大樹くんが帰ると言ったの?」

「いや」

「カジさんが言った?」

「もう帰りなさいって。かあ」大樹が言い直した。「みんなが心配するからって」

「カジさんは、大樹くんと別れて何をするつもりなの?」

また答はない。大樹は知っているが、それを口にしてはならないとも理解している。言わば黙秘権の行使、というところだ。

「別れたあと、カジさんはどこに行くと言っていた?」

「何も」

「全然?」

また沈黙。

百合は話題を変えた。

「きょう、爆弾実験だったでしょう」

かすかに大樹がうなずいた。一緒に現場にいたのだ。

「もうひとつかふたつ、あるんだよね」

大樹は、ペットボトルに目をやった。さっき五百ミリリットルも飲んだのだから、いま脱水症状の心配はない。もう少し答えてもらう。

「カジさんは、どこで使うと言っていた？　誰に、と言っていたかな？」

大樹がまばたきしている。何か答えようとしたのかもしれない。

言葉が出るのを待っていると、大樹が訊いた。

「ずっとここなの？」

「どうして？」

「警察署に行くのかと思ったから」

「もう少し話を聞きたいの。ここじゃ話しにくい？」

「いや」大樹は言った。「札幌駅に着いたら、早く家に帰れって言われたから」

「家に帰る？　大樹くんは警察署に行きたいのかと思った」

「警察署でもいい」

「きょうは札幌駅にアイドルが来るのよ。ここが面白くなる」

大樹が壁の時計に目をやった。つられて百合も自分の腕時計を見た。午後一時三十一分になっていた。アイドルの到着まで、あと一時間十分。

「アイドルなんて嫌い？」

「好きじゃない」

「かわいい女の子でも」

「興味ない」

大樹がまた時計に目をやった。

百合の頭の中で、もやのように漂っていたものがふいに凝縮して像を結んだ。

百合は、いましがたカップラーメンを大樹にくれた警官に言った。

「ちょっと席をはずします。この子を見ていてくれますか？」

「いいよ」と警官は言って、自分の椅子を大樹のほうに回転させた。

百合は立ち上がった。


それは、八二号線から東へ、山の中へと折れた道の途中だった。

八二号線の左右には農家もあり、建築関係の事業所の土場や資材置き場などもあったが、この道に折れてしまうとそういった家や施設はまったくなくなる。傾斜のきつい山林の中の道だから、家など建てようもない。

一応舗装はされているが、自動車がすれ違うときは、お互いに徐行が必要になる。この山道を道なりに進めば、札幌市街地の西のはずれ、円山という山の周辺に拓《ひら》けた住宅地に出る。

津久井は、左手に目をこらし続けて、この場で相棒の滝本に車を停めるよう言ったのだった。道の両脇に繁茂する下草が、そこだけまばらになっている部分を見つけたのだ。林道の入り口とも見えないことはない。

舗装からはずれた路側《ろそくたい》帯部分、柔らかそうな黒い土の上にまだ新しいタイヤ痕《こん》があった。

津久井は滝本に拳銃《けんじゅう》を抜くように指示し、自分も両手に構えてそっとその脇道へと足を踏み出した。踏みつけられた枯れ草が音を立てた。想像以上にそれは大きく響いた。立ち止まってひと呼吸するあいだ、耳を澄ました。

何も聞こえない。この奥に、いまの足音に反応した生き物はいない。

道の左手を数歩進んで、その先に小さな空き地が開けているとわかった。樹木が生えていない平坦地だ。多少なりともひとの手が入ったスペースだとわかる。車を四台か五台、停めておけるほどの広さだ。

奥のほうの木立の中に、ブルーシートが見える。その手前には、段ボール箱やら、白い梱包材《こんぽうざい》やらが散らばっている。空き地の右手の地面には、車の轍《わだち》がはっきりとついている。近所のひとが、山菜取りのベースにでもしている場所か？　それとも昔は炭焼き小屋でもあった空間だろうか。

津久井はそこまでを見てとってから、その場にしゃがみこんだ。右側で、滝本も同じようにしゃがんだ。

津久井は地面に目をこらした。

「念のためだ」と津久井は滝本に言った。「トラップが仕掛けられているかもしれない。ワイヤーとか、地面に突き出た人工物に気をつけろ」

滝本が正面を凝視して言った。

「真ん中は、大丈夫に見えます」

「妙な物があっても、拾うなよ」

津久井は立ち上がり、また慎重にその空き地を奥へと進んだ。

空き地の真ん中まで進んで、ブルーシートの向こう側に、白い紙の散らばっているのがわかった。

「トイレだ」と津久井は言った。

滝本が、右手方向の茂みを指差して言った。

「ガスボンベが捨ててあります。レジ袋も。ここは調理場だ」

津久井はトイレのほうへと進んで、一枚のビニール製の袋を見つけた。中国語が記されている。

読める字があった。

硝安
津久井は拳銃をホルスターに収め、携帯電話を取り出した。最初のコール音が終わらぬうちに、長正寺が出た。

「どうだ?」

津久井は、ビニールの袋を見つめながら報告した。

「爆弾犯の隠れ家を見つけました。盤渓から円山西町に抜ける道です。八二号から折れて五百メートルくらい。道からはずれた空き地で、硝安の空のビニール袋が一枚あります。車はありません」

通話を切ると、ふいに暑さが意識された。三十度ぐらいにはなっているのだろうか。それ以上か。虫が顔のまわりを飛んでいる。

津久井は左手でハンカチを取り出し、顔と首に噴き出してきた汗をぬぐった。


佐伯たちの車は、徐行気味にその道路を進んだ。

このあたり、函館本線と並行して走る道路は、札幌市道の鉄工団地通りと名がついている。琴似駅あたりから函館本線に沿って、いくつもの鉄工場、鋼材の加工場が並んでいるからだ。

佐伯たちはロータリーを出ると、いったん函館本線と直角に交わる琴似栄町通りに出て、函館本線の高架をくぐった。それから左手に折れて、この琴似駅舎の北側道路を西進しているのだった。

琴似駅の北側が、いわば駅裏だった。商店街はなく、タワーマンションがひと棟あるほかは、低層の集合住宅が広がっている。タワーマンションと駅舎とは、道路をまたぐ屋根のついた歩道橋でつながっている。

タワーマンションの脇には、古いレンガ造りの建物がある。かつては缶詰工場だったという建物だ。南側と較《くら》べてひと気は少なく、静かだった。鉄工団地通りの交通量も、その名から想像されるほどには多くはなかった。左手、函館本線に沿った路側帯には、一台の駐停車もない。駅舎の中ほどには、南口のロータリー側へと通じる通路がある。通路を進めば、駅入り口に入ることができる。

新宮がふいにアクセル・ペダルから足を離した。

「あのバン」

新宮は道路の右手を見ていたのだ。車が完全に停まった。佐伯も、新宮の視線の先を見た。右手に折れる細い通りの角、赤レンガの建物の脇に、茶色いバンが停まっている。道路上ではなく、歩道上だった。ナンバーまではよく見えなかった。運転者が乗っているかどうかもわからない。

佐伯は言った。

「ここで降りる。気をつけて接近しろ」

「はい」

「身柄確保を焦るな。爆弾があるかもしれないんだ」

新宮がエンジンを切らずに運転席から降り立った。佐伯も降りて車の前を渡り、鉄工団地通りを横切った。ナンバーが読めるようになった。函館ナンバーの車だ。数字を読んだ。梶本のバンでまちがいはなかった。エンジンは切られている。

新宮が、赤レンガの建物の向かい側の歩道へと歩いた。

佐伯は赤レンガの建物の入り口まで歩いてから、バンの助手席に接近した。中にひとは乗っていなかった。前部席ごしに、新宮の姿が見えた。佐伯は手で合図し、新宮に運転席側へ寄るよう指示した。新宮が慎重な足どりでバンに近づいてくる。

佐伯は助手席側の窓から中を覗いた。運転席にも、もちろんその足元にも誰もいない。後部席は前部席とのあいだにパネル状のものが取り付けられており、よく見えなかった。内部の左右に棚が設置され、中央部分はフラットになっているようだ。つまりそこで足を伸ばして眠れるようにだ。

誰も乗っていない、と見ていいか。

佐伯はあたりに目を向けた。梶本が小学生を解放したのは、つい二十分ほど前なのだ。ロータリーでバンが目撃されているのだから、それが琴似駅南口での出来事であったのは確実だ。そのあと、バンはロータリーを出た。そうしていまここに停まっているのが発見されている。梶本はいない。

梶本はどこに行った？　子供を解放したのだから、梶本がいよいよ決行しようとしているのだとは想像がつく。爆弾を爆発させるという重大な犯行の前に、梶本は無関係な少年を自分から遠ざけた。怪我をさせないためか。あるいは、犯行の共犯者にはしないために。いや、彼はもっと功利的だと考えることもできる。つまり自分の犯行の証人としないために、少年をJRに乗せたのだと。

その犯行が迫っているとして、目標はなんだろう？　この琴似駅のそばに、梶本が爆破したいと激しく願うようなものは、警察施設のほかに何がある？　タワーマンションに誰か住んでいるか？　JR北海道の幹部あたりが。

新宮が運転席のすぐ外まで来たので、佐伯は言った。

「罠《わな》かもしれない。一切触るな」

「はい」と新宮が答えて、佐伯同様に中を覗きこんだ。「キーはありませんね」

佐伯は伊藤に電話した。こんどは一回目のコールでつながった。

「梶本のバンを発見しました。琴似駅北側。タワーマンション下の赤レンガの建物の前です」

「本人は？」と伊藤。

「見当たりません」さっき伝えられなかったことをつけ加えた。「一緒だったと思える少年は、札幌駅で少年係に保護されました。琴似駅で男と別れ、JRに乗って札幌駅に着いたそうです」

「子供と琴似駅で別れてる？　梶本の狙いは、何だ？」

「わかりません。ここで車を捨てているんですから、対象はごく近いのかもしれません」

爆弾の重さはわからないが、外殻の頑丈な容器を使うだろうから、それなりの重量にはなるはずだ。手にさげて、あるいは背負うにせよ、そんなに遠くには行けない。

「道警琴似庁舎がある。国家公務員住宅も」

「機動捜査隊本部も」

「車には触るな。機動捜査隊にまかせる」

「はい」

「いったん切る。機動捜査隊の到着まで、車にひとを近づけるなよ」

「引き継いだ後、桑園駅に行こうと思います」

桑園駅は、この琴似駅と札幌駅のあいだにあって、各停だけが停まる。卸売市場の最寄り駅であり、札幌競馬場も近い。

「何か理由でも？」と伊藤が訊いた。

「梶本が車からJRに乗り換えたのだとしても、理由がわかりません。もしや狙いは線路の上、というか函館本線の上にあるのかとも思って、念のために」

通話を切ってから新宮に指示した。

「車をここに回せ」

新宮が車まで駆けていった。

携帯電話が震えたので、佐伯は表示を見た。小島百合からだった。

「いまいい？」

さっきよりもずっと不安気に聞こえる声だ。

「ああ。何だ？」

「目標がわかったような気がするの。大樹が話したわけじゃないけど」

「どこだ？」

「札幌駅」

「どうしてそう思う？」

「大樹の振る舞い。なんとなく落ち着かない。札幌駅から離れたがっている様子もある。梶本には、別れるとき、早く家に帰れと言われたらしい。これって、札幌駅にはいるな、って意味じゃない？」

「札幌駅ったって広い。何が目標なんだ？　ＪＲ北海道の社長か？」

「アイドルの乗った特急が、あと一時間ぐらいで着く。昨日話に出たでしょ」

「その列車を狙うと？」

「札幌駅での」百合が早口となった。「大樹はそういうイベントには興味がない。どうでもいいと思っている。特急列車とアイドルの組み合わせなのよ。なのに、むしろ嫌悪か侮蔑《ぶべつ》を感じているみたい」

「小学六年なら、そういうませた子はいるさ」

「大樹は、大の鉄道好きよ。妙だわ。もっと言えば、梶本の憎悪に共感している。梶本がアイドル・イベントで爆弾を使うことを、悪いことだと思っていない。梶本も、大樹がべらべらと梶本のことを話すとは疑わないから、解放した」

「誘拐だったと決まったわけじゃないが」

「未成年者を連れ回してる。略取《りゃくしゅ》誘拐ではないけれども」

「いまのそういうこと、大樹がほのめかしたのか？」

「違う。ただ、やりとりと様子から想像しただけ。梶本は、あと一時間ぐらいでアイドルを乗せて札幌駅に着く列車を狙っている。直感でしかないけど、梶本の狙いはそうだと思う」百合が、やっと我に返った口調となった。「佐伯さんは、いまどこ？」

「琴似駅だ。梶本のバンを見つけた」

「見つけた！　琴似駅で？」

「琴似駅の北口側だ。南に抜ける通路のすぐそばだ」

「あ」と百合がもらした。「やっぱりそうだわ。いま、確信した」

「バンはここにあるんだぞ。札幌駅に向かっていない」

「爆弾を持ってJRに乗るため、琴似で乗り捨てたんじゃない？」

「札幌駅に向かうつもりなら、どうして小学生とここで別れたんだ？　一緒でいい」

「まず大樹を遠ざけるため。早く安全な場所にやるためよ。早く家に帰れと指示している」

「地下鉄駅で降ろしてもよかったのに」

百合とのやりとりは、可能性の検討、吟味というものになってきた。百合の読みを否定しているのではない。彼女の読みの根拠を知り、読みの弱点も確認したかった。

百合も、おそらくはそのつもりで答えている。

「梶本にその余裕はある？」と百合が訊いた。「硝安と雷管の窃盗に、爆破実験。もう手配されていると、たぶんわかっている。札幌市内をあちこち動き回る暇はない」

「札幌駅に仕掛けるつもりなら、列車以外でも接近する方法はいくらでもある。ここで車を盗んでもいい」

「もし計画が漏れたら、外から札幌駅に近づくのは難しくなるわ」

「だとしても、梶本はどうしてJRを使うと思うんだ？」

「狙いがアイドル列車だから。あるいは、アイドル列車が入るホームだから。いま札幌駅は入場規制が始まっている。外から爆弾を持ってホームに上がるのは無理だわ」

「アイドル列車は、スーパー北斗と言ったか？　到着時刻は？」

「スーパー北斗9号。たしか十四時四十一分。ちょっと待ってね。列車を確かめる」

ひと込みの中だろうかというノイズが聞こえてきた。札幌駅のコンコースにでもいるのだろうか。

「北斗の到着は十四時四十一分。一分前に、小樽発の快速エアポートが到着した。梶本は、大樹を先にいしかりライナーに乗せて、自分はそれから快速エアポートに乗ったのかしら」

佐伯は驚いて言った。

「ということは、梶本は、いま札幌駅のホームにいる！」

百合も、反応した。

「鉄道警察隊に、応援を頼むわ」

サイレンの音が近づいてきた。警察車が数台、急接近しているようだ。

新宮が車を回して、バンに近い位置に停めていた。彼は佐伯のいまのやりとりを途中から聞いていたようだ。

佐伯は新宮に言った。

「小島は、梶本がいま札幌駅に着いたと読んでる」

新宮が言った。

「琴似を二十七分発の快速エアポートですね」

機動捜査隊の覆面パトカーが、佐伯たちの脇で急停車した。ふたりの私服警察官が飛び下りてくる。ひとりは、腰のホルスターに手を当てていた。津久井のチームではなかった。

佐伯は身分証をかざして機動捜査隊員たちに言った。

「大通署刑事三課、佐伯だ」

続いて、白いワゴン車が梶本のバンの後をふさぐように停まった。助手席から降りてきたのは、機動捜査隊班長の長正寺武史だった。

佐伯は長正寺が目の前に来るのを待って言った。

「梶本はいません。札幌駅に向かった可能性がある。爆弾を持って」

長正寺が、バンに注意を向けながら言った。

「根拠は?」

小島百合の直感です、とは言えなかった。自分が彼女の読みに同意しているにしてもだ。佐伯は答えた。

「一緒にいた小学生が、いま札幌駅で保護されたんです。ここ琴似駅でJRに乗った」

そこにもう一台の警察車。ふたりの私服警官が、転がり出るように降りてきた。

長正寺は四人の部下たちを見渡してから言った。

「バンには触るな。爆発物処理班が来る。一課もここに向かう。それまで、この周辺の一階の商店、事務所を当たれ。田島《たじま》、皆川《みながわ》、駅を探せ。大石《おおいし》、西館《にしだて》、このレンガの建物、タワーマンション管理室」

四人の男たちが二手に分かれて、その場からさっと散っていった。佐伯の読みを、長正寺はそのまま信じてはいないようだ。

佐伯は訊いた。

「札幌駅はどうするんです？」

長正寺が、無視するとでも思うか、と怒ったような顔になった。

「ほかの組は、札幌駅に集中する」

長正寺は大股《おおまた》に自分が乗ってきたワゴン車、機動捜査隊の指令車へと戻っていった。

佐伯は伊藤に電話した。

「いま機動捜査隊到着。わたしたちは、鉄工団地通りから札幌駅に向かいます。梶本は列車で札幌駅に向かったようです」

根拠は？とは、伊藤は訊いてこなかった。

「応援をやる」

佐伯は通話を切ると、自分たちの捜査車両に歩いた。

鉄道警察隊の詰め所に戻ると、小島百合は冬沢に駆け寄って頼んだ。

「梶本が、いま札幌駅に降りたかもしれない。改札口を封鎖して。応援を呼んで！」

奥のテーブルで、大樹が顔を上げて百合を見た。冷やかな目だった。

冬沢が訊いた。

「確実な情報？」

「琴似駅でＪＲに乗ったようなんです。車が見つかった」

大樹が一瞬、意外そうな顔になったのを百合は見逃さなかった。梶本のその行動は予想外？　事前に聞いていなかった？

百合は続けた。

「乗ったとすれば、三十二分着の快速エアポート。もう遅いかもしれないけど、まだホームにいるかもしれない。爆弾を持っているかも」

冬沢が鉄道警察隊の隊員たちに指示した。

「手配の梶本が、札幌駅に着いた。ふたりずつで改札口を押さえろ。田村《たむら》と大橋《おおはし》は、五番ホーム。爆弾を持っていたら、無理するな。釘《くぎ》づけにするだけでいい。行け！」

五人が片手に手配写真を持って飛び出していった。次いで、大樹にカップラーメンをくれた若い警官もだ。

冬沢が警察電話をかけている。

「手配の梶本裕一が少し前に札幌駅に到着したという情報があります。応援をお願いします」

自分は、と百合は確認した。この詰め所に残る。大樹をひとりで残しておけない。彼はまた消える。逃走する。それに、まだまだ聞かねばならぬことがたくさんあるのだ。

小樽始発の快速エアポートが札幌駅に到着してから、すでに二分経《た》った。そのあいだに、梶本はもう改札口を通り過ぎてしまっていないだろうか。

いや、と思い直した。百合の推測どおり、梶本の狙いが十四時四十一分着のアイドルの乗る特急だとするなら、ホームのどこかに爆弾を仕掛ける時間が必要だ。場所を探すだけでも、二分や三分はかかる。それとも、ポンと忘れ物のようにホームに置いて行くだろうか。不審な荷物、と思わせることができたなら、警官もうっかり持ち上げてどこかに移動することはできないのだ。爆発物処理班に処理を任せることになる。処理班の到着と、爆弾であるかどうかの確認、そして移動の準備だけでも、十五分や二十分はかかるだろう。梶本は、それを狙っているかもしれない。

とはいえ、処理と移動に三十分かかるとみても、それでも十四時ちょうどぐらいだ。アイドルの乗った特急の到着には、まだまだ時間がある。特急爆破が狙《ねら》いだとしたら、それは未遂に終わる。梶本は、そこまでは厳密には計算していないか？　あるいは、爆破の時刻は特急到着のずっと前か。ただ札幌駅を大混乱に陥れようとするだけなら、特急の到着時刻ぴったりに爆発しなくてもかまわないのだ。それはいつでもいい。いまこの瞬間でも、三分後でも。

場所はどうだろう？　大樹の様子から、梶本が狙っているのは、大樹にも興味のないアイドル列車かと想像した。しかし、ＪＲ北海道を解雇されて恨んでいることが爆弾使用の動機なのだとしたら、必ずしもそのアイドルが乗った特急を爆破しなくてもいいわけだ。混乱と被害は小さくなるし、話題性という意味でも愉快犯には不足かもしれないが、場所も札幌駅構内もしくは周辺でもいいのだ。

握手会の会場？

それだとＪＲ施設という象徴性は薄れることになるし、むしろアイドルへの爆弾使用という性格が強調されて報道されるだろう。それは梶本の本意か？

百合は、カウンターの後ろで不安げに腕を組んで立っている冬沢に声をかけた。

「冬沢さん」

冬沢が振り向いた。

「落とし物とか、忘れ物として届いたものの中に、爆弾を想像させるものってありませんでした？」

念のための質問だ。消火器とか圧力鍋のサイズのもの、とつけ加えた。圧力鍋というのは、あのボストン・マラソンでの爆発事件のことを思い出したからだ。もっと容器の候補はあるだろうが、いまは思いつかなかった。

冬沢は、首を振った。子供の靴の片方が届いただけだという。

百合は、高価そうなカメラを首から提げた青年たちのことを思い出した。彼らは一様に、大きなカメラバッグを肩にかけるか、リュックを背負っていた。梶本は、そういったアイドル・ファンとか列車撮影好きを装って、構内のひと込みの中に紛れているということはないか？

カメラバッグを持った男を総チェック、と思ってから、それだけではまったく不十分だと気づいた。キャリーバッグやスーツケースを持った旅行客はどうなる？　ホーム上でいちいちキャリーバッグやスーツケースを開けさせるのか？　そのためにはいったい何人の警察官が必要になる？

百合は水野大樹の向かい側の椅子にあらためて腰かけると、彼の目をみつめて訊いた。

「お願い、教えて。カジさんは、何を爆破しようとしているの？」

切迫した響きの問いとなった。詰《なじ》る調子もまじったかもしれない。

大樹は顔をそむけた。その顔から感情が消えた。

走る車の中で、佐伯は伊藤に確認した。

「この件でまだ捜査本部は設置されていないのですか」

まだ、とのことだった。梶本は公安の監視対象にはなっておらず、テロに走る危険性は薄い、と本部捜査一課長からは説明があったという。午前中の盤渓での爆発と梶本が雷管を盗んだことの関連は濃厚だが、いまだ盤渓の現場からはそれが梶本の作った爆弾だという証拠は見つかっていない。硝安盗難から三十六時間経っていないことも、梶本が爆弾製造に成功したと断定するには無理があるとのことだ。盤渓の爆発は、物好きが遊びで作った爆発物の実験という見方もできるのだという。また、札幌市内のどこからも、爆破予告があったという通報はないとのことだ。つまり、きょう爆弾が使われるという切迫性を示す情報はないのだ。捜査本部設置は時期尚早、まずは明日の朝までは、いまの陣容で捜査と梶本の追跡に当たっていいとのことだ。すでに機動捜査隊が梶本のバンを押さえたし、梶本の身柄確保も時間の問題だろうという。

梶本のバンを発見したのは自分たちだ、という思いはあったが、伊藤にはそれを指摘しなかった。いまは、まだやることが終わっていないのだ。

いま佐伯たちの車は、鉄工団地通りを市街地方向に向けて走っている。ちょうど左手に札幌競馬場がある。道路はこの先で南に折れ、函館本線の高架をくぐって、札幌市街地の西側に出る。北五条通りに出たところで左折すると、一キロ少々で札幌駅前に着くのだ。桑園駅を調べる意味はなくなっている。

腕時計を見た。

午後一時五十分になったところだった。

札幌駅はどうなっているだろう？　伊藤も札幌駅の状況については何も語っていなかった。小島百合からも連絡がないということは、梶本の身柄確保はまだか。琴似駅からＪＲで札幌駅に向かったという読みは、完全に筋違いだった？　彼はまだ琴似駅周辺にいるということか？

バンを捨てて車を盗んだ、という線をもっと吟味すべきだったかもしれない。

苦々しい思いで顔をしかめたとき、百合から電話が入った。

「梶本が見つからない。鉄道警察隊が、改札口両方で張ったのだけど。プラットホームにもいないそう。大通署刑事課も何人か応援には来てくれたんだけど」

「小島はどこなんだ？」

「大樹のそばにいる。鉄道警察隊の詰め所」

「快速エアポートの到着とは時間差があったんだよな」

「到着から二分ぐらいは経っていた。身柄確保はできなかったけど、札幌駅には着いていたのかもしれない。手配直前に改札口を抜けたか」

「琴似で車を盗んだか、という気もしてきているんだ。小学生はその後、梶本の狙いについて何か話していないか？」

「何も。ぴたりと口を閉ざしてしまった。佐伯さんはいまどこ？」

「鉄工団地通り。もうすぐ北五条に出る。札幌駅に向かってる」

「琴似のほうは？」

「バンは機動捜査隊に引き継いだ。一課が着いたら、機動捜査隊も全車札幌駅に向かうはずだ」

「切るわ」

何か事態が動いたのだろうか。梶本の身柄確保ではないようだが、もっと悪い事態になったか？

爆弾が見つかった？

とにかく次の連絡待ちだ。

車は函館本線の下を抜けた。

佐伯は新宮に言った。

「梶本は札幌駅では見つからなかった。間一髪ですり抜けたか、乗らなかったかだ」

新宮が訊いた。

「小島さんは、何から札幌駅だとひらめいたんですか？」

「小学生の様子から、ということだった。早くうちに帰れという梶本の指示も、その根拠だったか」

後ろから、サイレンが聞こえてきた。

新宮がバックミラーに目をやってから言った。

「機動捜査隊の車でしょうね。おれたちも、警告灯つけますか？」

「ああ。あれについていこう」

佐伯はグラブボックスから赤色警告灯を取り出し、電源を入れた。機動捜査隊の覆面パトカーが佐伯たちを追い抜いていった。そこで佐伯はウィンドウを下げ、ルーフにその赤色警告灯を置いた。同時に新宮がサイレンのスイッチを入れて、加速した。


冬沢が詰め所に戻ってきた。

その後ろに、三人の私服警察官がいる。髪を短く刈った中年男は、機動捜査隊の長正寺だ。さらに彼の後には、捜査隊員の津久井卓。もうひとりの私服警察官は、津久井とチームを組んでいる滝本という隊員だったろうか。

津久井は、小島百合と視線が合うと目礼してきた。彼とは昨夜もブラックバードで一緒だった。ライブが終わると、津久井はすぐに帰っていったが。

長正寺がまっすぐに百合たちのほうに向かってくる。

百合は思わず大樹を見た。長正寺はもしかして、直接に大樹から事情聴取を始める気？　まさか。長正寺が機動捜査隊長の流儀で凶悪犯を相手にするように大樹に接すれば、大樹は完全に貝になる。化石になるまで口を開けることはなくなる。

長正寺が大きな声で言った。

「小島。お前の持ってる情報、聞かせてくれないか」

百合は立ち上がった。

「外でいいですか？」

「コンコースで？　爆弾がどうしたこうしたと、あのひと込みの中でやるのか？」

百合は、大樹に気づかれぬように目で合図した。問題はこの小学生の耳なの。

長正寺が察して、あたりを見渡してから言った。

「おれが小声になればいいか」

百合はカウンターの外へと出た。ここなら、大樹のいるテーブルまで四間ばかりある。声をひそめるなら、微妙なことも話せるだろう。

長正寺が大樹に背を向ける格好となり、少しだけ背をかがめた。

「ミスターKが」梶本の意味だろう。「十四時四十一分着のスーパー北斗を爆破すると推理する根拠はなんだ？」

百合は答えた。

「ＫさんはＪＲ北海道を現場のしっぽ切りのかたちで解雇され、再就職も妨害されて、ＪＲ北海道を恨んでいる。ＪＲ北海道の象徴的なものを爆破しようとしている」

佐伯とやりとりしたことを、繰り返すことになる。しかし長正寺には語る必要があった。

「それがそのアイドル特急か？」

「Ｋさんには、おカネも時間の余裕もない。じっくり目標を選んでいることはできない。爆弾は作った。きょう、それを使うなら、その列車を狙う」

「だから、根拠は？」

「きょうやれば、とても話題になるから。Ｋさんにとっては、腹立たしいぐらいのイベントだし」

「根拠になっていない」

「Ｋさんは、一緒にいた小学生を解放した。精密工具を万引きして、Ｋさんに協力していた男の子。早く家に帰るように、つまり札幌駅から離れるように指示している。小学生を札幌駅から離してから、自分は駅のどこか、アイドル列車を爆破できるような場所に爆弾を仕掛けようとした。いや、場所は大雑把かもしれない。その時刻に札幌駅が大混乱になればそれでいい」

「どうして琴似駅から小学生と一緒に来なかった？」

「それ以上小学生を巻き込みたくないから。Ｋさんは、小学生と一緒にいた数日のあいだに、それに配慮するだけの関係になっている」

「いいお友だちになったと？」

含まれている皮肉は無視した。

長正寺が質問を変えた。

「もう札幌駅の外か？」

「わからない。鉄道警察隊が改札口に張りついたのは、三十二分の到着から二分後。出るだけの時間はあった」

長正寺が首にかけたイヤホンマイクに手を伸ばし、イヤホン部分を手で押さえた。指令が入ったようだ。

数秒して、長正寺が言った。

「こっちに回してください」

長正寺はイヤホンから手を離して、百合や冬沢に顔を向けた。

「バンには爆弾はなかった。ただし、硝安は見つかった。処理班はここに向かう」

詰め所のドアが開いた。外に緊張した面持ちの男たちが四人立っている。機動捜査隊の新手が到着したようだ。

長正寺は四人をドアの内側に入れると、背を伸ばし、津久井を含めひとりひとりの顔を見ながら指示した。

「不審物を探せ。改札口の中、とくにプラットホームだ」

冬沢が言った。

「スーパー北斗9号は五番に到着です。もうホーム規制が始まっていますが、かなりの混雑です」

「駅員や警備員に、協力を頼めないか？」

「ひとの整理で手いっぱいでしょう」

長正寺は、隊員たちに指示をし直した。

「プラットホームは、まず五番からだ。置きっぱなしになったバッグとか、ケースの類《たぐい》。所有者が特定できない荷物。それから一階のトイレ、コインロッカー、ファストフードの店の中、待合室、キオスク、掃除道具入れ。処理班がすぐにも到着する。発見したら、ひとを退避させろ。絶対に触るな」

「はい」と、隊員たちが応えた。

「行け」

六人の機動捜査隊員たちが、詰め所を出ていった。

長正寺が、冬沢にもう一度向き直って訊いた。

「この件は、ＪＲ側には伝わっているのですか？」

「重大事件の容疑者が札幌駅に着くようだ、とは伝えてます。爆弾のことは言っていません」

「爆弾が見つかったら、いや、見つからなくても、ひとの避難指示を出してもらわなければ」

冬沢は戸惑った顔になったが、長正寺に言った。

「助役に会います」

冬沢は自分のデスクへと戻っていった。

長正寺はイヤホンマイクを口もとに近づけて、声を出した。

「札幌駅の改札口の内側とプラットホームで不審物のチェックを始めています。ＪＲに、避難指示を出してもらう必要があるかもしれません」

長正寺はそこまで言って唇を結んだ。相手が何か言っているようだ。長正寺よりも階級が上の誰かが相手のようだ。

「ありません」と長正寺。

「いいえ」

同じ言葉がもうひとつ繰り返された。

「いいえ」

また間があった。

「わかりました」

長正寺がイヤホンマイクから手を離したので、百合は訊いた。

「駅長に、要請するんですか?」

「いや」長正寺が首を振った。「情報が不確かだ。その要請を捜査一課長権限ではできないと」

「捜査本部が設置されれば、方面本部長要請ができますが」

「まだ情報はすべて不確かなんだ。盤渓の小さな爆発だけが現実だ」

長正寺は部下たちを追うように、詰め所から出ていった。

百合は振り返って大樹を見た。彼もこちらに目を向けていたようだ。すぐに顔をそむけた。

7

佐伯たちは車を札幌駅南口の駅前交番の裏手に入れて停めた。

そこは駅前広場の一部で、もとより駐車場ではない。しかし、ふだんは覆面の警察車両が三台、いま乗り捨てられたというようにそれぞれ別方向を向いて停まっていた。機動捜査隊の一部もここにすでに到着している。ワゴン型の指令車もあった。長正寺も、とうに佐伯たちより先に札幌駅に到着したのだ。指令車にも覆面パトカーにも、機動捜査隊員たちの姿はなかった。

緑のない舗装された広場は、熱せられたフライパンのような状態だった。きょうはおそらく、この夏の最高気温を記録するだろう。日差しは苛烈《かれつ》だ。佐伯は、綿のジャケットを着ていることがうらめしかった。

広場の左手、さまざまなイベントが開催されるスペースにはステージができており、その前に二百人以上かと見える男女が列を作っている。その列の左右、ステージ寄りに、数百人の男女が集まっていた。ステージ周辺には、警備員の姿が目につく。観衆整理のために、専門業者がここに二十人ぐらいの警備員を配置しているようだ。

ガラスのドームの向こう側、駅ビルの壁面の時計は、いま午後二時を二分ほど回った時刻だった。予定よりも遅れた。北五条通りが、石山通りを越えたあたりから混んでいたせいだ。

佐伯は、車を降りてジャケットのボタンを留めた。ここから東改札口までは、広場を横に突っ切っておよそ百メートルだった。

佐伯は運転席から降りてきた新宮に目で合図して、広場を駆け出した。

土曜日のせいか、それとも真夏の観光ハイシーズンになっているせいか、この時刻でも広場にはひとが多かった。大きなカメラを持った青年たちが目立つのは、そのアイドルのイベントがあるせいかもしれない。もちろんキャリーバッグを曳《ひ》いた観光客、それに近郊からやってきたと思われる青少年たちや家族連れもいる。七月末の、札幌にしてはかなり暑くも感じられる晴れた午後、広場にみるひとの顔はどれも屈託なく朗らかそうに見えた。

でも、と佐伯は、この気温にもかかわらず背中に冷や汗が流れたのを感じた。でも三十分も後には、ここは血まみれの爆破現場となるのか？

東コンコースは、広場以上の混み具合だった。コンコースは駅舎を南北に貫く幅三十メートルほどの通路で、左手に改札口、その向こうにみどりの窓口がある。反対側右手には、商業ビルへの入り口。そして北寄りに、道警鉄道警察隊の詰め所。混んでいるのは、列車の乗降客のためだけではない。商業施設に出入りするひとや、待ち合わせしているひとも多いせいだ。

制服警官がふたり、改札口の外の左右に立って、内側の乗降客に目を向けている。コンコースに設置された案内板の陰など、目立たぬ位置には大通署の刑事課の同僚たちもいた。

もしいま爆発物が発見されたとしても、この群衆を短時間に避難させることは難しい。混乱が起きる。将棋倒しになって、避難それ自体が惨事を引き起こすかもしれなかった。

機動捜査隊はまだ爆発物を発見してはいないのか？　それとも、発見はしたが混乱を引き起こさずに処理しようとしているのか。

ひと込みを縫い、鉄道警察隊の詰め所に入った。カウンターの前に長正寺が立っていた。イヤホンマイクで何か話している。長正寺は佐伯を見ると、遅い、という顔になった。

詰め所の奥に、小島百合がいた。テーブルをあいだに、男の子と向かい合っている。百合が目礼してきた。

長正寺が電話を終えたので、佐伯は訊いた。

「爆弾は?」

長正寺は難しい顔で首を振った。

「改札口の内側には見つからない。範囲を広げる」

「どこまで?」

「東と西のコンコース。通路。西口飲食街」

「商業施設は?」

「あとまわしだ。一階を終えたら、次は地下通路」

佐伯の顔に、無理だという思いが出たのかもしれない。

長正寺が、腹立たしげに言った。

「場所をもう少し絞れたら、どんなにいいかと思うさ」

自分にも、と佐伯は思った。梶本が爆弾を仕掛けた場所をピンポイントで推理することはできない。昨日からきょうまでのあいだに、梶本の置かれている状況とキャラクターがほんのわずか見えただけだ。そこから、彼が二つ目の爆弾を仕掛けるのはここ、と断定することは不可能だった。

長正寺が詰め所を出ていったので、佐伯たちは詰め所の奥に進んだ。百合が佐伯を見上げて首を振ってきた。

少年からはその後、何も聞き出せていないということだ。

「ちょっといいか？」と佐伯は訊《き》いた。

外で、少年には聞こえないところで、という意味だ。百合が立ち上がった。

佐伯は新宮に少年を見ているよう指示して、百合と一緒に詰め所の外に出た。

一歩出たところで、百合が驚きの声を上げた。

「こんな人出になってるの？」

佐伯は訊いた。

「現場が札幌駅ってことは、あの子は認めたのか？」

「いいえ。あの子は、梶本の計画のすべてを知ってるわけじゃない。ただ、見当はついている。それは間違いなく札幌駅」

「どうして？」

「札幌駅であることを、否定していない。あの子は、否定できないとき、黙り込む。嘘をつけない。だけど大樹は、最初のうち札幌駅から離れたい様子を見せていた。いまは、落ち着いている。少なくとも東コンコースではないと、安心している」

「どうしてそう変わった？」

「あの子も、聞かされてはいなかった梶本の狙《ねら》いを、必死に読んだのだと思う。あの子は詰め所の警官たちの会話で、状況をいくらか把握している。長正寺さんとのやりとりも、耳に入ったかもしれない。そうして梶本が大樹と別れてから後の列車に乗ったようだということ、札幌駅では梶本が見つからなかったこと、その意味を考えたんだと思う」

「改札の内側にはなくて、東コンコースにもないとしたら、あとはどこなんだ？」

「わたしにもわからない。でも、鉄道員ならわかる場所じゃないかしら。大樹も鉄道好きだから、それに気がついた」

「なんとかそれを聞きだせないのか？」

「心を開こうと懸命だけど、梶本はあの子のヒーローなの。冒険に連れ出してくれたし、警察を翻弄《ほんろう》して、大人の社会にひと泡吹かせようとしている。梶本を売ったりはしないと決めている」

「なんでそんなことに拍手できるんだ？」

「あの子は、母親に事実上ネグレクトされてきた。母親が逮捕されたときは、児童保護施設にも収容された。そこがどういう評判の施設かは、少年係じゃなくても聞いているでしょ？」

「まあな」札幌の、という意味でなく、日本のその施設一般の、という意味だが。

「大樹にとって、保護施設イコール大人の世の中。みんな死んでしまっていいと思っているくらいに憎しみの対象なの」

「梶本が救い出したわけじゃないぞ」

「母親からは、救ってくれた」

「けっきょく帰した」

「あの子をひとつ成長させたうえでね」

「万引きまでさせた。ワルの道に引き込んだんだ」

「梶本は、ワル？」

「もうじき重罪犯になる」

目の前を、津久井と滝本が通り過ぎようとした。津久井は佐伯に、難しい目を向けてくる。

「空振りか？」と佐伯は訊いた。

「いまのところは」と津久井は首を横に振った。

津久井たちはそのまま、詰め所に並ぶ商業施設の出入り口のほうへと足早に歩いていった。

佐伯は新宮に言った。

「おれたちも、改札の内側を見るぞ」

佐伯たちは、コンコースの激流にも似たひとの波を縫って、改札口へと向かった。

札幌駅の東改札口と西改札口とのあいだは、幅百メートルほどもある広い空間となっている。札幌駅のプラットホームは、その空間の二階部分に五列に並んでおり、南端が一、二番ホーム、もっとも北が九、十番ホームだった。それぞれのホームに通じるエスカレーターが一階の中央に、階段が東側と西側にあった。

すでにスーパー北斗9号が到着する五番ホーム下では、進入制限がかかっている。階段下、エスカレーター下で、駅員と警備員たちがそれ以上のホーム進入を規制していた。エスカレーターは上り下りとも止まっている。

エスカレーターの下では、駅員のひとりがメガホンを手に叫んでいた。

「五番ホームには入れません。握手会は、駅前イベント広場で三時からです。そちらにおまわりください！」

しかし大型のカメラを首から下げた青年たちは、素直に従ってはいなかった。エスカレーターの前に密集して、入れろ、上げろと文句を言っていた。別のホームへ上がる階段の前にも、行列ができている。向かい側から撮影しようというファンたちかもしれない。通常の乗降客たちが、大声を出しながらその群衆をかき分けようとしていた。

「すいません。通してください。次の列車に乗るんです！」

何人もの駅員たちが、小走りに中央の通路を行き交っていた。みな不安げな顔だ。佐伯の見たところ、そろそろこの場は整理と警備の限界だ。ホーム規制だけではなく、改札口規制も始めるべきかもしれない。

佐伯は駅員に身分証を見せて、階段で五番ホームへと上がった。

幅十メートル強のプラットホーム自体が、通勤ラッシュ時の列車なみの混雑だった。しかも、そこにいる者の大半は、大きなリュックサックを背負っている。二十代の男性が大部分だが、もう少し年上の男もいる。旅行客ではない。アイドルのファンであり、いくらかは鉄道ファンでもある男性たちなのだろう。

ここにも駅員と警備員の姿が目立った。

ホームの東端に、テレビ局のクルーらしきグループが固まっている場所があった。ひとの頭の上に、長いマイク・ブームが見えているのでそれとわかった。そこまでひとをかき分けて行ってみると、そこだけもうひとつ規制線が張られていた。屈強そうな警備員たちが、内側で仁王立ちだ。テレビ局のクルーたちは規制線の外側にいる。ここにアイドルが降り立つのだろう。スーパー北斗9号の列車編成はわからないが、最後尾がグリーン車ということなのだろうか。

青年がひとり、小型の脚立を立てようとして警備員に注意されていた。青年は不服そうに脚立を畳んだ。

佐伯は新宮に合図してその場を離れた。

階段を降りて改札口へと向かいながら、佐伯は新宮に言った。

「梶本が札幌駅で降りても、あのホームに爆弾を仕掛けることは難しかったんじゃないか。駅員も警備員も、神経質になってる。荷物を放置して自分だけが逃げられる状況じゃない」

新宮が言った。

「別のホームか、ホームの下とか」

「機動捜査隊が抜かりなく調べたはずだ」

「梶本はまだ仕掛けていないと？」

「少なくとも、ホームや改札の内側には」

「でも」新宮が、同意できないという声で言った。「外だと、爆発させる象徴的な意味合いが薄れます。梶本は、どこでもいいわけじゃないはずです」

「何かに取り憑《つ》かれたとき、発想は飛躍する。殺された愛犬の敵討《かたきう》ちだと、厚生省の元事務次官を殺した男がいたことを思い出せ」

改札口を出たところで、長正寺にぶつかった。彼ひとりだ。

長正寺は急ぎ足だったが、足を止めて佐伯に訊いた。

「ちょうどいい。一緒に来てくれ」

「何です？」

「避難を要請するんだ。助役と連絡がついた」

「新宮も一緒に」

「来い」

長正寺は、東口みどりの窓口に入った。左手カウンターの内側に、制服姿の年配の男がいた。

「こっちへ」

彼の案内で、みどりの窓口の奥の事務室に入った。

年配の駅員が、制服制帽姿の五十男を紹介してくれた。

「助役の丸川《まるかわ》です」

細身で、黒縁メガネをかけた男だ。ＪＲの幹部というよりは、地方裁判所の判事という雰囲気がある。

長正寺が身分証を見せて言った。

「道警本部機動捜査隊の長正寺です。こっちは大通署刑事課の佐伯と新宮。早速なんですが」

丸川という助役は長正寺を手で遮って、事務室の奥のドアを示した。そこに会議室でもあるようだ。

その小さな会議室でテーブルを囲んだが、椅子に着く者はなかった。

長正寺が、いましがた遮られた言葉を続けた。

「こちらの協力を得て爆弾を捜索したのですが、見つかりませんでした」

すでに助役の丸川には、爆弾が仕掛けられたらしいということ、狙いがどうやらスーパー北斗９号であることは伝わっているようだ。

長正寺が続けた。

「駅構内から、乗客や駅員の退避を提案します」

丸川が、面倒くさそうに言った。

「捜索して見つからなかったのなら、爆弾など仕掛けられてはいなかった、という判断にはならないのですか？」

「捜索が完全であったとは言い切れません。警察にはわからない場所があるのかもしれない」

「駅員もお手伝いしましたよね」

「いただきました。でも見つからなかった」

「そもそも、爆破予告もないのでしたね？　うちにも、そういう電話やメールは来ていないのですが」

「ありません」

「爆弾を作ったという男は、さっきまでの検問で見つかったのですか？」

「いいえ」

「ということは、その男は」

「梶本、というＪＲ北海道の元職員です」

丸川は言い直した。

「梶本という男は、札幌駅には現れなかったということじゃないんですか？」

「断言はできません。わずかな差で取り逃したのかもしれないんです」

「爆破予告もない。本人も見つかっていない。なのにきょう札幌駅に爆弾が仕掛けられたと断定する根拠はなんです？」

「捜査で得た情報を総合的に分析した結果です」

長正寺が佐伯を見た。お前からも、と言っている。

佐伯は丸川に言った。

「梶本が爆弾を作り、午前中の爆発試験のあと琴似駅まで来たことは確実です。彼は再就職できず、追い詰められて、ＪＲ北海道を恨んでいます。関係者の証言から、きょうのイベントを目標に、大惨事を起こそうとしていると想像できるのです」

「その目標というのが、スーパー北斗９号だとは、証言があるのですか？」

「いいえ。でもほかに、きょう大事なイベントはありますか？」

長正寺が、懇願するように丸川に言った。

「三十分あれば、避難には十分です。退避させるわけには行きませんか?」

「きょうのイベントは、半年前からタイアップを企画していた。うちみたいな貧乏JR単独では、できなかったイベントなんです。最近のうちでは珍しく、いいニュースとして報道されるんですよ」

「承知しています。ホームでの行事を中止して、握手会だけにするというわけにはいきませんか?」

「無理です!」と丸川は声を荒らげた。「北海道新幹線とスーパー北斗は快適だったと、テレビカメラの前で言ってもらうんです。うちの社長と、ホームでツーショットを撮るんです。ホームにはテレビが四局来てるんですよ。中止なんて無理だ」

「大惨事になります」

「ほんとに爆弾があればの話でしょう? そもそも道警は、この件について誰が指揮を執っているんです? 本部長ですか?」

「いえ。捜査一課長が。現場は、きょういっぱいはわたしです」

「その程度の軽い事案だというわけですよね。大惨事がほんとうに予想できるんなら、機動捜査隊まかせということはないでしょう」

「けっして軽い事案ではありません」

「失礼ながら、あなたが札幌駅の管理について当社に命令する権限があるんですか?」

「権限はもちろんありません。提案です、と申し上げました」

「強制力はない?」

「ありません」

「あやふやな情報で、課長クラスとか、機動捜査隊長か何かしらんひとに、うちの事業を妨害されるわけにはいきません。イベントを中止しろというなら、しかるべき立場のひとから要請してもらいましょう」

「誰ならいいんです？」

「ですから、道警本部長にはできないことなんですか？」

長正寺は、何か想いを呑み込んだように見えた。ひと呼吸置いてから、彼は言った。

「丸川助役に、イベントの中止とお客の避難を拒否されたと理解していいですね」長正寺は壁の時計を見た。「午後二時十七分に」

「脅しですか？」

「確認です」

「わたしの本意は、しかるべきルートを通じて要請して欲しいとお願いしたということです」

「わたしも、その手続きを追求します。助役も、駅長なり、ほかのしかるべき部署にこの件を伝えて、ご検討いただけませんか？」

「承知しました」

これでおしまいです、と言ったように聞こえた。

長正寺が佐伯に顔を向けて、顎をしゃくった。出よう、ということのようだ。

佐伯たちは長正寺に続いてその会議室を出た。

いまのやりとりは、と佐伯はみどりの窓口事務所に出てから思った。当事者以外の耳のない場所で行われた。もし後に経緯が検証されるときはおそらく、言った言わないのトラブルとなることだろう。確実に。

長正寺がイヤホンマイクに手を伸ばした。本部長名によるイベント中止要請を、本部捜査一課長に打診するのだろう。

捜査本部も設置されていない段階で、それができるかどうかは疑問だった。だいたいこの件は、いまこの時点で道警のどのレベルまでが把握していることなのだ？　盤渓で爆発があったという通報から、まだ四時間しか経《た》っていないのだ。道警本部刑事部長までは伝わっているのか？

大樹はもうろくに小島百合と会話をする意志もなくしている。喉《のど》は渇いていないか、何か欲しいものはないかと問いかけても生返事をするだけだ。百合の言葉が耳に入っていないのかもしれない。もう二十分ほど、この状態が続いている。

百合は時計を見た。

午後の二時二十分になっていた。その特急の到着まで、あと二十一分。そして、自分や佐伯の読みが正しく、梶本裕一が想像しているとおりの性格ならば、爆発があるまで二十一分プラスわずか、というところだった。

大樹が椅子の上で、なんとなく身を硬くしているように見える。爆発を心配しているのか。いや、それとも単に尿意を我慢し始めたというところだろうか。

百合は訊いた。

「トイレ？」

大樹は短い時間百合を見つめてから、小さくうなずいた。やっとまた自分たちは、コミュニケーションが取れるようになった。

「ちょっと待って」

詰め所には一応トイレが設置されている。鉄道警察隊であろうと、公衆トイレを使うわけにはいかない業務もないことはないのだ。しかし、自分たちは一回大樹を逃がしている。あの失態を繰り返すことはできない。自分が大樹の後に立つわけにはいかない以上、男が来るのを待つしかなかった。いま詰め所の鉄道警察隊員は、冬沢を残してすべて機動捜査隊の応援に出ているが、本来大通署の少年係の仕事であるこの件で、冬沢にトイレ監視を頼みたくはなかった。

スマートフォンに手を伸ばしたとき、詰め所に佐伯たちが姿を見せた。収穫がない、とひと目でわかった。

佐伯が、そっちはどうだと目で訊いてくる。百合は首を振ってから言った。

「何も。この子を、トイレに連れていってくれませんか?」

目を離さないでくれ、という意味であることは佐伯もわかったことだろう。

新宮が言った。

「おれが行きますよ」

百合は、大樹に言った。

「このお兄さんと一緒に行って」

大樹は素直に、百合が示した奥のトイレへと向かっていった。

佐伯が百合に言った。

「長正寺が、JRにイベントの中止と客の避難を要請した。だけどJRは、梶本の計画を本気にしていない。たしかに、よその組織を動かすだけの情報はないしな」

百合は、小さくため息をついて言った。

「あの子のかたくなな態度を見ていると、確信はいよいよ深まるのだけど。かといって、ここから逃げ出したい様子でもない」

佐伯がテーブルの脇の、壁に貼られた時刻表の前に立った。ＪＲ北海道の列車がすべて、新聞紙ほどの大きさの紙に細かく印刷されている。佐伯は、午後の札幌発着の列車のあたりを凝視している。

やがて新宮が大樹を伴って戻ってきた。

大樹が椅子にまた腰を下ろすと、百合は立ち上がった。

落ち着かないのだ。爆発までのカウントダウンが始まっていると思うと。大樹の前で、自分が焦りを見せてはならないと思うが。

新宮が、時刻表を見ている佐伯の隣りに立った。

佐伯と新宮のやりとりが聞こえてきた。

「さっき時刻表見ていたんですが」と新宮。

佐伯が訊いた。

「何かあったか？」

「琴似を一時二十七分発の快速エアポートは、札幌の先、新札幌とか南千歳に停まります」

「おれも、何回も乗ってるさ」

「二時四十一分に札幌に着くスーパー北斗９号は、十一時九分に新函館北斗駅を出た後、東室蘭や苫小牧に停まって、札幌に向かってきます」

「そっちも何回か乗ってるって」

「南千歳と新札幌にも停まりますよ。そこで待っていれば、スーパー北斗９号に乗れるんです」

そのことには気がつかなかった。佐伯は新宮を見て言った。

「スーパー北斗９号に仕掛けるために、梶本は琴似で快速エアポートに乗ったということか？　待ち伏せするために」

「ええ。狙いがスーパー北斗9号で、それを札幌駅で爆破したい場合、途中でスーパー北斗9号に乗って爆発させるという手も考えられるかと」

百合も思わずふたりのそばに歩み寄った。

「梶本は、札幌駅では降りなかったということ？」

大きな声になった。まずかったか、と大樹に目を向けた。彼もこちらのやりとりを気にして聞き耳を立てていたようだ。すっと視線をそらした。

その読みが、ずばり当たっていたということ？　大樹もそのように解釈していた？

新宮が佐伯と百合を交互に見ながら言った。

「もし梶本のターゲットがそのアイドル列車だけだった場合は、札幌駅到着までに爆発するよう仕掛けるんでは？」

佐伯が首を振った。

「梶本の狙いは、アイドル列車を止めることじゃないはずだ。ＪＲ北海道本社のある札幌駅で、面子《メンツ》を丸つぶれにすることだ。爆発は確実に札幌駅である」

「爆弾を抱えて乗って、札幌駅ホーム到着と同時、いやアイドルがホームに降り立った瞬間に自爆でしょうか」

佐伯が、少し考えた様子を見せてから答えた。

「あの篠原は、梶本は技術者だから、自分が作ったものの作動を確認すると言っていたろう。自爆はしない。安全なところで、爆発を確かめる」

「自分の目ではなく？」

「ニュースを聞くのでもいいんだ」

百合は、時刻表を見て気づいた。

「梶本が一時三十五分札幌発の快速エアポートで千歳に向かった場合、南千歳でスーパー北斗９号に乗るのは間に合わない。スーパー北斗に乗ろうとするなら、新札幌駅。スーパー北斗９号は、十四時三十二分新札幌駅発。到着時刻が書かれていないということは、その三十秒前に新札幌駅着」

佐伯が自分の時計を見て言った。

「あと八分」

百合は言った。

「特急だから、たとえひと駅だけでも車内検札があるでしょう。彼は、特急券を用意するだけの余裕はある？　時間も、お金も」

「特急券なしで特急に乗り込む客は、いないわけじゃない」

「こういうとき、車掌とのトラブルは避けたいんじゃない？」

「そんなことは、どうでもいいという気になっている」

「札幌駅まで、トラブルなしにたどりつくことを最優先にするわ」

新宮が時刻表を指差して言った。

「空港発の快速エアポート１４１が、十四時二十分に北広島駅を出ます。梶本がここで乗って爆弾を仕掛けて、自分は新札幌駅で二十八分に降りればいい。自爆する必要はありません」

「爆弾だけを置けば、不審物とみなされるぞ」

「見なしても、近寄れない。かといって、確実に爆弾だとわからなければ、緊急停止もしないでしょう」新宮がまた時刻表を指で示した。「快速エアポートが新札幌駅を出発して四分後の三十二分にスーパー北斗9号が新札幌に着いて、すぐ出発です。先に出たエアポートは、三十七分に札幌駅四番ホーム着。小樽行きなので、札幌駅発が四十三分。六分、ホームで待ちます。エアポートが着いてから四分後に、スーパー北斗9号が五番ホームに到着する」

百合も、時刻表を指差した。

「エアポートとスーパー北斗は、同じホームじゃないけど、列車は背中合わせになる」

百合たちは、互いに顔を見合わせた。これは、梶本の計画を深く読み過ぎているだろうか。

いや、と百合はその思いを振り払った。梶本は、爆発を確実なものにするために、爆弾をどこかに固定するという手を採らなかったのだ。爆発させる場所に仕掛ける方法では、早めに発見されてタイマーが解除されてしまう心配がある。それよりも、爆弾を移動させて、狙ったその時刻にその場所に到着するほうがいい。警察の捜索をかわすことができる。警察は、つまり自分たちは、いまこの瞬間までその可能性に思い至らなかったではないか。爆弾はすでに札幌駅のどこかに仕掛けられているとばかり思い込んでいた。

佐伯の顔は、謎《なぞ》がわかった、と得心している表情だ。この解釈を否定する材料を、彼も持っていない。

新宮が言った。

「そのアイドルは、きっとグリーン車でやってくるでしょう。背中合わせになったとき、ちょうどグリーン車を爆破できるように爆弾を仕掛けるんではないでしょうか。かなり位置を狭めて捜索できる」

それまで自分のデスクにいた冬沢が、時刻表の前まで歩いてきた。何か教えてくれるという顔だ。

冬沢が時刻表を指で押さえて言った。

「スーパー北斗9号は、261系という列車編成だ。七両で、函館寄りの一号車がグリーン車。快速エアポート141は733系という編成で、指定席以外はロングシートの六両編成。ホームでは、停車位置が一両分ずれる。スーパー北斗の一号車の背中には、エアポートの車両はない。スーパー北斗二号車の位置にエアポートの一号車がくる」

百合は感嘆して言った。

「詳しいんですね」

「鉄道警察隊を三年もやっていると、覚えるのさ」

冬沢はまた自分のデスクに戻っていった。

新宮が言った。

「スーパー北斗のグリーン車を狙うことはできないってことです。梶本は承知しているのかな」

佐伯が言った。

「一両分ずれても、五、六番ホームでのイベントをつぶすには十分だ。梶本は、アイドルを殺すことを目標にしていない」

百合は言った。

「梶本が鉄道員としての気質《タチ》で、正確に四十一分か、あるいは二分かに爆弾をセットしたとします。それまで、エアポートが到着してから四分ありますね。処理班は、そのあいだになんとかタイマーを解除できませんか？」

佐伯が言った。

「それがどんな荷物なのか、どんな形で、開けてみたらどんな構造なのかもわからない。そもそも、四分でそれを発見できるかどうか。スーパー北斗の編成に合わせるなら、たしかにグリーン車に近い一号車にセットとは想像できるが」

百合は、もう一度大樹を見た。彼は向こう側の壁に顔を向けている。表情を気取られたくない、とでも言っているように。つまり彼の解釈も、たぶんいま自分たちが気づいたものと同じなのではないか？

佐伯が腕時計に目をやった。

百合も時計を確かめた。

十四時二十五分。快速エアポートが新札幌駅を出るまで、あと三分。

佐伯が自分の携帯電話を取り出した。

百合は、佐伯と電話の相手のやりとりに意識を向けた。

「わかりましたよ」と佐伯が言った。「爆発物が見つからないわけが」

相手は長正寺だろうか。

佐伯は続けている。

「爆弾は、いま札幌駅に向かっている快速エアポートの中です。快速エアポート１４１を、新札幌駅で止めてください」

佐伯がちらりと百合に目を向けた。珍しく彼は緊張していた。

「説明のしようもないです。止めてください。いや、確実じゃないです。読みというだけです。だけど、爆発物が札幌駅で見つからないとしたら、いま考えられる理由は、これなんです」

少しの間。

「はい。頼みます」

佐伯が携帯電話を耳から離した。長正寺は、進言を受け入れたのだろうか。それとも、賛同しかねると突っぱねたか。佐伯の表情からは、どちらとも判断がつかなかった。

「どうなの？」と百合は訊いた。

佐伯が新宮をうながして入り口に向かいながら答えた。

「長正寺からの要請では、ＪＲは動かない。やつは、本部長からの避難要請を出すよう、上に上げているそうだ」

「どうなりそう？」

「まだなんとも」

佐伯がまた携帯電話を耳に当てた。

こんどは誰だろう？

佐伯が言った。

「梶本は札幌駅にいません。爆弾もここにはありません」

佐伯の上司か。伊藤という男だったろうか。

「いま札幌駅に向かっている快速エアポートの中に仕掛けられた、と推測できます。札幌に到着した数分後に、例の特急も到着なんです」

相手の言葉を聞いてから、佐伯が続けた。

「ＪＲは、本部長要請なら聞く耳を持つが、という態度です。せめて方面本部長名で、エアポートの緊急停止を要請できませんか？」

「いや、確証はありません。あくまでも、ここに爆弾がなかったことからの推測です」

「ええ。急ぎます」佐伯は自分の腕時計を見てから言った。「いま、快速エアポートは新札幌駅です。そこで止めたままでもいい」

「ありません。ないんです」

佐伯が携帯電話をポケットに収めたので、百合は訊いた。

「署長と連絡はつくの？」

「署長も、すでに捜査本部設置を本部の統括官に進言したそうだ」

統括官というのは、警視庁やほかの県警では管理官という名前で呼ばれている。警察庁から出向しているキャリアで、捜査を警察庁の立場から指揮、監督する。

「統括官の返事はまだわからない」

百合は自分の時計に目をやった。

「もう快速エアポートは新札幌駅を出たわ」

あとは途中駅に停まることなく、札幌駅に向かうのだ。

佐伯も時計を見て言った。

「もう、走行中の緊急停止しかないか」

新宮が言った。

「あと九分」

百合は首を振った。

「市街地で爆発させたら同じこと。爆発が起こっても周囲に被害が少ないのは、白石のＪＲ貨物のヤードを通過するときだわ。そこで止めなきゃならない」

新宮が同意した。

「貨物ヤードまでなら、あと五分」

「苗穂の車両基地でも、被害は抑えられる。どこかに無人の引き込み線でもないんだろうか？」

新宮も黙っている。それは外部の人間にはわからないことだ。いますぐポイントを切り換えて使えるような線が、あればいいが。

佐伯が詰め所の入り口へと向かった。新宮も続いていく。

入り口のドアが開いて、外の賑《にぎ》わいの音が詰め所にどっと流れ込んできた。佐伯たちが、風圧さえ感じるその混雑の中に出ていった。百合は、自分の胸がいましがたから収縮しているのを意識していた。最後のカウントダウンが始まっているのだ。

佐伯たちがコンコースを突っ切ると、改札口脇の壁の前で、長正寺が隊員たち四人を集めて何か指示していた。その中に津久井はいなかった。

佐伯に気づくと、手招きする。佐伯は隊員たちの輪を抜けて長正寺の前に出た。

長正寺が訊いてきた。

「快速エアポート、確実か？」

「可能性大です。止められませんか？」

「もう一回要請する。高架でなければ、列車の前にパトカーを置いてでも止めるんだが」

「止める位置は、白石の貨物ヤードがいい。もし爆発が起こっても、被害は最小限だ。あと四分しかないですけど」

「急いでやるさ」

「梶本は、新札幌駅でエアポートに爆弾を仕掛けたあと、札幌市街地に向かったと思います。たしかに爆発したか、確認するために」

「地下鉄で？」

「たぶん。二十八分に新札幌駅を降りたとしたら、五十分ごろにここに着く」

長正寺は四人の隊員たちに指示した。

「不審物捜索はもういい。お前たちは、梶本の身柄確保に回れ。地下鉄南北線、東豊線のさっぽろ駅の、北側改札。もう爆弾は持っていないはずだ」

四人の隊員たちが、くるっと身をひるがえしてコンコースを駆けていった。

長正寺が、佐伯たちに向き直ると、来てくれ、と言った。もう一度助役と掛け合うという。

みどりの窓口の裏手の事務所に入ると、再び丸川という助役が長正寺の前に現れた。

「こんどは列車を止めろと？」

長正寺が言った。

「そうです。札幌駅に着く前に止めて、不審物を探して欲しいんです」

「順序が逆でしょう。爆弾を仕掛けたという予告でもあって、不審物が見つかったら、そこで緊急停車ですよ」

「札幌駅に入れるわけにはいかない。白石の貨物ヤードで止めてもらえませんか。不審物がなければ、それはそれで喜べることだと思いますが」

「車掌は、それが不審物かただの置き忘れか、どうやって判断するんです？　鞄《かばん》があったとして、その中を覗いていいんですか？」

「触発性の雷管を使っているかもしれない。それは危険だ」

丸川は、ひどい冗談でも聞いたかのように大げさに顔をしかめた。

「では、見つけようもない」

「持ち主の見つからない物があれば、それは不審物です」

「その場合、緊急停車して乗客も降ろすんですか?」

「はい」

「緊急停止をすれば、付近を走行中のほかの列車もすべて停まる。鉄道事業者にとって、これがどういう意味を持つかおわかりになりますか?」

「わかっています。それでも、爆弾の被害を最小限にくいとめられるなら、そのほうがよくはありませんか」そこまで言ってから、長正寺が詫《わ》びた。「失礼。議論をするつもりはないのです。止められませんか?」

「さっきのお願いは聞いていただけましたか?」

「本部長から要請を出すよう、こちらも進言しています」

「返事はノーだった?」

「まだないのです」

「スーパー北斗9号が」と丸川は壁の大時計に視線を向けた。「あと七分で到着です。社長も二分後にホームに移動を終えます」

「惨事になる」

「警察は、さっきは爆弾が構内に仕掛けられたかもしれないから、といって捜索し、うちも全面的に協力した。なのになかった。うちは振り回されたんですよ。なのにこんどは列車に仕掛けられたと言い出す。繰り返しますが、いま伺った程度の情報では、イベントの中止も列車の緊急停止も、できません」

丸川が長正寺の前で身体《からだ》の向きを変えて、職員に声をかけた。

「社長の案内、もう行ってるんだな？」

奥のデスクから声が返った。

「ふたり、待機しています」

「広報は？」

「もうホームに行っています」

丸川はさらに何ごとか確認したり指示したりしながら、佐伯や長正寺の前から離れていった。長正寺が、鼻で荒く息を吐いたのがわかった。

事務室の外に出たところで、佐伯は長正寺に言った。

「わたしの出番はありませんでしたね」

長正寺が言った。

「爆弾は確実にあります、と言って欲しかったんだぞ」

「確実ではないので」

「おれには、確実だというニュアンスだったくせに」

警官には理解してもらえても、相手は鉄道員だった。自分の言葉が説得力を持っているかどうか、自信がなかったのだ。

佐伯は弁解せずに言った。

「爆発物処理班を、四番ホームに待機させておいては？　近くにいるんでしょう？」

「広場にいる。だけど処理班だって、ひとを退避させていない場所では何もできない。それに、エアポートが入ってくるのが三十七分？」

長正寺が自分の腕時計に目をやった。

「定刻通りならば」と佐伯は言った。遅延の案内は出ていない。定刻ぴたりに到着だろう。悪評ばかりのＪＲ北海道だが、それでも旧国鉄時代のよき遺産はあるのだ。

「スーパー北斗の到着が四十一分だよな。その四分のあいだに列車の中の不審物を特定し、構造を確かめた上で、時限装置を解除するんだ。無理だ」

長正寺がふいに何か思いついたという顔になった。

「梶本と一緒にいたというガキは、まだ詰め所か？」

「何もしゃべっていませんが」

「どんな見かけか、どんな造りか、それだけでも吐かせられないか」

百合には聞かせたくない言葉だった。返事をためらっていると、長正寺はコンコースのひと込みをかき分けるように、鉄道警察隊の詰め所へと向かっていった。佐伯は新宮と共にあわてて長正寺を追った。

長正寺は、詰め所に入ると、カウンターの横を回り、まっすぐに奥の百合たちのいるテーブルへと向かった。佐伯たちもあとに続いた。長正寺が、もし小学生に対して威圧的になって、百合の努力を無にしそうであれば、割って入らねばならなかった。

長正寺が入ってきた勢いに驚いたか、百合が緊張を見せた。大樹も目をみひらいて、長正寺を見た。

「なあ、坊主」と長正寺が歩きながら言った。「ぐだぐだ言わない。教えてくれ」

百合が立ち上がった。

「ちょっと待って。何をするの？」

長正寺はテーブルに達すると、両手をテーブルの端に置いて背を屈《かが》めた。

「爆弾は、どんな形をしている？　何に入っている？　どんな時限装置を使っている？」

百合が悲鳴を上げるように言った。

「この子がどうして知っていると思うの？」

「梶本と何日も一緒にいたんだ」と長正寺が百合をにらむように答えた。「工具もかっぱらったんだろ？　答えていなくても知らないわけがないだろう」

「わたしはそれを質問していない。知っているかどうかも、まだわからない」

「遠回しなことだけ訊いていても、相手が訊きたいのは何か、この状況に置かれていればわかる。質問されないのをいいことに、こいつはとぼけるつもりなんだ」

「よして！」

大樹はそっぽを向いている。唇をきつく噛《か》み、壁を見つめている。

百合が、にらむように佐伯を見つめてきた。

長正寺が、横を向いたままの大樹に再び訊いた。

「教えてくれ。それがどんな形をしているか。どんな造りか。どんな時限装置なのか？　それがわかれば、専門家たちが爆弾を見つけて時限装置を解除する。大勢のひとが死なないですむ。このままでは、梶本もお前も」

「ひどい！」と百合が叫んだ。「何の被疑者扱いなのよ！」

佐伯は一歩出た。長正寺を大樹から引き離すつもりだった。大人を相手の尋問のように接しても、答は得られない。

そのとき携帯電話が鳴った。ポケットから取り出したとき、長正寺も立ち上がってイヤホンマイクに右手を添えた。彼にも何か指令が入ったのか。

自分への電話は伊藤からだった。

「札幌ドームに、爆弾を仕掛けたと電話があった」

佐伯はわけがわからずに訊き返した。

「アイドルのコンサートに、ということですか？」

「そうだ。いましがた、札幌ドームの事務所に」

「いたずらでしょう。梶本の狙いは、そっちじゃありません」

「この状況で電話があったのに、いたずらだと言い切れるか？　梶本の狙いがドームだったのかもしれない。無視はできない。大通署刑事課も、豊水署を応援する」

札幌市の南東にある札幌ドームは、豊水警察署の管轄内なのだ。おそらくは豊水署刑事課全員がドームへ急行となるのだろう。

「わたしたちは？」

「はずした。引き続き、お前の線で追え」

「捜査本部は、できるんですか？」

「本部長が本部に向かっている。十五時から、関係者ミーティングだ」

「十五時？」佐伯たちの予測する爆発の時刻は、十四時四十一分なのだが。

「本部長は輪厚《わっつ》にいたんだ。それ以上早くはできない」

輪厚というのは、札幌の南の郊外にある地名だが、文脈次第ではそれはゴルフ場を意味する。大きな大会がひんぱんに開催されている名門ゴルフクラブがあるのだ。あの地域にはほかに、夏の土曜日に大人が行くべき施設も自然のビューポイントもなかった。

携帯電話をポケットに収めると、長正寺も通信を終えたところだった。いまいましげな顔を、佐伯に向けてくる。

長正寺が言った。

「機動捜査隊は、札幌ドームに向かえとのことだ。爆弾を仕掛けたと電話があったんだ」

「聞きました。全車ですか?」

「まさか。いたずらにつきあってる余裕はない。半分だけをやる」

「地下鉄改札口は?」

「大通署の刑事課と地域課に引き継ぐ」

長正寺が、またイヤホンマイクに向かって話しながら、詰め所を出ていこうとした。

「津久井、どこだ?」と言うのが聞こえた。

佐伯も長正寺の後を追った。新宮が続いてくる。こうなったら、ホームで快速エアポート１４１を待ち構えるしかないかもしれない。


小島百合は、目の前の大樹を見つめた。いましがたから、また落ち着きがなくなっている。居心地が悪そうだ。

視線が合った。というか、大樹が百合を見つめてきたのだ。

「なあに?」と百合は、焦りを隠して訊いた。「言いたいことがあれば、話して」

「いや」と、大樹が小さく言った。

でも、落ち着かない様子はとまらない。椅子の上で、尻の下に両手を差し込んでいる。ちょうど、震える手を押さえ込もうとしているかのようだ。

百合は思いついて言った。

「ちょっと、外に出てみない？」

言いながら立ち上がった。

大樹は一瞬だけ目を丸くしたが、素直に自分も立ち上がった。

「約束して。もう逃げないと。約束してくれるなら、あなたに縄をつけたりしないから」

きょうは私服だ。ハンドバッグの中にも、捕縄などは入れていない。約束してくれなかったとしても、自分には大樹のベルトでもつかむ以外には、捕らえておく手段はないのだが。

返事がないので、百合は訊いた。

「約束できる？」

大樹が百合を見つめ、視線をそらすことなくうなずいた。

「うん」

「来て」

カウンターの脇を通り、ガラスドアの外へと出た。コンコースはさっきよりもいっそう混雑してきたように見える。うおーんという唸《うな》り声のような音が、コンコースの天井で響いている。そして硬い床を叩く数百、もしかすると千かそれ以上の靴の音。話し声。改札口の奥からは、列車の到着を知らせるアナウンスも聞こえてきた。快速エアポートが接近しているのだ。

詰め所の前で、百合は大樹の右側に立って、ひとの波を示した。

「ここにいるひとたちは、あなたをいじめた？　あなたを苦しめた？　あなたを泣かせた？　これまであなたをいじめたひとたちがいるのはわかっている。そのひとたちは、ここにいる？」

少しの間を置いてから、大樹が答えた。

「いない」

「梶本さんを苦しめたり、意地悪したひとは、ここにいる?」

「わかんない」少しの間のあとに、大樹が続けた。「いないと思う」

「いま、ホームにはいると思う?」

少し考えた様子を見せてから、大樹は答えた。

「ホームには、JRのひとがいる」

梶本の恨みの対象がいる、という意味だろうか?

「そのひとたちが、梶本さんを不幸にした? 梶本さんを追い詰めた? 梶本さんがいまとても困っているのは知っている。でも梶本さんをそんなふうにしたひとは、ホームにいる? 誰かがきっと梶本さんを苦しめたり、追い詰めたりした。でもそのひとは、名前があるし、顔もある。いまホームにいるJRの、梶本さんが名前も知らない誰かじゃない。いまホームには、梶本さんとは何の接点もなかったひとたちが大勢いる。梶本さんだって、何の恨みもないし、憎んでもいないひとたちが大勢いる」

大樹が黙っている。百合のいまの言葉も、質問ではなかったのだ。反応がないのは当然だ。

「悪いことをしたひとは、法律で裁かれる。法律をよけて悪いことをするひとがいるのもわかる。だからといって、ひとは自分勝手に誰かを裁いたり、復讐《ふくしゅう》したりすることはできない。誰にも、自分勝手にひとを傷つけたり、殺したりすることはできない。いま目の前にいるひとたちのただひとりでも、梶本さんが傷つけていいひとじゃない。ここにいる誰ひとり、誰かが自分勝手に決めた罰を受けていいはずがない。わたしの言うこと、わかる?」

大樹は沈黙した。会話の拒絶ではなかった。答がわからないのだ。混乱している。どう答えてよいのか、彼はわからなくなっている。

百合は、大樹を見つめたまま言った。

「あなたがもし、爆弾のことを知っているなら、ホームの誰かが死なないうちに、爆弾のことを教えてくれない？　爆弾はエアポートに乗せられて札幌駅にやってくるのよね？」

「たぶん」と、大樹が細い声で言った。

やはり！

大樹がひと込みに視線を向けたままで言った。

「カジさんが教えてくれたわけじゃないけど、そうだと思う。札幌駅にいないなら、たぶんそう」

話してくれた！　あと少し。でもわたしたちに、その「あと少し」はあるの？

「さっきの刑事さんに、話してくれる？　いまなら、爆発を止められるかもしれない」

大樹が葛藤している。それは梶本を裏切ることになりはしないかと考えている。ここで自分が取るべきもっとも正しい道は何かと、懸命に考えている。

「爆発を止めることは、カジさんを救うことでもあるのよ。カジさんは、悪人にはならずにすむ」

大樹が百合に目を向けた。

「止めたら、警察は捕まえない？」

「いいえ。法律が禁じたことをしたひとは、罰を受けなければならない。でも罰を受けて罪を償ったひとは、もう犯罪者じゃない。悪人とは違う。カジさんは、一度裁かれるだけ。救われるし、きちんと戻ってくることができる」

大樹が百合の目を見つめている。さあ、梶本を救えるのは、あなただけなの。

「さっきの刑事さんはどこ？」

「改札口の中かな」百合はスマートフォンをバッグから取り出した。「ホームかもしれない」

大樹が、コンコースの中央に足を踏み出した。改札口の方向に向かってだ。逃げるのではなかった。彼は、知っていることを長正寺に語るつもりになっている。梶本の計画を止めようとしている。

百合はスマートフォンを耳に当てながら、大樹を追った。コンコースの大時計が視界に入った。十四時三十五分になっていた。


携帯電話の表示を見ると、百合からだった。

佐伯は携帯電話を耳に当てた。

「はい？」

東改札口の内側だ。三番、四番ホームに上がる階段の下に、いま佐伯たちはいた。

「どこ？」

「東改札口内側だ。三、四番ホームの下の階段の脇」

「大樹が、話す気になったようなの。長正寺さんは？」

「助役と談判中だ。入ってこい」

携帯電話をポケットに入れて、佐伯は周囲を見渡した。改札口前での入場規制は、功を奏しているようだ。さっきよりも、改札口内側のひとの数は減っている。ホームには上がれない、という案内が徹底しているのだろう。三番、四番ホーム下の階段とエスカレーターの前でも規制は厳しく行われている。入れろだめだといったトラブルも起きてはいなかった。

少しでも立ち止まったり、足をゆるめる乗降客たちに、駅員たちが声を嗄《か》らして叫んでいる。

「列車に乗らない方は、すみやかに改札を出てください。立ち止まらずに、外に出てください」

もっともこの位置からは、いまプラットホームがどうなっているのかはわからなかった。さっき見たときの人数で留《とど》まっていればよいのだが。

新宮が、ホームのほうを見上げて言った。

「せめてグリーン車のそばから、退避させられたらいいんですがね」

佐伯も同意した。

「爆弾情報がある、では動かせない。何かほかの手はないかな」

目の前、トイレの前のスペースを通って、津久井が駆け寄ってきた。その後にいる男は、滝本という機動捜査隊員だったろうか。

「班長は?」と津久井。彼の顔にも、はっきりと焦慮が見える。額には汗がにじんでいた。

「事務室の中だ。助役と話してる」

「札幌ドームの電話の件、聞いています?」

「いたずらだ。無視すべきなのに」

「機動捜査隊の半分が、あっちに向けられました」

左手から、百合が姿を見せた。大樹という少年が、百合の前にいる。

百合が訊いた。

「長正寺さんは?」

百合の後に、長正寺が立った。

「どうなった?」

その表情で、こんどの談判も決裂したとわかる。乗降客の退避は行われない。列車の緊急停止もない。

百合が身をひねり、長正寺を見上げて言った。

「この子が話したいって。爆弾はやはり、エアポートの中みたい」

長正寺が大樹を見つめた。ほんとうか?という目だ。大樹がうなずいて、口を開きかけた。

そのとき長正寺がまたイヤホンマイクに手をかけた。

長正寺の目が大きく見開かれた。

「本気ですか!」

怒声に近い声だった。佐伯たち、その場にいる者はみな長正寺を見つめた。すぐに長正寺の表情は、驚きと怒りから、絶望めいたものに変わった。

「こっちが、本物ですよ」と長正寺。「誰の判断なんです?」

長正寺は、わかりました、とも言わずにイヤホンマイクから手を離した。まばたきしている。信じがたいことが起こった、という顔だ。

みなが黙ったままでいると、長正寺は脅えたような目で言った。

「爆弾処理班も札幌ドームだそうだ」

佐伯は驚愕《きょうがく》した。

それはつまり、到着した列車で爆発物が発見されたとしても、手の打ちようがないということだ。すぐにもタイマーの刻限が来るはずなのにだ。

津久井が訊いた。

「もう指示は出たんですか?」

「出た。向かった」

新宮が腕時計と、天井の大時計を交互に見て言った。

「エアポートがもう入ってきます」

百合が、焦慮もあらわに佐伯を見つめてくる。もうじき到着する列車で爆弾が見つかったとしても、専門家による処理、無害化は不可能になったのだ。

百合が言った。

「四番ホームから、避難させなきゃ」

「もう混乱させるだけだ」と長正寺が言った。彼は腰を屈めると、大樹を同じ高さで見つめて訊いた。

「教えてくれ。爆弾はどんな形だ? 何に入っている?」

「どうするの?」と百合。

長正寺は答えずに、さらに大樹に訊いた。

「何かに入っているのか?」

大樹が答えた。

「たぶん、リュックに入っている」

「どんな色だ?」

「わかんない。リュックはひとつだけじゃなかった。あ、大きなスポーツバッグもあった」

「爆弾は時限式だな? 触発性じゃないな?」

「ショクハツセイって?」

「どこかにうっかり触ると爆発する爆弾のことだ」

「あ、触発性か。わからない。でも、時刻を決めて爆発させるメカはつけていた」

「リモコンはついていたか?」

「ない。タイマー式」

「そのタイマーはどんなものだ?　難しい機械か?」

「時計と、電気雷管をつないだだけ。電池のボックスがついてる」

「爆薬は何に詰めている?　消火器か?」

「炊飯器」

長正寺が立ち上がった。何かひとつ、決意した顔だ。

津久井が言った。

「指示を」

長正寺が滝本に言った。

「事務室に、たぶん工具箱があるだろう。借りてきてくれ」

滝本はくるりと身を翻して、事務室のある方向へと駆けていった。

津久井が訊いた。

「爆弾はどうするんです」

「見つけたら、おれがホームの端まで持っていって、地面に降ろす。爆発の被害を最小限にする」

「じっさいは触発性かもしれないし、そもそも簡単に移動できるものじゃない。ぽんと置くだけじゃや、それこそ置き引き被害に遭うんですから」

「だから工具を取りにやったんだ」

「それは、わたしがやります。班長は駅と協議を」

「こんなこと、部下に命令できるか」

「駅との協議が、班長以外にできますか？」

「もうやってる余地はない」

アナウンスが上のホームから聞こえてきた。快速エアポート１４１が四番ホームに入るという。指定席のｕシート車両は四号車である、とも聞こえてきた。

長正寺が、佐伯に目を向けて言った。

「問題は五番ホームだ。グリーンの一号車にアイドルが乗ってる。テレビ局もホームの端にいる」

長正寺が佐伯に言った。

「ホースで水を撒《ま》け。グリーン車のそばだけでも、ひとを追っ払ってくれ」

佐伯は新宮に声をかけた。

「来い」

新宮の反応も見ないまま、佐伯は五番ホームに上がる階段へと走った。

規制線の前で身分証を出し、駅員と警備員に言った。

「警察だ。通してくれ」

質問はさせなかった。新宮が、佐伯のあとをついて階段を駆け上がってくる。上がると、やはりファンがホーム全体を埋めている。テレビ局が陣取る一号車停車位置のあたりが、もっとも密度が濃かった。

あの助役は、社長がアイドルとツーショットを撮ると言っていた。つまりそこには、ＪＲ北海道の社長もいるのだろう。たぶんもうすでに。

佐伯はファンをかき分けて、スーパー北斗の一号車が停車する位置まで進んだ。制服制帽姿の年配の男がふたり、規制線の内側、メディアが作った輪の中で談笑している。制服の飾りの多いほうが社長だろう。彼よりもいくつか歳下《としした》と見える男は、札幌駅長だろうか。

佐伯は輪の中にはいって社長と思える男の横に並び、小声で言った。

「道警の者です。混雑を避けるため、アイドルは七号車に移動しています。そっと、まわりに気づかれぬよう、七号車の停車位置まで歩いてもらえますか？」

「何？」と社長らしき男が言った。眉《まゆ》をひそめている。

佐伯は身分証をそっと見せて、もう一度言った。

「混乱になりそうなんです。すでにアイドルは、七号車に移っています。降りてくるのは、七号車からなんです」

「何も聞いていないぞ」

「時間がありません。七号車から降りてくる彼女を、向こうで出迎えてくれますか」

「一緒に写真を撮ることになっているんだ」

「広報も動きます。すぐにテレビ局も。ファンの目をごまかさなきゃならないんです」

駅長らしき男も言った。

「いつ予定が変わったんだ？」

「たったいまです」と佐伯は答えた。「ここが大混乱になる。マネージャーが、フェイントをかけてくれと要請してきたんです」

言いながら佐伯は恥じた。まるでそちらの業界人みたいな嘘をぬけぬけと言ってしまうとは。

駅長らしき男は、後にいたやはり制服姿の男に訊いた。

「そういう話になったのか？」

佐伯は割って入っていった。

「急いでください。警備の責任はうちにあるんです。大至急」

佐伯の横で、新宮が携帯電話を取り出して耳に当て、声をひそめるように言った。

「彼女は、七号車スタンバイオーケーですね？　社長もそっちで迎えます。カメラ、四、五台入ってます。はい、了解です」

佐伯は社長の腕を軽く押した。

「さ、早く」

それから若い駅員に言った。

「先導してください。七号車の停車位置が、ちょっと不案内なもので」

若い駅員に案内されるかたちで、社長と駅長のふたりが、まだ腑《ふ》に落ちない表情を見せたまま、ホームを移動し始めた。ファンたちの後ろを回るかたちでだ。駅員たちはきょとんとした顔で、社長と駅長の移動を見つめている。ひそひそやりとりを始めた者もいた。

社長たちの後を歩きながら振り返った。テレビ局の取材陣が、社長たちの移動に気がついた。佐伯たちのほうを指差す者がいる。ディレクターの何人かが、アイドルの降車位置が変更になったのだ、と判断したようだ。取材陣もあわてて社長たちの後を追い始めた。取材陣が動くと、ファンたちが騒ぎ始めた。ここではない、と取材陣の後ろを駆け出した。重い機材を持ったスタッフたちを追い越してくるファンたちも出てきた。

「ここです」と、若い社員がホームの西端近くに着いて言った。社長たちもその場に足を止めた。

先導のその駅員が、不安そうに佐伯に訊いてくる。

「ほんとに変わったんですね？」

佐伯は言った。

「警備で、へまはできませんから」

答になっていないし、何の意味もない言葉だったが、その駅員はとりあえず納得したようだった。

時計を見た。

十四時三十六分を過ぎている。快速エアポート141が、間もなく目の前の四番ホームに到着する。レールの震動音も聞こえてきた。

向かい側の四番ホームには、快速エアポートで小樽方面に向かうため、乗り場に列を作っている乗客たちが、ざっと見たところ百五十人以上はいる。後方、一号車のあたりにも二十人ばかりが固まっていた。彼らも極力早く避難誘導しなければならない。長正寺や、あるいは百合たちにまかせておいていいだろうか。


事務室入り口のほうから、声がした。

「見つかりました！」

切迫した声だ。小島百合は振り返った。

機動捜査隊員の滝本が、年配の駅員と一緒に駆けてくる。滝本は、手に赤い金属箱のようなものを持っていた。

長正寺が、滝本と駅員に身体を向けた。百合も、彼らを見つめた。

駅員が、血相を変えて言った。

「車掌が、不審物を発見した。一号車のポールに、ワイヤーでくくりつけられたリュックがあるそうです」

「いまどこなんです？」

「苗穂を通過した。三十秒で、到着です」

長正寺が大樹を見た。百合も大樹の反応を注視した。大樹は、かすかにうなずいたように見えた。それです、と言ったのかもしれない。それとも、ほかの意味か？

長正寺が駅員に向き直って言った。

「ホームから客を避難させてください」

「緊急停車させなくていい？」

「もう、ホームに入れてしまったほうがいい。一号車だけ切り離して、遠ざけることはできますか？」

「すぐには無理です」

「ワイヤーを切るカッターを用意して」

「はい」

駅員は、帽子を押さえてまた事務室のほうに駆け戻っていった。階段の上のほうから、轟音《ごうおん》が響いてきた。列車が入ってきたのだ。

長正寺が、津久井と滝本に声をかけた。

「来い」

長正寺が階段に向かって駆け出し、津久井たちふたりが続いた。

大樹が長正寺の背に向けて叫んだ。

「ぼく、やれるかもしれない」

長正寺が階段の途中で足を止めて振り返った。

大樹がもう一度言った。

「ぼく、止められる」

「来い」

大樹も階段に向かって突進した。

「やめて！」

百合は大樹の首に手を伸ばした。間に合わなかった。男たち、大樹を含めた四人が四番ホームへの階段を駆け上がっていった。上がった先は、たしか二号車の入り口あたりになるはずである。

轟音は続いている。先頭の車両はもうホームにかかったようだ。百合も駆けだした。

階段を駆け上がったとき、列車がちょうど停止したところだった。

百合は降りてきた客たちをかき分けるようにして進み、一号車の入り口から中に飛び込んだ。向かい合わせのロングシートの車両だ。通勤ラッシュ時など、もっとも多く客を乗せることができて、乗降も滑らかなタイプの車両。

駅員がホームで大声を出している。

「車両火災発生です。至急ホームから降りてください！　列車から離れてください！」

降りた客も待っていた客も、わずかの時間だけざわついた。しかし悲鳴や怒声は上がらなかった。早く早くと、連れを促すような声も聞こえる。中国語の叫び声も聞こえた。でもホームはパニックにはなっていない。火災発生、という嘘が効いている。

一号車の車内、奥の右手に長正寺たちがいた。長正寺と津久井は、床に膝《ひざ》をついている。ふたりの目の前に、茶色のリュックサック。その背面側に紺色の太い紐状のものが見えた。自転車の盗難防止ワイヤーのようだ。一見したところ、不審物をくくりつけているようには見えない。

その場にちょうど大樹が達した。

百合は、車両中央の通路を叫びながら進んだ。

「止《や》めて。子供にやらせないで！」

長正寺が、百合の顔も見ないで言った。

「滝本、邪魔させるな！」

百合は、立ちはだかった滝本にぶつかる格好となった。滝本はほんの一歩も退《ひ》かない体勢で、百合の突進をはねのけたのだ。

「子供よ！」と、百合は、滝本に両腕をつかまれながらも叫んだ。「子供が死ぬわ！」

長正寺が、大樹に訊いている。

「開けて、大丈夫だな？」

「うん」と大樹。「たぶん中に、プチプチがあると思う」

「組み立てるとこ、見てたんだな？」

「うん。手伝った」

滝本が百合を車両からしゃにむに降ろそうとしてくる。百合はもがいて、抵抗した。

滝本が必死と聞こえる声で言った。

「騒がないでください！　暴れないで！」

滝本がそう懇願する理由はわかる。百合は、もがくのを止めた。いまここで、へたに誰かと揉《も》み合いになったりしたら、かえって危ない。惨事を引き起こす。この位置で見守るしかない。

津久井がリュック上部のストラップをはずした。彼がリュックの口を開くと、中に白っぽい衝撃緩衝材が見えた。でも、衝撃緩衝材を使っているということは、逆にそれは衝撃に弱いということではないのか？

津久井が、リュックサックの口をいっぱいに広げ、何かの果実の皮をむくように、慎重に下ろしていった。長正寺がそれを手伝っている。

大樹も長正寺の横にしゃがみこんで、赤い工具箱から工具を取り出した。細身のペンチだ。精密工作とか電気系の工作に使う、ラジオペンチというものだったろうか。昨日溝口煙管店で覚えた知識だが。

津久井がリュックサックを完全に床まで下げおろした。衝撃緩衝材に包まれた、ずんぐりとした格好のものが現れた。パスタを茹《ゆ》でる寸胴ほどのサイズだ。包みかたはていねいで、見た目もすっきりときれいだった。透明の荷造り用テープが使われている。

津久井は工具箱から大型のカッターナイフを取り出し、衝撃緩衝材を留めているテープを切り始めた。

衝撃緩衝材をむいていくと、今度は取っ手のついた金属製の蓋《ふた》のようなものが見えてきた。取っ手をあいだに、四角いプラスチック製の箱がふたつ、取り付けてある。やはり透明の荷造りテープで留められていた。バッテリーと、タイマーだろうか。

白いケーブルがふたつの箱をつないでおり、ひとつの箱の横面からは、釜《かま》の蓋の内側へとケーブルが延びている。

外からは、隣りのホームのアナウンスが聞こえてくる。

「間もなく五番ホームに、函館発スーパー北斗9号が到着します。白線の内側までお下がりください」

スーパー北斗9号は札幌駅が終着だ。だから、これから乗り込もうという客のためではなく、アイドル見たさのファンたちに向けてのアナウンスなのだろう。

衝撃緩衝材が完全に取り除かれた。そこにあるのは、側面が白く、傷みの目立つ炊飯器だった。わりあい大きめだ。幅二センチほどの、スチールのベルトが、十字を作るように蓋から底へと巻かれている。

長正寺が大樹に訊いた。

「仕掛けは、ほんとうにわかっているんだな」

大樹がうなずいた。

「コードの一本を切ればいいんです」

「切るとき、スイッチが誤作動することはないか？」

「カジさんは、そんなヘボいものは作らない」

「どこを切ればいいって？　指差してみろ」

大樹がラジオペンチを左手に持ち替え、右手の指でケーブルの一本を示した。

「ここを、ぷつんでいいんです」

「よし、そのペンチを寄こせ」

「え？」と大樹。

長正寺が大樹に右手を差し出したまま言った。

「小島、降りろ。この子をホームの下に連れていけ」

百合は驚いて言った。

「どういう意味？」

「女子供はよけてろってことだ」

「女って、あたしのこと？　ここにいるのは、警官と子供なのよ」

東のほうから、警笛が聞こえてきた。百合は列車の最後尾、乗務員室のほうに目をやった。ガラスごしに、ブルーの列車が見えた。速度を落として、ホームに入ってくる。つまり、時限装置が正確に到着時にセットされているとしたら、爆発まであと一分を切っている。

長正寺が怒鳴った。

「ぐちゃぐちゃ言ってないで、早くしろ！」

百合は大樹に手を伸ばして、引っ張った。大樹は抵抗しなかった。

長正寺が、津久井にも大声で言った。

「連れ出せ。早く！」

津久井は従わなかった。

「これを押さえてますよ」

「滝本、お前が連れ出せ！」

ほとんどそれは怒声だった。

滝本が百合と大樹を押してきた。あらためて有無を言わせずに、車両から出そうという勢いだ。

百合は、大樹に言った。

「来て。下に」

大樹は自分から動いた。百合が車両の入り口から出るとき、大樹は一瞬だけ振り返ったが、足を止めることはなかった。

駅員が、ホームの階段の前で、客たちを誘導している。

「消防隊が来ます！　至急ホームから降りてください！」

もうホーム上には乗降客はほとんど残っていない。前の客に従って、階段を降りている。十段ほど下ったところで、百合たちの身体は完全に階段左右の壁の下に隠れた。

下る客に逆らって、さっき不審物発見を知らせてくれた駅員が下から駆け上がってきた。手に、長さ四十センチか五十センチほどもある大型のカッターを持っている。

百合はその駅員を制止した。

「もういい。たぶん必要ない」

レールを揺らしながら、隣りのホームにスーパー北斗9号が入ってきた。

階段の下まで降りたとき、目の前に佐伯宏一が現れた。階段を一気に駆け上がろうとする体勢だった。鉢合わせ寸前で、佐伯が立ち止まった。新宮がその後ろにいる。息をはずませていた。

佐伯が大樹をちらりと見ながら言った。

「改札を出ろ。詰め所へ」

百合は訊いた。

「佐伯さんはどうするの？」

「津久井を手伝う。上だろ？」

「もう爆弾を見つけた。時限装置を切ろうとしている」

「行け」

佐伯が百合の反応を待たずに、新宮と一緒に四番ホームに通じる階段を駆け上がっていった。

百合は大樹をうながし、急ぎ足のほかの客たちの流れに入って改札口へと向かった。

改札機へ向かうとき、振り返ったが、もう佐伯や新宮の姿はなかった。滝本もいない。

天井から吊《つ》り下げられた大時計が目に入った。

長針が、四十分を指していた。


津久井卓はしゃがみ込んで、爆弾の時限装置とバッテリーの小箱に手を添えていた。ぐらついて、何かの拍子に床に落ちぬように。

いま長正寺は津久井の右手にいて、アナログ式目覚まし時計の収まった箱の下に両手を伸ばしている。彼の右手には、細身のラジオペンチ。そのペンチが、白いコードの一本をはさんだ。長正寺が一瞬だけ、そこで手を止めた。

すぐ隣りのホームから、列車が滑りこんでくる轟音が聞こえてくる。時限装置の目覚まし時計が、透明の箱の中で、四十一分を示そうとしていた。津久井は長正寺を見た。長正寺は、祈るような目で、ラジオペンチの先を見つめている。

津久井は訊いた。

「信じるんですね？」

「ああ」長正寺が答えた。「あの子は、自分でコードを切るつもりでいた。嘘は言っていない」

長正寺の右の肩が盛り上がった。右手に力がこめられたのがわかった。

津久井は小箱を押さえたまま息を殺し、ラジオペンチを握る長正寺の右手を凝視した。

ラジオペンチのグリップが、ためらいなく握られた。プツリと小さな音を立てて、その白いコードは切れた。切れたコードの下側が、炊飯器の金属の側面にだらりと垂れた。

長正寺が、同じ姿勢のままで訊いた。

「スーパー北斗はもう着いたのか」

声はかすれていた。

ホームに入ってきた音が、聞こえていなかったのか？

津久井は顔を上げ、車両の窓の外を見て答えた。

「いま、停まりましたよ」

「くそ」と長正寺が言った。「こんなコード一本切るのに、なんでこんなに力を入れてしまったんだ？」

長正寺が自分の左手で、握った右手をこじ開けるようにしてラジオペンチをもぎ取った。

五番ホームの方角から、歓声と拍手が聞こえてきた。アイドルが、車両から姿を見せたのだろう。

その歓声は、予想していたよりも小さな響きと聞こえた。あちらのホームからも、ひとは一部避難していたのだろうか。それでも、もし爆発が起こっていたら、惨事となっていたことに変わりはないが。

背中のほうで、靴音がした。何人かがこの車両に駆け込んできたようだ。

長正寺が入り口のほうを見て目をむいた。

津久井は振り返った。

佐伯たちがいる。佐伯と、その部下の新宮だ。自分の相棒の滝本の姿もある。

長正寺が、彼らに言った。

「馬鹿野郎！　安全も確認しないで戻って来るな」

佐伯が津久井の横までやってきて、爆弾を見下ろした。古い炊飯器を爆薬容器に使った、手製の硝安油剤爆薬爆弾。切ったコードの一端は、死んだミミズのように炊飯器の側面に垂れている。ひと目で、時限装置がもう生きていないとわかる。

佐伯が、荒く息をつきながら言った。

「確認できていたら、こんなに焦っては来なかった」

佐伯が右手を長正寺に突き出した。長正寺がその手を握ると、佐伯がぐいと長正寺を引き起こした。

長正寺が立ち上がって、ふっと息を吐いた。津久井も立ち上がった。

8

広場のイベント・スペースでは、アイドルの握手会が最高潮というところだ。

ステージの上の巨大なスピーカーが、ファンたちに繰り返し、秩序維持を呼びかけている。列を乱すな、押すな、立ち止まるな、長い時間握手し続けるな、と。呼びかけがあるということは、このようなイベントの作法を乱しているファンも少なくないのだろう。しかし、混乱は起こっていない。ときおり歓声が聞こえ、アイドルの名を呼ぶ男の声も重なった。

佐伯は、南口駅前交番裏手に停めた自分たちの捜査車両の前で、そのイベントの様子を見つめていた。いま、いったんは札幌ドームに向かった爆発物処理班が四番ホームに停まったままの車両の中で、爆弾を分解する作業を進めている。停車しているのは快速エアポートの一号車だけで、そのほかの車両は切り離され、ホームを離れた。スーパー北斗9号は五番ホームに停まったままだ。

札幌駅に入る予定のすべての列車はいま、ひとつ手前の駅で臨時停車している。ホームは全面的に立ち入りが制限されていた。不審物が発見されたので、という理由だ。爆弾や爆発物という言葉は使っていない。全列車の臨時停車と入構制限に不満を言っている客はいたようだが、駅員とのあいだで怒声が飛び交うようなトラブルにはなっていなかった。

爆発物処理班の作業は、もう終わるころである。たぶん電気雷管と爆薬とが完全に分離された時点で、その一号車は苗穂車両基地へと移動する。車両基地で、爆弾は車両から降ろされ、道警の科学捜査研究所に送られることになっている。

くだんのアイドルはJR北海道の女性乗務員の制服姿で無事にホームに降り、ホームを西端まで移動して、JR北海道の社長、それに札幌駅長と一緒に写真に収まった。そのあと西改札口を通って、この駅前広場のステージに上がったのだった。

捜査車両の後方には、機動捜査隊の指令車が停まっている。中では、長正寺があらためて梶本裕一の身柄確保に向けて、指揮を執っているところだった。小島百合と水野大樹は、大通署に行った。梶本のその後の行動について、何か予測できる事実はないか、百合が大樹から聞きだそうとしている。それでも、大樹自身がさほど詳しく、梶本から聞かされていたわけでもないようだ。さしていい情報は得られないだろう。

梶本が新札幌駅で快速エアポートを降りたことははっきりしている。そのあとおそらく梶本は、地下鉄東西線新札幌駅から地下鉄に乗って、札幌市街地に向かった。大通駅で乗り換えるとして、十四時五十分前後に地下鉄さっぽろ駅着の予測だった。しかしJR札幌駅寄りの改札口には大通署刑事課の捜査員と機動捜査隊員が張りついていたが、梶本は現れなかった。地下鉄東豊《とうほう》線のさっぽろ駅改札口も同じだった。三本の地下鉄列車がすでに到着していたが、そのどれからも降りてこなかったのだ。

もちろん別の改札口を使ったか、別の地下鉄駅で降りたということも考えられる。

だとしたら、彼が爆発を確認する以外の何をしようとしているのか、見当がつかない。自分の車を取りに戻ってくる可能性も考慮して、捜査一課は琴似のあのバンの周辺にまだ何組もの捜査員を置いている。

佐伯と新宮がこの広場にいるのは、梶本が別の改札口を使い、地上の駅前通りから札幌駅に接近する可能性もあるためだった。

佐伯は駅ビル壁面の大時計に目をやった。

十五時八分になるところだった。

遅すぎる、と佐伯は思った。自分の作った爆弾の作動を確認するにしては、梶本の札幌駅到着は遅すぎる。彼はもうすでに、札幌駅に来て、何ごともなかったかのように実施されているこの握手会を目撃してしまったのではないか。一台の救急車もなく、救急隊員の走る姿もない駅前の広場を見て、爆発はなかったとわかったのでないか？　爆弾製作の失敗を悟ったから、彼はすぐに札幌駅を離れた。警察に顔を見られぬうちに、さっと。

では、やつはいまどこにいる？　どこに向かうのが自然だ？

携帯電話が震えた。取り出すと、百合からだった。

耳に当てると、彼女は言った。

「いま、大樹に梶本からショートメールが入った。さようならって」

「それだけ？」

「ええ。大樹が、どこにいるの？と返事をしようとしたけど、もうショートメールも届かない。センターに保存。すぐ電源を切ったみたい」

「失敗したとわかったような言葉だな」

「これって、自殺の前の最後のひとことに感じる」

たしかだ。

自殺。

かつての同僚の篠原が言った言葉を思い出した。自殺するとしても、梶本は爆弾ではしない。

じっさい、こんどの件では自爆という方法は取らなかった。でも、その彼が自殺するとしたら、その方法は？　彼の気質から言って、選び取るのはこれだという自殺の手段は？

「どうしたの？」と百合が訊いた。

「やつは、次は自分自身を爆弾にする。切る」

佐伯は新宮に振り返って言った。

「苗穂に。跨線橋へ」

「はい」

新宮が運転席のドアに手をかけた。佐伯も助手席側に素早く乗り込み、赤色警告灯をルーフに置いた。新宮が、駅前広場の交番横から、車を北五条通りに急発進させた。左手、タクシー乗り場から通りに出ようとしていたタクシーが急停車した。

車が大型家電店前の信号を通過したところで、また携帯電話に着信だ。こんどは伊藤からだった。捜査本部の設置が決まったのだろうか。それとも、爆発物処理がほぼ終わるということで、それは見送られたか。

伊藤が言った。

「いま、梶本の携帯電話に一瞬だけ電源が入った」

そうだ、佐伯は気がついた。もうGPSを使っての梶本追跡が始まっていたのだ。

「少年にショートメールを送ったそうです」

「知っているのか。GPSで発信場所がわかった。北三東十の交差点だ」

それは北三条通りと南郷通りの交差点ということでもある。札幌の南東方向に延びる南郷通りは、その交差点が起点だ。交差点から東に四百メートルほど行ったところに、苗穂駅がある。そして跨線橋も、その交差点から東に百メートルのところだ。

「いま向かっているところです」

伊藤が不思議そうに訊いた。

「場所をいつ知った?」

「見当をつけただけです」

「やつはどこにいるんだ?」

「苗穂駅周辺の鉄道施設です」

伊藤との通話を切ると、佐伯は長正寺の携帯電話にかけた。

「言え」と長正寺が出た。「GPSの件なら訊いた。交差点に二台やる」

佐伯は言った。

「梶本は苗穂跨線橋に向かっています」機動捜査隊には、ピンポイントで場所を伝えるべきだった。跨線橋、という判断は直感によるものでしかなくても。「機動捜査隊は一台を跨線橋の北にやってもらえませんか?」

「車両基地のところだな」

「東十一丁目です」

通話を切ったところで、新宮が車を加速した。

苗穂駅の一ブロック手前で、左折した。広くはない市道だ。左手は広い駐車場を持った事業所のビル。といっても三階建ての倉庫兼用のような建物だった。右手も駐車場だ。風景はがらんとしている。
正面に跨線橋があった。手前に階段がある。跨線橋の下は、金網で囲まれたJR北海道の敷地であり、
右手方向の奥に、苗穂車両基地が広がっている。鉄道好きにはよく知られた観察ポイントだという。
跨線橋の下に、歩いている男がいた。黒っぽいTシャツに、濁った色のパンツ。背を丸め、両手を
パンツのポケットに突っ込んで、階段へと向かっていた。髪が伸びている。荷物は持っていなかった。
ショルダーバッグも、リュックサックも。
その男が歩きながら振り返った。その距離でも、わかった。梶本裕一だ。
新宮がためらいも見せずにアクセル・ペダルを踏み込んだ。階段下までおよそ百メートルの距離を、
車は一気に走った。
梶本があわてた。ポケットから両手を出すと、階段を駆け上り始めた。新宮は車を階段の直前で急
停車させた。
佐伯たちが車を降りたとき、階段に梶本の姿は見えなかった。佐伯が先に立って階段を駆け上がっ
た。跨線橋の上に出たとき、梶本は二十メートルばかり先を走っているところだった。跨線橋は幅一
間ほどか。それより狭いかもしれない。腰のあたりまでは厚い鉄板の壁で、その上部はひとの背の高
さまで金網が張ってある。頭上に屋根はなかった。幾条もの軌道をまたぎ、百メートルほどの長さで
延びている。
梶本がふいに足を止めた。跨線橋の先の階段から、人影が現れたのだ。ジャケット姿の男がふたり。
ひとりはそのシルエットで、津久井とわかった。もうひとりの男は、滝本だろう。彼はすでに拳銃《けんじゅう》を
構えているように見えた。
梶本が身体《からだ》を横にして、左手の金網に背をつけ、跨線橋の両側を交互に見た。南側には佐伯と新宮。

反対側には津久井と滝本。梶本は逃げ場のないこの跨線橋の上で、警察官たちに完全にはさまれたのだ。佐伯たちは足を止めて、梶本を見守った。

右手に見下ろす苗穂駅のホームには、列車が止まっていた。札幌駅の爆発物撤去のために、臨時停車しているようだ。これも快速エアポートと見えた。ホームでベルが鳴るのが聞こえてきた。

どうやら、緊急停車の措置は解除されたのだ。すべての列車の運行が再開されたのだろう。

「梶本」と佐伯は身分証を突き出して呼びかけた。「道警だ。窃盗容疑で逮捕状が出ている。こっちへ来い」

梶本が跨線橋の北側に顔を向けた。

津久井と滝本が、ゆっくりと、身構えつつこちらに向かってくる。その距離は七、八十メートルか。

苗穂駅のホームのベルが鳴り終わった。

左手、札幌駅の方角からも、列車の接近する音が聞こえてきた。佐伯が横目で確かめると、近づいてくる列車の先頭車両は、鮮やかなライトグリーンだった。特急ライラックだ。こちらも臨時停車解除となって、札幌駅を出てきたのだろう。その線路はちょうど梶本の真下あたりになる。

と、梶本はふいに札幌駅方向の金網に飛びついた。金網を乗り越えようとしている。線路の上に、出発する列車の前に、身を投げようとしている。

新宮が猛烈な勢いで飛び出し、梶本の脚に飛びかかった。両脚に抱きつく格好で、そのまま新宮は身体を前方に投げ出した。梶本は金網から手を放した。ふたりの身体は、もつれ合うようにして、跨線橋の路面に倒れこんだ。ごつりごつりと鈍い音がした。

新宮がすぐに身を起こし、梶本に馬乗りになって両肩を押さえた。佐伯も駆け寄り、新宮の脇に膝をついて、梶本の右手を押さえた。梶本はもがいて、佐伯の手を振り払おうとした。

津久井たちが駆け出してきたのがわかった。

梶本の抵抗は一瞬だった。ふいに彼の腕から力が抜けた。

佐伯は梶本を見つめた。彼の視線は、空を向いている。佐伯も新宮も見てはいない。目はどこにも焦点を合わせていない。視線の先にあるはずの、札幌の夏の空も目には映していない。その目に、涙があふれてきた。

佐伯は梶本の右手を押さえたまま訊いた。

「梶本裕一だな?」

梶本は認めなかった。

もう一度訊いた。

「梶本裕一だな」

「ぼくは」と梶本は、苦しげな調子で言った。「死ぬこともできないのか」

跨線橋の下を、列車が通過していく。その音が次第に大きく響いてきた。ふいに梶本が、その音に合わせたかのように大声を出した。言葉ではなかった。ただ、大きな声。悲鳴であったのかもしれない。あるいは何かへの呪詛《じゅそ》の声とも聞こえた。それとも、その両方であったか。

津久井と滝本が駆けつけ、梶本の頭と脚の側に分かれて膝をついた。津久井が梶本の両足を押さえ、滝本が両肩に手を当てた。

佐伯は、逮捕状執行の告知までは、もう少し時間を取ることにした。彼が落ち着くまで。佐伯の言葉が耳に入るようになるまで。彼が自分は梶本裕一だと明瞭《めいりょう》な声で認めることができるまで。

梶本は、おそらく爆発物取締罰則違反で起訴されることになるだろう。予想できる判決はどの程度のものだろう。重罪ではあるが、列車に仕掛けた爆弾は爆発しなかった。未遂だ。ひとはひとりも死なず、負傷者も出ていない。そもそもあの電気釜を使った爆弾様のものが、ほんとうに爆発する造りであったかどうかも、まだわかっていないのだ。確実なのは、小さな爆弾が山の中で冷蔵庫を吹き飛ばしたということだけだ。優秀な弁護士がつくなら、法定刑の下限程度の判決が出るかもしれない。

どちらの列車も完全に跨線橋の下を通り過ぎていった。梶本の呼吸も、いくらか平静になってきたようだ。

佐伯は自分の手を梶本から放し、その耳に顔を近づけて言った。

「お前を慕っている男の子がいる。そのことを想え」

梶本の目の焦点が、すっと定まって止まった。

エピローグ

三人でそれぞれ自分のグラスを持ち上げた。

声には出さなかったけれど、お疲れさま、の意味だ。

月曜の午後八時だ。ブラックバードは、ほかの曜日よりも月曜は客が少なめだった。この日も、ほかに客はL字型カウンターの短辺の側に男がふたりだけだ。

カウンターの長辺側、LPレコードの棚とプレーヤーを真正面に見る位置に、佐伯と新宮、津久井が並んでいる。佐伯の右の席に津久井、左側が新宮だった。小島百合も来る予定だが、遅れていた。

きょうは、佐伯と新宮は伏見ガーデンの肥料窃盗事件で、梶本裕一から調書を取っていたのだった。梶本は犯行を認めていたし、調書はごく簡単に作ることができた。午後の四時には、梶本は署名押捺《おうなつ》をおこなっている。このあと、梶本は雷管の窃盗事件で取り調べを受ける。最後に爆発物取締罰則違反についての取り調べだ。併合罪ということになるから、公判では事実上、爆発物取締罰則違反を中心に審理されることになるだろう。その行方は、佐伯にはわからない。

梶本についた弁護人は、東京に本部のある弁護士事務所の所属で、二年前に札幌の支部にやってきた男だ。東京では刑事事件をもっぱら担当していたらしい。地下鉄サリン事件でも被告のひとりの弁護を受け持った中年の弁護士で、高裁で逆転無罪判決を勝ち取って、東京の法曹関係者のあいだでは評判になったという。つまりこの公判も、けっして容易なものにはならないだろう、という観測がすでに出ている。今後の捜査は、緻密《ちみつ》さと慎重さが求められるにちがいない。

津久井は昨日朝までが勤務だった。つまりきょうは完全に非番だ。佐伯の誘いに喜んで応じてきた。彼も佐伯同様に、土曜日はかなりストレスに耐えたのだ。神経を弛緩《しかん》させてくれるものを欲していたはずだ。そしてこういう場合、自分にも津久井にも、仲間との会話と適度の酒が効いた。

もっとも佐伯にとっては、二日しか空けずにこの店に来るのは、珍しいことだった。地方公務員の身では、そんな頻度でジャズ・バーに来ていては、財布が持たない。でも、こんな夜こそ、ブラックバードが必要だった。

警官ではない客もいる夜だったので、仕事の話はほとんどしなかった。いくら符丁を多用して隠そうとしても、確実に気づかれる。警官が仕事の話をしているとばれる。仕事の細部を思い出して語りたければ、離れのある料亭にでも行くしかないが、今夜はむしろ、なじみの、自分たちにとって居心地のよい空間であることが大事だった。しばらくのあいだ、佐伯たちは日本ハムファイターズを話題にした。なんたって六月なかば過ぎからの十五連勝について語れば、誰もが上機嫌になれるのだった。

小島百合が店にやってきたのは、八時を三十分以上まわった時刻だった。

いつもとさほど変わらぬ、黒いパンツに白いシャツ姿。髪を後頭部でまとめていた。少しくたびれたような顔をしている。彼女はきょう、大樹をどうするか、少年係の職務を超えて方々と話し合いやら交渉を持っていた。大樹は大樹で、昨日いっぱい捜査一課の事情聴取を受けていたらしい。未成年の従犯としてではなく、犯人に拉致《らち》され、協力を強要されていた少年、という接し方だったと、佐伯たちの耳にも漏れてきていた。しかし、もし土曜日にあの爆弾で死傷者が出ていたら、一課による大樹の扱いはまったく違うものになっていたかもしれない。

新宮が百合に気づくとさっと席を立ち、ひとつ左のスツールに移った。

百合が短く礼を言って、ショルダーバッグをカウンターの下の棚に入れ、スツールに腰をおろした。注文したのは、きょうはモヒートだ。

四人であらためてグラスを持ち上げた。

百合がひと口飲んでから言った。

「大樹は、児童福祉施設に入る。いったん母親から離す。麻里奈も、大樹も同意した」

佐伯は驚いて言った。

「実の母親よりも、施設がいい？」

「あの母子の場合は。母親は、息子があんな事件に巻き込まれていたと知って動揺していたけれど、これですぐに立ち直るとは思えない。男がいるし、その男が大樹にどう接するかも、予想がつく」

佐伯は小さく肩をすぼめた。

百合が訊《き》いた。

「この措置は、不満？」

「いや。意外だったというだけだ」

「どんな母親でも、一緒にいるほうがいいと思う？」

「そんなことはない。母親にはなれない女性もいる。もちろん、父親になれない男も多いけど」

「きょうは大樹の本心を見極めるのに、時間がかかった。それで遅くなったの。正直言うと、この解決でよかったのかどうか、まだほんの少しだけ不安がある」

「大樹もそれを受け入れたんなら、それはたぶん最善の、というか、唯一の解決法だろう」

「ありがとう。施設に入れることが最善だとわかってもらうため、麻里奈のクスリでの逮捕歴のことも、少し強調させてもらった」

「どこに？」

百合は、堅苦しい言葉で答えた。

「関係各方面に」

「そこまでは、小島の仕事じゃなかったろうに」

「あんなかたちで関《かか》わってしまった以上は」

ブラックバードの戸が開いた。新しい客が来たようだ。カウンターの内側の安田が、いらっしゃいと声をかけた。その表情から、佐伯の知り合いだとわかった。

佐伯が首をひねる前に、新宮がまたさっと席を立ち、スツールを空けた。

その客は百合の左後ろに立って言った。

「ここ、いいかな」

長正寺だった。非番のはずだが、彼はきょうもタイにスーツ姿だ。

百合が返事をせずに、スツールの上で腰をずらした。長正寺を避けるように、佐伯のほうへ。

佐伯たちが見守っていると、長正寺がスツールに腰を掛け、小島百合に顔を向けずに言った。

「きょうはその、小島に謝りに来た」

百合は無言だ。身を硬くしている。

長正寺が続けた。

「その、女子供はよけろ、と言ったことを謝る」声の調子は苦しげだ。「すまなかった」

佐伯は、長正寺がそんな言葉を百合にいつ言ったか、知らなかった。よけろ、と言ったのだから、土曜日の午後のいつかの時点だろう。四番プラットホームでか？　長正寺が爆弾のコードを自分で切断したあのとき。直後に自分も駆けつけたが、あのあと長正寺はそんな言葉を百合には言っていなかったはずだ。つまりその直前ということか。

百合は、表情を変えない。正面の棚を見つめたままだ。

それにしても、と佐伯は、百合と長正寺の横顔を見つめて思った。長正寺が女性に謝罪を口にするなんて、そのことが驚きだ。彼は道警の二万人近い男性警察官の中でも、トップテンに入るぐらいの男性至上主義者だ。女子供は下がれ、ひっこんでろ、口を出すな、とは、いかにも長正寺らしい台詞《せりふ》なのだ。

そしてその言葉を投げつけられた百合がどれほど怒ったかも、自分には想像がつく。ちょっとやそっとの詫《わ》びでは、相手を許すことはない。もしかすると、生涯絶縁と決めたとしてもおかしくはないぐらいの言葉だ。

長正寺が、百合のほうに首をひねった。その目にかすかな脅えがある。長正寺が、百合の反応を恐れている？　これはまた自分は、衝撃的な場面に立ち会っている。

佐伯は百合の横顔を凝視した。さあ、小島、どうするんだ？　長正寺が謝罪している。お前は長正寺に、出ていけと言うか？　それともお前自身が席を立って出ていくか？

安田が、長正寺の注文を聞きに彼の前に立った。

百合が安田に言った。

「左隣りにいるひとに、お好きなお酒をあげてくれます？」

長正寺の目が大きくみひらかれた。ついで彼の顔に安堵《あんど》が浮かんだ。百合は、長正寺の詫びを受け入れたのだ。長正寺がふっと息をもらしたのがわかった。

「何がいいです？」と安田が長正寺に訊いた。

長正寺が佐伯のタンブラーに視線を向けた。

「佐伯のと同じものを」

安田が、はい、と答えて酒瓶の棚に歩いた。

佐伯の右隣りで、津久井がくすりと笑ったのがわかった。

新宮も、長正寺の向こう側で、愉快そうだ。

百合だけは、まだご機嫌斜めかのように唇をきつく結んでいる。いまの安田への言葉は、不本意ながら礼儀として出したまで、とでも言っているような顔だ。

でも、と佐伯は思った。百合もおそらく長正寺の前にグラスが出たときには、顔を崩す。頰《ほお》をゆるめる。微苦笑する。そして自分のモヒートのグラスを持ち上げる。

そのとおりとなった。

装幀　高柳雅人
写真　工藤裕之/アフロ
amana images/Getty Images

著者略歴

佐々木 譲〈ささき・じょう〉
1950年北海道生まれ。79年「鉄騎兵、跳んだ」でオール讀物新人賞を受賞。90年『エトロフ発緊急電』で、山本周五郎賞、日本推理作家協会賞、日本冒険小説協会大賞を受賞。2002年『武揚伝』で新田次郎文学賞を受賞。10年『廃墟に乞う』で直木賞を受賞。16年日本ミステリー文学大賞を受賞する。著書に『ベルリン飛行指令』『笑う警官』『制服捜査』『警官の血』『代官山コールドケース』『犬の掟』『沈黙法廷』など多数。

Kadokawa Haruki Corporation

佐々木 譲

真《ま》夏《なつ》の雷《らい》管《かん》

*

2017年7月18日第一刷発行

発行者 角川春樹

発行所 株式会社 角川春樹事務所

〒102-0074 東京都千代田区九段南2-1-30 イタリア文化会館ビル

電話03-3263-5881(営業) 03-3263-5247(編集)

印刷・製本 中央精版印刷株式会社

ISBN978-4-7584-1307-7 C0093
http://www.kadokawaharuki.co.jp/

本書は書き下ろしフィクションです。